SANDRA BROWN
Verliebt in einen Fremden

Buch

Eine unbedachte Nacht hat Camille Jamesons Leben für immer verändert: Ein einziges Mal ist sie ihren Gefühlen gefolgt und hat eine Nacht mit einem großen, gutaussehenden Fremden verbracht. Aber genauso schnell, wie er in ihr Leben getreten war, war er auch wieder verschwunden und ließ sie verzweifelt zurück.

Jetzt, zwei Jahre später, glaubt Camille die unglückliche Liebe überwunden zu haben. Sie ist mittlerweile eine erfolgreiche Innenarchitektin, und als sie die Gelegenheit bekommt, eine der prächtigsten Plantagen in Mississippi zu restaurieren, nimmt sie den Auftrag begeistert an. Mit Schmetterlingen im Bauch macht sie sich auf den Weg – und trifft in dem alten Herrenhaus auf Zack Prescott, den Fremden von einst. Er ist noch genauso attraktiv wie in ihrer Erinnerung, und sein wissender Blick zeigt ihr, dass auch er nicht vergessen hat, was sie damals miteinander verbunden hat. Obwohl Camille sich dagegen wehrt, fasziniert er sie noch immer, und nun muss sich herausstellen, ob ihr Stolz sie zwingen wird, für immer Fremde zu bleiben – oder ob das Schicksal andere Pläne für sie hat …

Autorin

Sandra Brown arbeitete mit großem Erfolg als Schauspielerin und TV-Journalistin, bevor sie mit ihrem Roman »Trügerischer Spiegel « auf Anhieb einen großen Erfolg landete. Inzwischen ist sie eine der erfolgreichsten internationalen Autorinnen, die mit jedem ihrer Bücher die Spitzenplätze der New-York-Times-Bestsellerliste erreicht. Ihren großen Durchbruch als Thrillerautorin feierte Sandra Brown mit dem Roman »Die Zeugin«, der auch in Deutschland auf die Bestsellerlisten kletterte – ein Erfolg, den sie mit jedem neuen Roman noch einmal übertreffen konnte. Sandra Brown lebt mit ihrer Familie abwechselnd in Texas und South Carolina.

Sandra Brown

Verliebt in einen Fremden

Roman

Aus dem Amerikanischen
von Beate Darius

blanvalet

Die Originalausgabe erschien unter dem Titel »Love's Encore«
bei Warner Books, New York.

FSC
www.fsc.org
MIX
Papier aus verantwortungsvollen Quellen
FSC® C014496

Verlagsgruppe Random House FSC® N001967

1. Auflage
Taschenbuchausgabe 2019 bei Blanvalet,
einem Unternehmen der Verlagsgruppe Random House GmbH,
Neumarkter Straße 28, 81673 München

Umschlaggestaltung: © Johannes Wiebel | punchdesign,
unter Verwendung eines Motives von sanneberg | Shutterstock.com
JB · Herstellung: wag
Druck und Einband: GGP Media GmbH, Pößneck
Printed in Germany
ISBN: 978-3-7341-0693-4

www.blanvalet.de

Liebe Leserinnen und Leser,

bevor ich mich der allgemeinen Unterhaltungsliteratur zuwandte, habe ich unter mehreren Pseudonymen Liebesromane geschrieben. »Verliebt in einen Fremden« *erschien ursprünglich vor über zwanzig Jahren (unter meinem ersten Autorennamen Rachel Ryan).*
Die Handlung reflektiert Trends und Lebensart, wie sie seinerzeit aktuell waren – doch bleibt das Thema immer populär und allgemein gültig. Wie in jedem Liebesroman stehen die unglücklich Liebenden im Mittelpunkt. Wir erleben Augenblicke der Leidenschaft und Zärtlichkeit, zwischenmenschliche Spannungen – kurzum sämtliche Facetten der Liebe.
Es macht mir riesigen Spaß, romantische Liebesgeschichten zu schreiben. Sie bestechen durch ihre optimistische Grundhaltung und den unvergleichlichen Charme, der ihnen innewohnt. Probieren Sie es einfach aus. Ich wünsche Ihnen jedenfalls viel Vergnügen bei der Lektüre.

Sandra Brown

Für Michael –
You are the sunshine of my life …

1

Als Bridal Wreath vor ihr auftauchte, brachte Camille ihren kleinen Wagen abrupt zum Stehen. Sie war den Hinweisen des Tourismusbüros gefolgt, das seinen Sitz in der altehrwürdigen Stanton Hall hatte, und über die Homochitto Street aus der Innenstadt von Natchez gekommen. Die Dame am Infoschalter hatte ihr erklärt, dass die Allee zu dem alten Herrensitz linker Hand liege, kurz bevor die Landstraße den Highway 65 kreuze.

Das verwitterte und von wilden Ranken überwucherte Schild, das auf den unbefestigten Weg hinwies, war so unscheinbar, dass sie es fast übersehen hätte. Während sie über tiefe Schlaglöcher ruckelte, bestaunte sie die riesigen, moosbewachsenen Eichen zu beiden Seiten, die späten Magnolien mit ihren duftenden, pastellfarbenen Blüten und die üppigen Spiersträucher, die der Plantage ihren Namen gegeben hatten. Die schneeweißen Blüten waren in der sommerlichen Hitze längst verblüht, die Zweige jedoch wogten von zartgrünem Laub.

Camille stieg aus dem Wagen, während sie den Motor weiterlaufen ließ. Fachmännisch betrachtete sie die großzügige Anlage, die sich vor ihr erstreckte. Das Haus war 1805 im Kolonialstil erbaut worden und hatte zwei Stockwerke. Die Räume in der ersten Etage gingen auf einen Balkon hinaus, der auf sechs majestätisch weißen Säulen ruhte und das Erdgeschoss auf drei Seiten wie ein Vordach umgab. Das rote Ziegelmauerwerk war im Laufe der Jahre zu einem matten Rosaton verblichen. Drei hohe Fenster mit jagdgrünen Läden schlossen sich jeweils links und rechts des eindrucksvollen weißen Hauptportals an. Und über der Tür hing an einer schweren Kette eine Messingleuchte.

Camille Jameson schwang sich hellauf begeistert wieder auf den Autositz. Während sie erneut Gas gab, rief sie laut lachend: »Scarlett O'Hara, zieh dich warm an!«

Einfach himmlisch, dass man ausgerechnet sie zur Restaurierung des Herrensitzes engagiert hatte. Sie hoffte nur, dass sie der Aufgabe gewachsen wäre und die frühere Schönheit wieder herstellen könnte. Für ihre Karriere als Innenarchitektin wie für ihre finanzielle Zukunft war das immens wichtig.

Camille und ihrer Mutter Martha gehörte in Atlanta ein Einrichtungshaus. Martha Jameson hatte es nach dem Tod ihres Mannes weitergeführt. Zu der Zeit jedoch, als ihre Tochter schließlich das Universitätsdiplom in der Tasche hatte, war das Geschäft auf das Niveau eines Geschenkladens mit preiswertem Kunsthandwerk und ziemlichem Krimskrams herabgesunken. Camille begann umgehend, moderne und qualitativ hochwertige Ausstattungsstücke ins Sortiment aufzunehmen. Sie beriet Kunden bei der Wahl der Tapeten, Teppiche, Gardinen, Möbel und Wohnaccessoires. Ihr guter Geschmack und ihr umgängliches, freundliches Auftreten brachten ihr einen ausgezeichneten Ruf und eine anspruchsvolle Klientel ein. Inzwischen beschäftigte sie zwei weitere Mitarbeiterinnen in ihrem »Studio«, ihre Mutter kümmerte sich um den Ladenverkauf und die Buchhaltung.

Als Mr. Rayburn Prescott aus Natchez, Mississippi, an die junge Innenausstatterin herangetreten war, hatte sie ohne lange zu überlegen zugesagt. Die Renovierung seiner Luxusvilla war ihr bislang lukrativster Auftrag. Sie kannte die historischen Bauten von einem gemeinsamen Urlaub mit ihrer Mutter. Schon damals, als ganz junges Mädchen, war Camille von den prachtvollen Anwesen schwer beeindruckt gewesen.

Rayburn Prescott, ein typischer Südstaaten-Gentleman, behandelte Camille und Martha mit ausgesuchter Höflichkeit. Die beiden Mitarbeiterinnen im Studio hatten heimlich über seinen ungewohnt gedehnten Akzent geschmunzelt. Er war groß, stattlich und unterhaltsam. Dichtes, weißes Haar wellte sich über seiner breiten, hohen Stirn. In den blauen Augen lag ein übermütiges Funkeln, obwohl er um die siebzig sein musste.

Nachdem sie eine Weile miteinander geplaudert hatten, erzählte er Camille von seinem Haus in Natchez. »Ich muss mich schämen, Miss Jameson. Nach dem Tod meiner Frau«, er seufzte tief, »und das ist jetzt über zwanzig Jahre her, habe ich das Anwesen regelrecht vernachlässigt. Es ist zu einem Junggesellenhaushalt verkommen. Mein Sohn verbringt die meiste Zeit auf der Plantage, ist aber mit mir einer Meinung, dass Bridal Wreath wieder ein Schmuckstück werden muss.«

»So ein schöner Name«, sinnierte Camille, die sich im Geiste bereits ein Bild machte. »Ich nehme Ihren Auftrag natürlich gerne an.«

»Aber wir haben doch noch gar nicht über Ihr Honorar oder andere Details gesprochen!«, rief er.

»Das ist nicht so wichtig. Für mich steht einfach fest, dass ich es machen möchte.« Sie lächelte über sein erstauntes Gesicht, das sich daraufhin in winzige Lachfältchen legte. Sie war ihm von einem Freund empfohlen worden, für den sie ein Restaurant in Peachtree Plaza gestaltet hatte. Rayburn Prescott war von ihren Fähigkeiten überzeugt. Als sie schließlich ihr Honorar verhandelten, war sie verblüfft über die Höhe der Summe. Er stellte ihr ein nahezu unbegrenztes Budget für die Renovierung zur Verfügung. Ganz offensichtlich sah er nicht auf den Pfennig. Er bestand allerdings darauf, dass sie während der Arbeiten in Bridal Wreath wohnte, und versprach, sich um alles Weitere zu kümmern. Sie hatten einen Ankunftstermin festgesetzt, und jetzt war sie hier und stand vor dem Hauptportal. Die Handtasche unter den Arm geklemmt, wartete sie darauf, dass jemand auf ihr Klingeln reagierte. Bei genauer Betrachtung bemerkte sie die abblätternde Farbe, die dunkel angelaufenen Messingbeschläge und die losen Türbretter. Wenn es im Innern genauso schlimm aussähe, hätte sie noch eine Menge Arbeit vor sich.

Heimlich musste Camille lächeln. Immerhin bedeutete die Arbeit ihr alles. Ihr Leben drehte sich um die Karriere, sehr zum Leidwesen ihrer Mutter und enger Freundinnen, die inzwischen verheiratet waren und Kinder hatten. Martha beschwor sie des Öfteren, doch einmal mit den jungen Männern auszugehen, mit denen Camille dienstlich zu tun hatte. Sie blieb jedoch immun gegen sämtliche Flirtversuche, und Martha Jameson war zunehmend frustriert über das fehlende Interesse ihrer Tochter am anderen Geschlecht.

Dieser Umstand bedrückte Camille zwar, sie brachte es aber nicht über sich, ihrer Mutter den wahren Grund für ihre Beziehungsunlust einzugestehen. Sie konnte doch nicht einfach sagen: »Mutter, ich habe mich einmal mit einem Mann eingelassen, und nachher fühlte ich mich verletzt und missbraucht. Das passiert mir nie wieder!« So etwas erzählte man einer Mutter einfach nicht. Camille atmete tief ein, wie um die schmerzvolle Erinnerung auszublenden, als die Tür geöffnet wurde. Sie blickte in ein sympathisch grinsendes Gesicht.

»Guten Tag. Ich bin Camille Jameson.« Lächelnd schüttelte sie ihre dunkel gewellten Haare, auf die das Sonnenlicht schimmernde Reflexe zauberte.

»Hallo, Miss Jameson«, hieß der Mann sie willkommen. »Mr. Prescott erwartet sie bereits. Er ist so aufgeregt wie ein Schuljunge vor dem ersten Tanz. Bin ich froh, dass Sie sicher hierher gefunden haben. Er hat sich schon Sorgen gemacht, dass eine junge Dame wie Sie den ganzen Weg von Atlanta allein fahren musste.«

»Das war völlig problemlos. Ich freue mich schon darauf, Mr. Prescott wiederzusehen.« Der Mann trat beiseite, und sie betrat die Eingangshalle. Beinahe ehrfurchtsvoll schaute sie sich um. Es war genau so wie in ihrer Vorstellung!

»Mein Name ist Simon Mitchell, Miss Jameson. Wenn Sie etwas brauchen, wenden Sie sich ruhig an mich«, fuhr der Mann fort, womit er sie aus ihren intensiven Betrachtungen riss.

»Danke, Mr. Mitchell.« Sie strahlte aufrichtig.

»Nennen Sie mich ruhig Simon. Bitte, nehmen Sie doch Platz. Inzwischen hole ich Mr. Prescott. Vermutlich ist er draußen und gießt seine Pflanzen.«

»Lassen Sie sich Zeit. Es macht mir nichts aus zu warten.« Nach einem kurzen Nicken verschwand er durch die ausgedehnte Halle im hinteren Teil des Hauses. Camille hätte zu gern einen Blick in die Räume geworfen, die rechts und links des langen Ganges abzweigten, fand aber, dass sie warten sollte, bis ihr Gastgeber und vorübergehender Chef sie überall herumführte. Südstaatler wie Rayburn Prescott legten großen Wert auf Stil und Etikette.

Sie setzte sich auf einen Stuhl in der Halle und nahm die damenhafte Haltung an, die Martha ihr förmlich eingeimpft hatte: Rücken gerade, Knie zusammen, Hände locker im

Schoß. Unvermittelt wünschte sie sich ein aparteres Aussehen. Sie war mit dunklem, lockigem Haar geschlagen, das sie mittellang trug und an feuchten Tagen zu einem Knoten frisierte, da es sich sonst ungebändigt um ihren Kopf kringelte. Dazu diese frische Pfirsichhaut, nicht dunkel genug, um olivfarben zu sein, aber auch nicht richtig hell. Sie beneidete ihre Freundinnen um den matten Teint, der zart bräunte. Ihrer hingegen wurde im Sommer schmutzig braun. Und dann diese Augen! Wieso konnten sie nicht strahlend blau, meergrün oder dunkelbraun sein oder einfach braun ohne diese albernen goldenen Sprenkel? Andere hatten geheimnisvoll dunkle Augen, aber ausgerechnet in ihren musste dieses vorwitzige Funkeln liegen. Wie sie dies hasste! Lange, dunkle Wimpern, sinnlich volle Lippen und eine kleine Stupsnase gaben ihrem Gesicht etwas Exotisches. Ihr Vater hatte sie oft scherzhaft seine kleine Vagabundin genannt.

Da sie an ihrem natürlichen Äußeren nichts ändern konnte, legte sie großen Wert auf ihre Kleidung. Ihr Faible für Farben und Muster offenbarte sich auch in ihrer Garderobe. Eben zog sie den Rock des sonnengelben Leinenkostüms über die Knie. Am liebsten hätte sie die Jacke ausgezogen und nur in der zart bedruckten Seidenbluse dagesessen. Die Luftfeuchtigkeit von Natchez ließ ihre Kleidung knittern, gar nicht daran zu denken, was sie mit ihren Haaren anstellte, die Camille am Morgen mühsam gebändigt hatte. Vermutlich kräuselten sie sich mal wieder wild um ihren Kopf.

Das Geräusch quietschender Reifen drang von der Auffahrt zu ihr herein, dann knallte eine Autotür. Schritte knirschten über den Kies, die Haustür wurde schwungvoll aufgerissen, prallte vor die Wand. Ein riesiger Schatten schob sich über die sonnendurchflutete Schwelle und tastete nach der Klinke hinter sich. Er stapfte in die Eingangshalle und hinterließ schmutzige Schuhabdrücke auf dem Eichenparkett. Der geschmeidige Gang kam Camille irgendwie vertraut vor, aber sie war so verärgert über das rücksichtslose Verhalten, dass sie ohne nachzudenken herausplatzte: »Kein Wunder, dass das Haus in einem so schlechten Zustand ist. Wenn sich jeder so benehmen würde wie Sie, wäre es wahrscheinlich längst zusammengekracht!«

Der Mann blieb abrupt stehen und warf einen hastigen Blick durch die Halle, verblüfft über die Frauenstimme, die ihn da zusammenstauchte. Da er eben aus dem strahlend hellen Licht hereingekommen war, blinzelte er einen kurzen Moment, bis er sie in dem dämmrig kühlen Raum entdeckte. Wortlos nahm er seinen breitrandigen Strohhut ab und wischte sich mit dem Ärmel die schwitzende Stirn. Den Hut weiterhin umklammernd, stemmte er die Hände in die Hüften und musterte sie eindringlich.

»Verzeihung«, sagte er, bemüht, seine Verärgerung zu überspielen. Er trat auf sie zu und blieb kurz vor ihrem Stuhl stehen. Ihre Blicke trafen sich, und beide atmeten scharf ein, während sie einander betreten anstarrten.

Es konnte und durfte nicht sein! Was machte er hier? War er es wirklich? Ja! Nein! Eine Katastrophe! Camilles Mund war plötzlich staubtrocken, und sie schluckte krampfhaft. Ihr rasendes Herzklopfen war vermutlich sogar durch den dünnen Blusenstoff hindurch erkennbar. Ihr wurde heiß und kalt. In ihren Ohren rauschte es, als wäre dicht neben ihr eine Bombe explodiert. Seine schockierte Miene verriet, dass es ihm nicht anders erging.

Er sah noch genauso aus wie damals in Utah, beinahe zwei Jahre zuvor. Vielleicht ein paar spinnwebfeine Fältchen mehr um die Augen, die Iris jedoch strahlend blau, funkelnd, stechend, hypnotisierend. Camille wusste um die hypnotisierende Wirkung dieser Augen! War er größer als in ihrer Erinnerung? Nein. Vermutlich kam ihr das nur so vor, weil sie wie festgeklebt auf ihrem Stuhl saß. Wäre sie aufgestanden, hätte sie ihm allerdings auch nur bis ans Kinn gereicht. Er war breitschultrig, mit schmalen Hüften, sein athletischer Körperbau hatte sie noch monatelang in ihren Träumen verfolgt. Das braune Haar war von der Sonne gebleicht, die sportlich gebräunte Haut unterstrich das irisierende Blau seiner Augen, die Camilles fassungsloses Starren nicht minder entgeistert erwiderten.

Diesmal trug er keine engen Skihosen und weiche Wollpullover, sondern schmal geschnittene Bluejeans und Cowboystiefel – lehmverkrustete Stiefel, die auf dem Parkett unübersehbare Spuren hinterlassen hatten. Sein blaues Baumwollhemd war bis zum Brustbein aufgeknöpft, die Ärmel hochgerollt. Schweißspuren zeichneten sich unter den Achseln ab. Die Haare auf Armen und Brust waren zu einem hellen Blond ausgebleicht, in seinem gelockten Brustflaum schimmerte ein goldener Anhänger, an den sich Camille wehmütig erinnerte. Das fein ziselierte Kreuz hatte seiner verstorbenen Mutter gehört, wirkte an der schweren Goldkette aber überhaupt nicht feminin.

»Zack Prescott?«, brachte sie mühsam hervor. Als Mr. Rayburn Prescott sich ihr seinerzeit vorgestellt hatte, hatte sie bei der Erwähnung des Namens automatisch einen schmerzhaften Stich in der Herzgegend verspürt, wie jedes Mal, wenn sie wieder an jenen Skiurlaub erinnert wurde, den sie sich im Anschluss an ihr Studium gegönnt hatte. Trotzdem hätte sie sich nicht vorstellen können, dass diese beiden Männer miteinander verwandt wären. Zack hatte ihr nie von seiner Heimat erzählt. Hatte sie je danach gefragt? Hatte es sie interessiert?

»Kennen wir uns nicht von irgendwoher?« Für seine filmreife Darstellung des zynischen Hollywood-Cowboys hätte er einen Oscar verdient, überlegte Camille zähneknirschend.

Das Engegefühl in ihrer Kehle ließ nach, und sie sagte beiläufig: »Du hast mir zwar erzählt, dass du Farmer bist, aber ich dachte, das wäre ein Scherz.« Der Versuch eines Lächelns misslang, da ihre Lippen leicht zitterten. Ihre Gesichtsmuskulatur ließ sich nicht kontrollieren.

Um seine Mundwinkel legte sich ein harter Zug. »Was hast du denn noch so von mir ›gedacht‹? Würde mich brennend interessieren.«

Der ironische Unterton irritierte Camille, und sie zuckte kaum merklich zusammen. Augenblicklich fühlte sie wieder den Schmerz und die Demütigung, die sie mühsam überwunden hatte. Ihre goldgesprenkelten Tiefen funkelten ärgerlich auf, als sie ihn anfauchte: »Was soll ich schon von einem Mann denken, der ein unschuldiges Mädchen leichtfertig verführt?«

»Das Gleiche, was ein Mann von einer *Frau* denkt, die sich leichtfertig verführen lässt.« Seine Reaktion verursachte ihr körperliche Schmerzen. Sie schoss hoch und baute sich vor ihm auf.

»Du… du bist abscheulich und unmoralisch, absolut gewissenlos. Ich hasse dich für das, was zwischen uns gewesen ist…«

»Das glaub ich dir nicht, Camille«, fiel er ihr ins Wort, und sie hätte ihm liebend gern in sein überhebliches Gesicht geschlagen. Doch beim Klang ihres Namens aus seinem sinnlich geschwungenen Mund überlegte sie es sich anders. Es fehlte nicht viel, und sie hätte ihm über die kantige, gebräunte Wange gestreichelt. Sie ballte jedoch die Fäuste, um den Impuls zu unterdrücken. Während sie einander unablässig fixierten, vernahmen sie Simons Schritte im Gang. Camille wirbelte herum, krampfhaft um Haltung bemüht.

»Miss Jameson, Mr. Prescott möchte Sie begrüßen. Hallo, Zack. Hast du dich Miss Jameson schon vorgestellt?« Camille stand mit dem Rücken zu ihm, vermutlich hatte Zack bejahend genickt, denn er sagte nichts. »Na, dann kommen Sie mal mit, Miss Jameson. Zack kann später auf einen Drink zu Ihnen stoßen. Mr. Prescott hofft, dass es Ihnen nichts ausmacht, mit ihm auf der Terrasse zu plaudern.«

»N... nein, das ist mir durchaus angenehm.« Um von diesem grässlichen Typen wegzukommen, wäre ihr alles recht gewesen. Ohne Zack noch eines Blickes zu würdigen, folgte sie Simon durch die Halle.

Sie durchquerten eine lange, überdachte Veranda, die auf der Rückseite des Hauses verlief und den Blick auf die herrliche Aussicht freigab. Simon hielt ihr galant eine der Schatten spendenden Blenden auf, woraufhin Camille auf die geflieste Terrasse trat. Mr. Rayburn erhob sich höflich aus seinem Schaukelstuhl und kam mit ausgestreckten Armen auf sie zu.

Er fasste ihre Hände. »Miss Jameson, ich freue mich, Sie wiederzusehen. Willkommen auf Bridal Wreath.« Seine Stimme klang so sanft und melodisch, wie sie in ihrer Erinnerung immer wieder geklungen hatte. Sie erwiderte sein aufrichtiges Lächeln und vergaß dabei sogar fast die niederschmetternde Begegnung mit Zack.

»Danke, Mr. Prescott, aber nennen Sie mich doch Camille. Ich liebe Ihr Haus. Es ist noch schöner, als ich es mir vorgestellt habe.«

Er schüttelte bedenkenvoll den Kopf. »Wenn meine verstorbene Frau Alice das hier sehen könnte, wäre sie bestimmt sehr böse mit mir. Nach ihrem Tod litt ich jahrelang unter Depressionen. Zachary, mein Sohn, war mir zwar ein Halt im Leben, trotzdem konnte er sie mir nicht ersetzen. Ich habe meine ganze Kraft auf die Plantage konzentriert und war damit schließlich erfolgreich, aber darüber wurde das Haus vernachlässigt. Deshalb sollen Sie es jetzt für mich restaurieren. Es verfügt natürlich über alle modernen Annehmlichkeiten, es müsste nur neu gestaltet werden. Und da vertraue ich Ihrer Erfahrung und Ihrem Geschmack.«

Lächelnd führte er sie zu einem Glastisch, auf dem ein eisgekühlter Krug Limonade und ein paar Gläser standen. Sie schimmerten im Sonnenlicht, das durch die Zweige der alten Bäume fiel. Er rückte ihr einen Stuhl zurecht und bot ihr ein Glas Limonade an. Camille nickte zustimmend.

Während sie den hübschen Garten betrachtete – er war bei weitem gepflegter als die Grünflächen vor dem Haus –, sann sie fieberhaft auf eine plausible Erklärung, um den Auftrag im Nachhinein noch abzulehnen. Unter gar keinen Umständen mochte sie auf Bridal Wreath leben und arbeiten, ausgerechnet in der Nähe der Person, die sie um nichts in der Welt hatte wiedersehen wollen. Allein die Vorstellung, Zack mehrfach täglich über den Weg zu laufen und jedes Mal schamesrot zu werden, weil die gemeinsame Affäre wieder in ihr hochkochte. Nein, niemals! Aber wie brachte sie es diesem netten alten Herrn bei, dass sie ihn ihres unversehrten Seelenlebens wegen enttäuschen müsste? Je eher sie diesem Haus und seinem unsäglichen Sohn den Rücken kehrte, umso besser. Der Gedanke war niederschmetternd. Was würde dann aus ihrer Karriere? Wie konnte sie diese einmalige Chance ausschlagen?

»Gefällt Ihnen mein Garten?« Mr. Prescotts Frage holte

sie aus ihren brütenden Überlegungen, indem er eine ausladende Geste in Richtung der großflächig angelegten Beete machte. »Ich bin sehr stolz auf meine Pflanzen. Da ich nicht mehr auf den Feldern der Plantage arbeiten kann – Zack hat es mir ausdrücklich verboten –, verbringe ich die meiste Zeit mit meinen Pflanzen. Schauen Sie mal, da hinten stehen ein paar prachtvolle Tomaten.« Er deutete auf einige riesige Holzkübel an einer Ecke der Terrasse, und Camille nickte bekräftigend.

»Das sind ja richtige Prachtexemplare. So große Tomaten habe ich noch nie gesehen. Vermutlich schmecken sie auch so gut, wie sie aussehen.«

Er strahlte. »Zum Abendessen gibt es Tomatensalat. Es macht mir Spaß, Gemüse anzupflanzen, aber an meinen Blumen hänge ich genauso.«

Camille bestaunte die vielen Blumenbeete, Hängeampeln und Töpfe mit ihrer Blütenfülle. Es schimmerte in sämtlichen Regenbogenfarben. Von den Baumästen hingen an langen Ketten Drahtkörbe mit Farnen herab, sattgrün und so üppig, dass Camille sie mit den Armen nicht hätte umspannen können. Es sah aus wie in einem Tropenparadies.

»Sie vermissen die Arbeit im Freien doch sicher, wenn es kälter wird, nicht?«, fragte sie behutsam.

Der alte Herr nickte. »Ja, aber dann kümmern Simon und ich uns im Haus um die Pflanzen. Wir bringen die meisten Farne und Tropengewächse in die warmen Räume. Zack droht mir dauernd mit Auszug, weil überall Kübel herumstehen.« Mr. Prescott wollte ihr nachgießen, aber sie lehnte dankend ab. Er war so aufmerksam und nett. Wie konnte sie es ihm nur schonend beibringen?

Seitdem sie dort zusammensaßen, redete er pausenlos von Zack. Wieso hatte er ihn nicht schon in Atlanta erwähnt? Da wäre sie sofort hellhörig geworden und hätte bestimmt einen triftigen Grund gefunden, den Auftrag abzulehnen.

Auf ihrer Stirn bildeten sich winzige Schweißperlen, die mit Unmengen Haarspray gebändigte Frisur löste sich allmählich in Wohlgefallen auf. Zweifellos sah sie entsetzlich aus. Und ihre Nervosität machte es nur schlimmer. Sie befeuchtete sich die Lippen und hob zaghaft den Blick. »Mr. Prescott, ich muss Ihnen leider etwas sagen…«

»Da bist du ja, Zack! Komm, ich stell dich unserem Hausgast vor.« Rayburn Prescott spähte über ihren Kopf hinweg, woraufhin sie das unverkennbare Schlurfen von Cowboystiefeln hinter sich vernahm.

»Camille Jameson, ich darf Sie mit meinem Sohn Zack bekannt machen.«

Camille, intensiv ihre Handtasche fixierend, die sie auf dem Schoß umklammert hielt, hob den Blick und stellte fest, dass der Mann dicht vor ihrem Stuhl stehen blieb. »Wir haben uns bereits kennen gelernt, Dad.« Zack machte eine viel sagende Pause und setzte dann hinzu: »Vorhin in der Halle.«

»Schön, schön. Möchtest du ein Glas Limonade?«

»Ja bitte. Es ist glutheiß, verfl…«

»Zack! Vergiss nicht, dass wir ab jetzt eine Dame im Haus haben«, schalt Rayburn ihn scherzhaft.

»Soll nie wieder vorkommen. Ich bitte um Vergebung.« Zack verbeugte sich spöttisch vor Camille. »Ist Ihnen nicht zu heiß, Miss Jameson? Darf ich Ihnen die Jacke abnehmen?«

Bevor sie etwas sagen konnte, glitt er hinter sie und legte seine großen, kraftvollen Hände auf ihre Schultern. Sie erschauerte unter der Berührung und hätte beinahe vor unterdrücktem Ärger aufgestöhnt, weil sie so sensibel auf ihn reagierte. Seine Finger umspannten den Jackenstoff und verharrten länger als nötig, bevor er ihr das Kleidungsstück herunterstreifte. Dabei glitten seine Hände über ihre Arme, bis sie aus den Ärmeln geschlüpft war. Er hing die Jacke auf ihre Stuhllehne und setzte sich ihr gegenüber. Nach einem gemurmelten Danke beobachtete sie ihn verstohlen durch ihre gesenkten Wimpern hindurch.

Zack hatte geduscht, die noch feuchten Haare fielen ihm in die Stirn. Die Bluejeans hatte er gegen ein Designermodell getauscht, das seine schmalen Hüften und die trainierten Schenkel unterstrich. Er fixierte sie mit heimlicher Schadenfreude. Er machte sich lustig über sie! Ihre Unsicherheit amüsierte ihn. Er war ein echt mieser Typ, der Frauen nur benutzte und sich ganz offensichtlich an seinen zweifelhaften Erfolgen hochzog. Sie straffte die Schultern und blitzte ihn giftig an, bevor sie sich erneut Rayburn zuwandte, der die Spannungen zwischen seinem Sohn und seiner Innenarchitektin gar nicht realisierte.

Geistesgegenwärtig schnappte Camille eben noch das Ende von Rayburns Satz auf: »… weiß ich, dass Sie einen ausgezeichneten Geschmack haben und Ihre Sache gut machen, und von daher wäre ich bestimmt der Letzte, der Ihnen Vorschriften machen würde.«

»Was Daddy damit sagen will, Miss Jameson«, warf Zack ein, »ist, dass das Haus nachher auf gar keinen Fall wie ein aufgemotztes Bordell an der Bourbon Street aussehen darf.«

»Zachary, so redet man nicht mit einer Lady! Du warst wohl zu lange draußen auf den Pflanzungen«, protestierte sein Vater.

»Verzeihen Sie, Miss Jameson.« Zacks Entschuldigung klang aufrichtig, doch signalisierte ihr sein Blick, dass er sie bestimmt nicht für eine Lady hielt. Schließlich setzte er dem Ganzen noch die Krone auf, indem seine Augen auf ihrer Brust verharrten. Camille kam sich in ihrer durchschimmernden Seidenbluse regelrecht nackt vor. Wusste er noch, wie sie darunter aussah? Oder hatte er seitdem so viele Frauen gehabt, dass er ihren Körper längst vergessen hatte? Wenn er sie doch bloß nicht mit diesem herablassenden Kennerblick anstarren würde! Sie musste den verzweifelten Wunsch niederkämpfen, ihre Kostümjacke von der Lehne zu reißen und diese wie einen Schutzschild vor ihren Busen zu klemmen.

Sie wurde rot im Gesicht, was Mr. Prescott senior wohl auf die sommerliche Hitze schob. »Können Sie uns noch einmal verzeihen, Camille? Sie sind sicher schrecklich müde und erschöpft nach der langen Autofahrt. Wir besprechen alle weiteren Modalitäten nach dem Abendessen. Jetzt müssen Sie sich erst einmal ausruhen. Sie logieren in unserem so genannten Witwendomizil.« Er deutete auf ein kleineres Haus gegenüber der Terrasse. »Zugegeben – eine anmaßende Bezeichnung, aber meine Schwiegermutter lebte nach unserer Hochzeit einige Jahre bei uns. Sie hatte darauf bestanden, unter ihrem eigenen Dach zu wohnen, und den Droschkenverschlag kurzerhand in ein gemütliches Apartment umfunktioniert. Zumindest hoffe ich, dass Sie sich dort wohl fühlen werden. Der hochtrabende Name stammt übrigens von ihr.«

Camille wich Zacks Blick geflissentlich aus. Ihr Herz hämmerte, und ihr graute vor den nächsten Minuten, dennoch musste sie es hinter sich bringen. Je eher, desto besser. Sie durfte diesen liebenswürdigen, alten Herrn nicht länger in dem Glauben wiegen, dass sie auf seiner Plantage bliebe und besagten Auftrag ausführte. Sie war heilfroh, dass sie bislang weder einen Honorarvorschuss bekommen noch Materialien für die Umgestaltung bestellt hatte.

Sie spähte auf ihr leeres Glas und beobachtete, wie die

abperlende Feuchtigkeit auf dem Boden eine Pfütze bildete. »Mr. Prescott, ich weiß nicht, wie ich es Ihnen erklären soll…«

»Miss Jameson, ich bin von der Idee genauso begeistert wie mein Vater. Er möchte das Projekt schon seit Monaten in Angriff nehmen und kann es kaum erwarten, anzufangen. Dad ist wahnsinnig gespannt auf das Ergebnis, und ich bin mir ganz sicher, dass Sie umgehend mit der Restaurierung anfangen möchten. *So bald als möglich.*« Zacks letzte Bemerkung durchbohrte sie wie ein Messer. Aus dem Augenwinkel beobachtete sie, wie sein kantiges Gesicht einen gereizten Ausdruck annahm. Er ahnte bereits, dass sie einen Rückzieher machen wollte, und jetzt warnte er sie vor einem überstürzten Entschluss. Wieso eigentlich? »So bald als möglich.« Als sie zu dem älteren Mr. Prescott spähte, dämmerte es ihr. Er blickte verträumt in seinen Garten und schwieg. Obwohl er schon eine ganze Weile entspannt auf der Veranda saß, atmete er schnell und flach, sein Gesicht war gerötet, als wäre er gerannt. Camille schluckte, um das Engegefühl in ihrer Kehle loszuwerden, und wandte sich erneut zu Zack um. Als sie fragend die Augenbrauen hob, nickte er bejahend. Resigniert darüber, dass sie ihre Befürchtungen bestätigt sah, rutschte die junge Frau auf ihrem Stuhl herum. Was sollte sie tun? Hier bleiben und sich damit Zacks arroganter Geringschätzung aussetzen? Sie hatte einen Auftrag von Mr. Rayburn Prescott angenommen. Und wenn sein Gesundheitszustand bedenklich war, hatte sie zweifellos die moralische Verpflichtung, diesen auch auszuführen. Was zwischen ihr und Zack gewesen war, berührte ihre Geschäftsbeziehung mit seinem Vater absolut nicht. Sie musste sich freilich jeden Gedanken an Zack aus dem Kopf schlagen und immun gegen seine sarkastischen Bemerkungen werden. Camille seufzte im Stillen. Vielleicht sahen sie sich ja auch gar nicht so häufig, wie sie vermutete. *Vielleicht.*

Rayburn bemerkte das anhaltende Schweigen und räusperte sich. »Zack, wo sind deine Manieren geblieben? Ich begleite Camille zu ihrem Apartment, und du bringst ihr Gepäck dorthin.«

Man hatte ihr die Entscheidung geradewegs abgenommen.

Sie fischte die Wagenschlüssel aus der Handtasche und ließ sie in Zacks Hand fallen, um ihn nur ja nicht berühren zu müssen. Sein ironisches Grinsen kümmerte sie dabei wenig. »Im Auto liegen auch noch mehrere Musterbücher. Aber die kann ich später selbst holen.«

Sein Grinsen wich Verärgerung. »Wo soll ich sie deponieren?«

»Wen?«

»Die Musterbücher?«

»In … in der Eingangshalle, denke ich.«

Nach einem knappen Nicken schritt er hastig über die Terrasse und verschwand um die Hausecke. Rayburn bot ihr seinen Arm, und sie hakte sich bei ihm unter, als sie zum Witwendomizil schlenderten. Ihr gefiel der merkwürdige Name. Mr. Prescott öffnete ihr die Tür und bat sie einzutreten. Statt einer Klimaanlage drehte sich ein riesiger Ventilator unter der Decke und sorgte für angenehme Kühle im Raum. Das leise Summen war bestimmt herrlich einschläfernd, überlegte Camille. Der Hauptraum war zwar nicht groß, aber wie angekündigt sehr gemütlich eingerichtet. Die altmodischen Möbel und Wohnaccessoires fand Camille bei weitem anheimelnder als die sterile Atmosphäre eines Hotels. Das aus Rosenholz geschnitzte Bett hatte einen Himmel aus zartem Baumwollbatist, die langen, seidigen Fransen der ringsherum drapierten Vorhänge reichten bis zum Boden. Blütenweiße Gardinen hingen vor den Fenstern, die nachts mit Blenden verschlossen wurden.

»Gefällt es Ihnen?«, erkundigte sich Rayburn milde besorgt. Seine Gastfreundschaft war ungemein rührend.

Sie legte ihm eine Hand auf den Arm und antwortete: »Es ist wirklich bezaubernd, danke.«

Sofort strahlte er erleichtert. »Dort ist eine kleine Küche« – er deutete in eine Ecke –, »allerdings fänden wir es schön, wenn Sie die Mahlzeiten mit uns im Haupthaus einnehmen würden. Der Kühlschrank ist mit Säften und Erfrischungsgetränken gefüllt. Wenden Sie sich ruhig an Simon, wenn Sie noch etwas anderes möchten. Das Bad ist weiter hinten, und hier ist ein begehbarer Kleiderschrank.«

Er durchquerte den Raum und schob die Tür auf. Ein angenehm würziger Duft durchströmte das Zimmer. Camille trat hinter ihn und spähte über seine Schulter. Er lachte.

»Der Schrank ist aus Zedernholz gefertigt. Meine Schwiegermutter hat das Holz eigens für dieses Apartment ausgesucht.«

Er schloss die Schranktür, fasste Camilles Hände und umklammerte diese mit seinen faltigen Fingern. »Ich bin froh, dass Sie hier sind, Camille. Sie ahnen ja gar nicht, wie stark ich mich für dieses Projekt engagiere. Zack hält das Ganze für überflüssigen Luxus, den ich mir als alter Mann endlich einmal gönnen will, aber letztlich tue ich es für ihn. Ich hatte so gehofft, dass mein Sohn endlich heiratet und hier in diesem großen, alten Haus irgendwann einmal Kinder herumtoben. Wie es aussieht, werde ich meine Enkel wohl nicht mehr erleben. Aber wenn das Anwesen wieder gut in Schuss ist, habe ich mir überlegt, denkt er womöglich doch an eine Familiengründung. Sobald ich weiß, dass mein Haus bestellt ist, fällt es mir leichter… abzutreten.« Er zwinkerte ihr zu.

»Selbstverständlich«, meinte sie gepresst.

Er tätschelte ihr die Hände. »Und jetzt verschwinde ich, damit Sie sich noch ein bisschen ausruhen können. Das Abendessen wird um acht Uhr serviert. Zack bringt Ihnen sicher gleich das Gepäck vorbei. Fühlen Sie sich ruhig wie zu Hause.« Er lächelte ihr noch einmal freundlich zu, bevor er die Tür hinter sich schloss.

Nacheinander inspizierte Camille die kleine Küche und das Bad. Der kreisende Deckenventilator warf zuckende Schatten auf die pastellfarben getünchten Wände. Die zarten Gardinen blähten sich in dem sanften Windhauch. Sie streifte die Schuhe ab und warf ihre Handtasche auf die Rosenholzkommode. Uhr und Armband legte sie daneben. Beim Herausnehmen glitt ihr einer der Ohrstecker aus der Hand und rollte unter das Bett. Notgedrungen kroch sie auf allen vieren hinterher, ihre Kehrseite der Tür zugewandt. Während sie angestrengt in die Dunkelheit unter dem Bett blinzelte, hörte sie Zack hinter sich sagen: »Ein reizender Anblick.«

Wie von einer Tarantel gestochen schoss sie hoch und wirbelte zu ihm herum, rasch schob sie sich die wilden Locken aus ihrem tiefroten Gesicht. »Ein Gentleman klopft an, bevor er eintritt«, fauchte sie.

Völlig unbeeindruckt von ihrer Empörung zuckte er die Schultern. »Ich hatte die Hände voll.« In jeder Hand hielt er ein Gepäckstück.

»Das ist noch lange keine Entschuldigung. Du hättest rufen können.«

»Stimmt«, räumte er unumwunden ein. Sein scheinheiliges Grinsen vermittelte Camille das unangenehme Gefühl, ihm schutzlos ausgeliefert zu sein. Sie ließ ihn nicht aus den Augen, als er die größere Tasche in den begehbaren Schrank und die kleinere ins Bad stellte, weil er völlig korrekt darauf tippte, dass diese ihre Kosmetika enthielt. *Er tut so lässig, als wäre er hier zu Hause,* dachte Camille. Sie hätte ihn würgen mögen. Er schien die Ruhe selbst, während sie innerlich rotierte. Sein bis zur Brust aufgeknöpftes Freizeithemd spannte über der Schulter- und Oberarmmuskulatur, sobald er die schweren Taschen hob, stellte sie missmutig fest. Der langsam kreisende Deckenventilator zauste seine sonnengesträhnten, braunen Locken.

»Immer zu Diensten, Ma'am«, meinte er gedehnt, als er aus dem Bad kam. Er warf ihre Schlüssel auf die Anrichte. »Ich frag mich nur, wer dir die Koffer geschleppt hat, als du mitten in der Nacht aus dem Snow Bird abgehauen bist. Die müssen doch mordsmäßig schwer gewesen sein, mit deinen Skiklamotten. Hattest du es so eilig, dass du sie sogar selbst getragen hast? Ich hätte gedacht, dass du dazu nach so viel Anstrengung zu müde gewesen wärst.« Er grinste, aber seine Stimme klang bitter, sein Blick war eisig.

»Bitte, Zack, lass uns doch nicht wieder davon anfangen, was … damals zwischen uns gewesen ist«, seufzte sie. »Es ist bestimmt besser für alle Beteiligten.«

»Du meinst wohl besser für dich, du Feigling. Du wolltest doch schon wieder kneifen, stimmt's nicht? Draußen auf der Terrasse hattest du schon eine nette kleine Ausrede parat, um den Auftrag meines alten Herrn nachträglich abzuschmettern.«

»Ja«, gestand sie. »Die Möglichkeit, dass Mr. Rayburn Prescott mit … mit dir … verwandt sein könnte, habe ich nie in Betracht gezogen. Ich dachte … hoffte, ich würde dich nie wiedersehen. Unter den gegebenen Umständen hatte ich verständlicherweise keine Lust zu bleiben. Ich sehe aber ein, dass ihm die Renovierung ungeheuer viel bedeutet. Und außerdem hatte ich ihm bereits zugesagt.«

»Deine Gründe sind mir egal, Hauptsache, du bleibst«, knurrte er, ohne allerdings zuzugeben, dass er ihre Entscheidung begrüßte.

Was mochte dieser Mann bloß von ihr halten? Sie durfte gar nicht darüber nachdenken. Die nagenden Schuldkomplexe ignorierend, fragte sie: »Ist er krank, Zack?«

»Ja«, erwiderte er dumpf. Abrupt kehrte er ihr den Rücken zu und starrte aus einem der hohen Fenster. »Er hatte letztes Jahr einen Herzinfarkt, und seitdem ist er nicht mehr richtig fit. Die Diagnose der Ärzte ist nicht gerade berauschend. Als er davon anfing, das Haus renovieren zu wollen, hab ich ihn unterstützt. Er braucht eine Aufgabe, Camille, und dieses Haus bedeutet ihm wahnsinnig viel. Geld spielt dabei keine Rolle. Wenn es ihn glücklich macht und ausfüllt, zahle ich gern.«

Es ist sein Vermächtnis an dich, Zack, lag es ihr auf der Zunge, aber das durfte sie natürlich nicht laut sagen.

Zack fuhr fort: »Dad erzählte mir hellauf begeistert, dass er in Atlanta eine Innenarchitektin gefunden habe. Er schwärmte in den höchsten Tönen von deiner Qualifikation und von deinem Charakter. Deinen Namen erwähnte er nie, und ich hab auch, ehrlich gesagt, nicht danach gefragt. Es schien mir nicht wichtig, solange er glücklich war.« Weiterhin von ihr abgewandt, setzte er leise hinzu: »Ich war genauso überrascht wie du, als ich dich heute hier sah und du mich in meinem eigenen Haus beschimpft hast.« Schulterzuckend drehte er sich zu ihr um, ein angespanntes Grinsen auf dem Gesicht.

»Er wird mit mir zufrieden sein, Zack, versprochen. Trotz unserer vergangenen ... Beziehung.« Das letzte Wort brachte sie vor lauter Verlegenheit nur im Flüsterton heraus.

In dem zunehmenden Dämmerlicht wirkte seine ernste Miene plötzlich weicher, aber vielleicht meinte sie das auch nur. Er murmelte: »Danke, Camille«, dann war er verschwunden.

2

Camille duschte und schlüpfte in einen dünnen Bademantel. Sie hatte die Läden nicht geschlossen, zumal sie den leichten Luftzug angenehm fand, der von draußen hereinströmte. Jetzt lag sie auf dem Bett und hoffte, dass niemand im Vorbeigehen durchs Fenster hineinschaute. Die duftenden Laken schmiegten sich wohltuend kühl an ihre Haut. Sie reckte und streckte sich, wackelte mit den Zehen. Allmählich entspannte sich ihre Muskulatur. Seit ihrer Ankunft, seitdem Zack wie aus heiterem Himmel in der Halle des Haupthauses aufgetaucht war, hatte sie unter zunehmender Anspannung gestanden.

Selbst in ihren wildesten Horrorvorstellungen hätte sie sich nie ausgemalt, diesem Mann jemals wieder zu begegnen. Dass er der Plantagenerbe war und zudem auf Bridal Wreath wohnte, brachte Camille in eine heikle Lage. Wie sollte sie damit umgehen? Am einfachsten wäre es natürlich gewesen, davonzulaufen, wie Zack es ihr spöttisch untergejubelt hatte. Zugegeben, ihr erster Impuls war Flucht gewesen, inzwischen war ihr jedoch klar, dass sie nicht so überstürzt reagieren durfte. Es wäre tödlich für ihre Karriere, wenn sie einen bedeutenden Auftrag wie diesen sausen ließe. Sie brauchte ein solches Großprojekt für künftige Referenzen. Und das Honorar war schließlich auch kein Pappenstiel. Rayburn Prescott vertraute ihr und hielt offenbar große Stücke auf sie. Daher mochte sie ihn nicht enttäuschen, vor allem auch vor dem Hintergrund der Tatsache, dass er ernsthaft erkrankt war. Wie hätte sie ihrer Mutter schließlich erklären sollen, dass sie das Handtuch geworfen hatte? Bestimmt nicht damit, dass sie ihr die Wahrheit beichtete. Und im tiefsten Inneren wollte Camille Mr. Zack Prescott die Genugtuung nicht gönnen, sie verscheucht zu haben. Es würde ihn königlich amüsieren, wenn sie schon wieder Reißaus nähme. Und er würde vermuten, dass sie dem Druck nicht gewachsen wäre, dass sie vor jeder kritischen Situation zurückscheute. Nein! Den Gefallen wollte sie ihm nicht tun. *Ich bleibe und mache meine Arbeit und ignoriere ihn so gut es geht.*

Frustriert aufstöhnend vergrub Camille das Gesicht in den Kissen; sie war sich lebhaft der Tatsache bewusst, dass man einen Mann wie Zachary Prescott nicht einfach ignorierte. War sie es denn gewesen, die ihm damals in Utah einen Korb gegeben hatte?

Bedauerlicherweise nicht. Sie bereute diese Episode in ihrem Leben und schob sie weit von sich, dennoch meldete sich die Erinnerung wie ein bohrender Schmerz. Camille seufzte und dachte an Utah… an Snow Bird… an Zack…

Der Skiurlaub war ein Überraschungsgeschenk ihrer Mutter zur bestandenen Diplomprüfung gewesen. Camille hatte Gewissensbisse, weil eine solche Reise teuer war, und mochte sie erst gar nicht annehmen, aber Martha bestand trotz ihrer finanziell angespannten Situation darauf. Sie hatte bereits alles arrangiert. Außerdem war Camille in Begleitung von zwei ihrer Freundinnen. Die Eltern hatten den Winterurlaub heimlich für ihre Töchter gebucht, zumal die Examen im Spätherbst stattgefunden hatten.

Kathy Grayson und Jan Murphy wohnten im selben Studentenwohnheim wie Camille. Nächtelang hatten sich die drei aufregende Unternehmungen für diesen Skiausflug ausgemalt. Kathy und Jan waren erfahrene Skiläuferinnen und mehr an netten jungen Männern interessiert als an diversen Skipisten. Camille, die noch nie auf Skiern gestanden hatte, war versessen darauf, es endlich zu lernen.

Das Snow Bird Resort, eine Stunde Fahrzeit von Salt Lake City entfernt, übertraf ihre sämtlichen Erwartungen. Die drei jungen Frauen bezogen hellauf begeistert ihre Zimmer in der Skihütte, während sie durch die Verbindungstüren hindurch einander ihre Pläne für den Abend zuriefen – vor allem, was sie anziehen wollten.

Kathy und Jan lernten gleich beim ersten Abendessen zwei Kalifornier kennen. Camille war in Beziehungsangelegenheiten eher zurückhaltend. Sie hatte viele Freunde am College und auch ein paar Romanzen gehabt, aber nie etwas Ernstes. Im Gegensatz zu vielen ihrer Studienkolleginnen war sie nicht der Typ, der sich ruckzuck in einen Mann verliebte und ihm dann ebenso blitzartig wieder den Laufpass gab.

Die ersten beiden Tage konzentrierte sie sich voll aufs Skifahren, bekam Unterricht auf den Anfängerpisten und kam sich vor wie der letzte Tollpatsch, während Kathy und Jan gemeinsam mit ihren sportgestählten Kaliforniern die verschneiten Berge hinunterrasten.

Jeder Muskel in ihrem Körper rebellierte gegen die ungewohnte Anstrengung, Schenkel und Schienbeine waren voller blauer Flecken. Gefiel ihr dieser Sport überhaupt? Seltsamerweise schwärmten alle anderen davon. Womöglich war sie ein hoffnungsloser Fall.

Als sie sich am zweiten Abend an einen Tisch in der Skihütte setzte, stöhnte sie leise auf. Sie hatte einen mordsmäßigen Muskelkater. Kathy und Jan waren mit ihren Eroberungen nach Salt Lake City gefahren, um dort zu Abend zu essen. Die jungen Frauen hatten Camille bekniet mitzukommen, doch sie hatte abgelehnt. Sie wollte nicht fünftes

Rad am Wagen sein, sondern nur schnell etwas essen und sich danach in ihr Zimmer zurückziehen. Ein heißes Bad tat ihrem geschundenen Körper bestimmt gut.

Gedankenversunken schreckte sie hoch, als Zack sie von hinten ansprach und fragte, ob er ihr beim Essen Gesellschaft leisten dürfe. Sie drehte sich zu der angenehmen Stimme um und war schlagartig fasziniert von seinen strahlend blauen Augen. Mit seinem weichen, anziehenden Lächeln und der sportlich-legeren Kleidung sah er hinreißend aus. Hatte sie sich womöglich verhört? Oder hatte dieser Mann – er war einige Jahre älter als sie – sie soeben gefragt, ob sie nicht zusammen essen sollten?

Sie stammelte irgendeine dämliche Antwort, und er setzte sich ihr gegenüber. Was in den darauf folgenden Minuten passierte, vermochte sie nicht mehr zu erinnern. Sie war so hingerissen von diesem Adonis und dachte nur noch: Hoffentlich rede ich nicht allzu viel Unsinn. Irgendwann jedoch hatten sie angeregt über Bücher, Filme und den Skisport geplaudert.

Er sprach mit Südstaatenakzent, und als Camille ihn fragte, was er beruflich mache, erzählte er ihr lachend, dass er Farmer sei. Sie hielt es für einen Scherz, über den sie sich köstlich amüsierte. Er war nicht näher auf das Thema eingegangen und hatte stattdessen vorgeschlagen, Camille noch irgendwohin zum Tanzen einzuladen. Sie lehnte das Angebot ab mit dem Hinweis, dass sie jeden Muskel spüre und gerade noch halbwegs in der Lage sei, eine Gabel zum Mund zu führen. Nachher tranken sie noch einen Cappuccino vor dem gemütlichen Kaminfeuer im Speisesaal, dann begleitete er sie zu ihrem Zimmer.

»Bist du morgen auf der Piste?«

»Na klar«, lachte sie, ihre steife Muskulatur dehnend. »Ich hoffe doch schwer, dass ich dann wieder fit bin.«

Alles an ihm war anziehend, sein Äußeres, sein Lachen, seine gepflegten Manieren. Camille strahlte. »Danke für den schönen Abend, Camille. Bestimmt sehen wir uns morgen bei den Abfahrten.« Nach einem kurzen Händedruck drehte er sich um und schritt lässig durch den Flur in Richtung Aufzug.

Am nächsten Morgen trug Camille ihren schicksten Skianzug und war fürchterlich nervös. Sie hätte sich ohrfeigen mögen, dass sie sich wie ein verschossener Teenager aufführte. Trotzdem spähte sie beim Frühstück durch den Speisesaal, auf der Suche nach seinem Gesicht.

Erst am späten Vormittag entdeckte sie ihn auf der Piste. Er fuhr mit atemberaubendem Tempo an ihr vorbei, legte kurzerhand eine Vollbremsung hin und wartete auf sie. Es war ihr unsäglich peinlich, dass er Zeuge ihrer ungeschickten Anfängermanöver wurde.

»Guten Morgen«, rief er strahlend. Seine windzerzausten Haare schimmernd im hellen Sonnenlicht, baute er sich lässig vor ihr auf. Ein eng anliegender Skianzug betonte seine sportliche Silhouette, seine saphirblauen Augen spiegelten die Farbe des Himmels über Utah.

Den Rest des Tages blieb er in ihrer Nähe. Er beobachtete sie verstohlen, verfolgte jede ihrer Bewegungen und nickte anerkennend, worauf Camille zurücklächelte. Als er beim Mittagessen an ihren Tisch kam, verschluckten sich Jan und Kathy beinahe an ihren Sandwiches.

»Ist der beim Film? Grundgütiger, sieht der Typ klasse aus. Camille, raus mit der Sprache. Was war gestern Abend? Wir wollen alles wissen!«

Camille druckste herum, weil es ja eigentlich nicht viel zu erzählen gab. Er sei höflich und unterhaltsam gewesen, und das sei's dann auch gewesen, enthüllte sie.

Sie aß mit zwei frustrierten Freundinnen zu Abend, da die

beiden Kalifornier am Nachmittag nach Hause geflogen waren. Als nach dem Essen die kleine Musikband zu spielen begann, tauchte Zack auf und forderte Camille zum Tanzen auf. Sie glitt in seine Arme, versuchte das fragende Stirnrunzeln ihrer Reisebegleiterinnen zu übergehen und hoffte inständig, dass Zack ihre neugierigen Blicke nicht bemerkte.

Er vermittelte ihr eine Sicherheit wie noch kein anderer Mann vor ihm. Sie fühlte sich geborgen in seinen starken Armen – hingerissen, berauscht. Wie bei allem Übrigen zeigte er sich auch als Tänzer von seiner besten Seite, und Camille ließ sich wie in Trance von ihm führen. Einmal lehnte er sein Kinn an ihr dunkles Haar, und sie meinte fast, dass er ihr etwas zuraunte, aber vielleicht irrte sie sich ja. Als er sie an den Tisch zurückbrachte, verbarg sie ihre Enttäuschung hinter einer strahlenden Miene.

Am nächsten Morgen schlenderte er nach dem Frühstück zu ihr und begrüßte Kathy und Jan mit einem umwerfenden Lächeln.

»Für heute Abend wird eine Schlittenfahrt angekündigt. Hast du Lust mitzukommen, Camille?«

»Ja.« Camille strahlte. »Klingt super.« Sie klang ganz locker, doch das Herz klopfte ihr bis zum Hals.

»Gut. Dann hole ich dich um kurz vor neun in deinem Zimmer ab.«

Tagsüber winkten sie einander häufiger zu, wenn sie zufällig bei den Abfahrten aneinander vorbeifuhren. Beim Abendessen konnte sie ihn im Speisesaal nirgends entdecken, trotzdem aß sie hastig und lief auf ihr Zimmer, um sich für die Schlittenfahrt umzuziehen. Sie entschied sich für schmale, figurbetonte Jeans, die sie in ihre kniehohen Stiefel steckte, und einen weichen, gelben Angorapullover. Auf die wärmende Thermounterwäsche, die sie unter der Skikleidung trug, verzichtete sie geflissentlich.

Als Zack sie abholte, musterte sie ihn auf dem Weg zum Aufzug heimlich von der Seite. Er trug ebenfalls Jeans, die er über abgetragene Cowboystiefel gestreift hatte. Unter seiner Lammfelljacke schimmerte ein naturweißer Strickpullover. Als er den Liftknopf drückte, bemerkte sie seinen sehnigen, gebräunten Finger. Auf seinem Handrücken sprossen blonde Härchen.

Bevor sie ins Freie traten und auf den Pferdeschlitten kletterten, trat Zack vor sie hin, schob fürsorglich die Kanten ihres kaninchengefütterten Parkas zusammen und zog ihr den Reißverschluss bis zum Kinn hoch.

»Wir wollen doch nicht, dass du dir eine Erkältung holst«, flüsterte er rau, worauf Camille wohlig erschauerte.

Unter Decken gekuschelt saßen sie in dem nach Heu duftenden Schlitten. Als jemand zu singen begann, stimmte Zack mit weichem Bariton in das Lied ein, dabei streichelte sein warmer Atemhauch Camilles Wange.

Er legte einen Arm um sie und zog sie enger an sich, nachdem sie ihre Beine bereits wärmend aneinander geschmiegt hielten. Als er jedoch den Reißverschluss ihres Parkas ein paar Zentimeter hinunterzog, wurde sie nervös. Er schob die Hand von ihrer Schulter in den wärmenden Mantel und streichelte zärtlich über ihr Schlüsselbein. Ihr Puls raste, während seine Finger spielerisch zu ihrem Nacken glitten. Ihren skeptisch-fragenden Blick quittierte er mit einem jungenhaften Grinsen und einem gehauchten Kuss auf ihre Stirn.

Als der Wagen zur Hütte zurückkehrte, hatte heftiger Schneefall eingesetzt. Zack hob sie herunter, woraufhin Camille die Stufen zur Hütte hochstapfen wollte. Seine Finger umschlossen ihren Ellbogen und hielten sie mit sanftem Druck fest.

»Ich mache einen sagenhaften Cappuccino. Möchtest du

nicht noch auf eine Tasse mit in mein Zimmer kommen? Bitte, ja?«

Seine Stimme war ungemein verführerisch, sein Lächeln zärtlich, und Camille überlegte nicht lange, obwohl in ihrem Kopf sämtliche Alarmglocken schrillten. Sie nickte schweigend und hakte sich bei ihm unter. Sie schlenderten über die verschneiten Wege zu einem weiteren Gebäudekomplex. Das seien Apartments, erklärte Zack ihr. Einer seiner Freunde habe eins gekauft und ihm für ein paar Tage überlassen. Er schloss die Tür zu einer der Wohnungen auf und geleitete Camille hinein. Der großzügige Raum mit seiner dunkel vertäfelten Holzdecke besaß ganz klar eine maskuline Note. Auf einer Seite des Zimmers bot ein riesiges Fenster einen Panoramablick auf die Berge. Hinter einer Lamellentür versteckte sich eine kleine Küche, und Camille tippte darauf, dass die andere Tür ins Bad führte. Ein gefliester Kamin nahm eine weitere Wand ein, direkt gegenüber stand ein breites, mit einem weichen Fellüberwurf bedecktes Bett.

Um ihre Nervosität zu überspielen, bemerkte Camille: »Das war bestimmt nicht billig. Mein Zimmer in der Lodge ist zwar ganz nett, aber kein Vergleich mit dem hier.«

Er half ihr aus dem Parka und legte ihn über einen Stuhl. »Mag sein, aber mein Freund hat Geld wie Heu. Vermutlich war er nur ein paar Mal hier. Komm, setz dich ans Feuer, ich mach uns schnell was Heißes zu trinken.«

Pfeifend schlenderte er in die Küche. Er schien nichts dabei zu finden, sich allein mit einer Frau in diesem quasi überdimensionierten Schlafzimmer aufzuhalten. Camille lief zum Fenster und betrachtete die herrliche Landschaft, während aus der Küche geschäftiges Klappern drang.

»Es schneit wieder stärker. Bin ich froh, dass es während der Schlittenfahrt trocken war.« Geistesabwesend spielte sie mit der Vorhangkordel, woraufhin sich die Portieren schlossen.

Im selben Augenblick trat Zack mit zwei dampfenden Bechern aus der Küche und verkniff sich ein Grinsen. Camille kam sich prompt wie eine Idiotin vor. Wie konnte sie bloß die Vorhänge schließen! Er dachte doch wohl hoffentlich nicht, dass sie jetzt zum gemütlichen, sprich intimen Teil des Abends übergehen wollte? War sie eigentlich von allen guten Geistern verlassen?

Er zog sie neben sich auf den Teppich vor dem prasselnden Feuer, streifte ihr die nassen Stiefel ab und massierte ihre eiskalten Zehen. Kurze Zeit später streckte er seine nackten Füße vor dem Kamin aus.

Sie plauderten über alles Mögliche und amüsierten sich köstlich über einen Mann, der während der Schlittenpartie lauter als alle anderen gesungen hatte, dafür aber grottenschlecht.

Als sie ihren Cappuccino getrunken hatten, nahm er ihre Tasse und stellte diese neben seine. Ihre ungezwungene Unterhaltung stockte, eine eigenartige Spannung entstand zwischen ihnen. Zack beugte sich zu ihr vor, umschloss mit beiden Händen ihren Nacken und brachte ihr Gesicht an seins.

Seine weichen Lippen waren ungeheuer verheißungsvoll und so lasziv fordernd, dass sie ihm nachgab. Als ihre Zunge die seine berührte, überlief Camille ein erotisierendes Prickeln, und sie schlang impulsiv die Arme um seine Taille. Sie hatte sich zwar im Stillen vorgestellt, wie es sein mochte, ihn zu küssen, aber darauf war sie nicht vorbereitet. Sein Kuss war sanft und dennoch leidenschaftlich. Sie fühlte sich nicht überrumpelt, sondern vielmehr zärtlich überzeugt.

Glutvolle Küsse bedeckten ihr Gesicht, ihre Halsbeuge,

und sie hatte keinen blassen Schimmer, wie es ihm gelang, ihr den Pullover auszuziehen. Er spähte provozierend auf ihren seidig glänzenden Push-up-BH, der mehr enthüllte, als er verbarg.

»Der stört doch nur, oder?«, grinste er, während er geschickt den vorderen Verschlussclip öffnete.

Seine Hände wussten zu verwöhnen und erregten sie, ganz anders als das ungeschickte Rumgefummel ihrer Studentenfreunde. Er vergrub das Gesicht zwischen ihren Brüsten und hauchte: »Camille, Camille, du bist so süß. Und schön. Und ich möchte dich verführen.«

Hatte sie genickt oder irgendetwas gesagt, oder hatte er ihr Schweigen als Zustimmung gewertet? Sie wusste es nicht. Er trug sie zum Bett und warf die Felldecke zurück. Vermutlich hatte sie ihre Jeans heruntergestreift, als er sich umdrehte, um sich auszuziehen, denn das Nächste, was ihr bewusst wurde, war, dass sie beide nackt unter den glatten Laken lagen. Er hatte einen grandiosen Körper. Der zuckende Flammenschein schimmerte golden auf seinem Brusthaar, dem Flaum auf Armen und Beinen.

»Camille«, hauchte er, zärtlich ihre Brüste streichelnd. Seine Lippen verschmolzen mit den ihren, und sie kapitulierte vor seinem Begehren. Er verführte sie mit sinnlicher Wildheit, zog sie mit sich in einen Sog der Leidenschaft, und ihr schwindelerregender Höhepunkt übertraf Camilles hemmungsloseste Fantasien.

Als er schließlich von ihr hinunterglitt, schob er ihr die schweißfeuchten Locken von den Wangen. Seine Augen versanken in ihren goldbraunen Tiefen. »Du hättest es mir sagen müssen, Camille. Es tut mir wahnsinnig Leid.«

Sie lag entspannt in seinen Armen, lauschte dem gleichmäßigen Herzschlag unter seinem Brustkorb. »Wirklich?«, flüsterte sie.

»Nein.« Leise lachend zog er sie an sich, streichelte zärtlich ihren Körper, vergrub das Gesicht in ihren Haaren. »Aber warum hast du denn nichts gesagt?«

Sie richtete sich auf und sah ihn ungläubig an. »Na ja, so was lässt man doch nicht beiläufig in ein Gespräch einfließen, oder? ›Schönes Wetter heute. Ach, übrigens, ich bin noch Jungfrau.‹ Hättest du dich dann anders verhalten?«

»Wahrscheinlich nicht.« Sein Blick glitt zu ihren Brüsten. »Ich hätte dir bestimmt nicht widerstehen können.« Nach einem langen Kuss schob er sie neben sich, schmiegte sie eng an seine Brust. »Schlaf jetzt.« Er rutschte mit dem Gesicht auf ihr Kopfkissen und knabberte hingebungsvoll an ihrem Ohrläppchen.

In dieser Nacht machte Camille kein Auge zu. Sie lauschte auf seine gleichmäßigen Atemzüge, als er kurz darauf einschlief. Sie selber war jedoch viel zu aufgewühlt, um Ruhe zu finden. Sein warmer Atemhauch zauste ihr Haar. Seine Hand lag besitzergreifend auf ihrem Becken. Sie fühlte sich sicher und geborgen. Glücklich. Entspannt. Befriedigt.

Sein lustvolles Stöhnen klang noch in ihren Ohren nach. Obwohl sie so unerfahren war, hatte er durch sie Befriedigung gefunden.

Unvermittelt lähmte sie ein deprimierender Gedanke. War das alles gewesen, was er von ihr wollte? Ein Sexabenteuer? Mit Sicherheit war Zack ein erfahrener Liebhaber. Vermutlich konnte er sich vor Verehrerinnen kaum retten. Und sie hatte nicht mal andeutungsweise Widerstand geleistet, sondern war bereitwillig zu ihm ins Bett gehüpft! Fieberhaft überlegte sie, was sie über diesen Mann wusste. So gut wie gar nichts! Nur seinen Namen und dass er einen reichen Freund hatte, dem dieses Bett gehörte, das sie so leichtfertig mit Zack teilte. Er hatte sich auch nicht lange mit Fragen nach ihren persönlichen Verhältnissen aufgehalten. Vermutlich wollte er gar nichts über sie erfahren, weil es ihn nicht die Bohne interessierte! Er verbrachte ein paar erholsame Tage im Schnee und eine Nacht mit einer Frau, die zehn Jahre jünger war als er und reizvoll unerfahren. Camille fühlte sich beschmutzt und beschämt. Der Liebesakt war so zärtlich und gefühlvoll gewesen, als bedeutete sie ihm wirklich etwas, aber das war bestimmt nur Teil seiner ausgeklügelten Verführungstaktik.

Eine weitere Horrorvorstellung trieb ihr einen eisigen Schauer über den Rücken. Schwangerschaft! Gute Güte! Sie nahm keine Kontrazeptiva, und er hatte auch nicht verhütet. Was, wenn sie von diesem Unbekannten ein Kind bekäme?

Ein aufwühlender Gedanke jagte den nächsten. Irgendwann befiel sie Panik. Sie konnte es nicht mehr aushalten.

Sie löste sich aus seiner innigen Umarmung, verzweifelt bemüht, ihn nicht aufzuwecken. Hastig suchte sie ihre Sachen zusammen und zog sich mit hektischen Bewegungen an. Nachdem sie geräuschlos durch die Tür geglitten war, rannte sie durch den Schneesturm zur Lodge. Am Empfang bat sie den verschlafenen Mitarbeiter, ihre Rechnung auszudrucken und ihr ein Taxi zum Flughafen nach Salt Lake City zu bestellen. Als er darauf hinwies, dass es riskant sei, den Bergpass bei einem Schneesturm zu passieren, schob sie einen dringenden Notfall vor. Dabei wich sie seinem neugierig forschenden Blick aus.

In ihrem Zimmer angelangt, packte Camille weinend ihre Reisetaschen. Für ihre Freundinnen, die über ihre plötzliche Abreise bestimmt bestürzt waren, kritzelte sie rasch eine Nachricht auf ein Stück Papier. Darin schwindelte sie ihnen irgendetwas von einem Anruf ihrer Mutter vor und von einem engen Freund der Familie, der im Sterben lag.

Das klang selbst für sie haarsträubend, aber etwas Besseres fiel ihr in der Hektik nicht ein.

Sie flüchtete in die verschneite Nacht und traf bei Sonnenaufgang am Flughafen von Salt Lake City ein, froh und dankbar, dass sie heil angekommen war. Kurz entschlossen nahm sie die erste Maschine, die nach Osten flog, mit Anschlussflug nach Atlanta.

Jetzt war es Mitte September, und sie befand sich in Natchez, Mississippi. Die Episode mit Zack hatte zwei Jahre zuvor im Dezember in den verschneiten Bergen von Utah stattgefunden. Trotzdem spukte er seitdem unablässig in ihrem Kopf herum.

Im Nachhinein fiel ihr ein, dass sie vor ihrem Verschwinden noch einen letzten Blick auf das Bett geworfen hatte. Dort hatte er friedlich schlummernd gelegen, das zerwühlte Haar auf dem Kissen, seine Wangen von dichten, dunklen Wimpern beschattet, sein Astralkörper von dem dünnen Laken spärlich verhüllt. In diesem Augenblick hatte sie einen nagenden Schmerz gespürt, ein brennendes Verlangen, und ihren Entschluss um ein Haar geändert.

Denselben Schmerz empfand sie auch jetzt.

3

Für das Abendessen wählte Camille ihre Kleidung mit besonderer Sorgfalt aus. Sie hatte ein weißes Sommerkleid eingepackt, das sie vermutlich nur noch wenige Male tragen könnte und dann bis zum kommenden Frühjahr weghängen müsste. Es war eines ihrer Lieblingskleider, zumal es ihr hervorragend stand. Rückenfrei, wurde es mit zwei breiten Trägern im Nacken gebunden und zeigte viel gebräunte Haut. Das Oberteil lag eng an, ein breiter, jadegrüner Seidengürtel betonte die Taille.

Camille hatte ihre Figur nie gemocht und war in ihrer Jugend heimlich verzweifelt, als andere Mädchen weibliche Rundungen bekommen hatten. Bei ihr hatte sich erst als junge Frau ein üppiger Busen entwickelt, ihre schmalen Hüften und die schlanken Schenkel hatten sich jedoch nicht verändert. Mittlerweile wurde sie von den meisten ihrer Freundinnen beneidet, die nach einem oder zwei Babys Probleme mit dem Gewicht hatten.

Sie besprühte sich mit Parfüm und beobachtete, wie der duftende Nebel ihre weichen Locken einhüllte, die ihre Schultern umschmeichelten. Sie hatte beschlossen, ihr Haar offen zu tragen. Warum sollte sie seine Natürlichkeit bändigen? Zudem war die Luftfeuchtigkeit in Natchez so hoch, dass derartige Versuche ohnehin kläglich scheiterten.

Ihr Herzschlag beschleunigte sich, als sie Zacks Silhouette im Spiegel bemerkte. Er stand an der Fliegengittertür hinter ihr. Camille hatte angenommen, dass sie allein zum

Haupthaus schlendern würde. Dass man ihr einen Begleiter schicken könnte, auf die Idee wäre sie nie gekommen.

Er hob die Hand und klopfte überflüssigerweise an. Über so viel dreiste Frechheit errötete sie ärgerlich.

»Du kannst genauso gut reinkommen, Zack. Wie lange stehst du schon da draußen?«

»Das möchtest du wohl gerne wissen, was? Ich muss immerhin zugeben, dass ich mich nicht gelangweilt habe.« Er grinste süffisant, worauf Camille zum Spiegel herumwirbelte und kleine Perlenstecker in ihren Ohrläppchen befestigte.

»Ich bin fertig«, murmelte sie. Warum sah er bloß so umwerfend aus? Ein beigefarbener Leinenanzug und ein blassblaues, am Hals offenes Hemd unterstrichen seinen dunklen Teint und die strahlenden Augen. Wenn er lächelte, blitzten zwei Reihen makellos weißer Zähne in einem braun gebrannten Gesicht.

»Noch nicht ganz. Mein Vater schickt der Lady einen Schmuck mit Blüten aus seinem eigenen Rosenbeet. Ich soll mich darum kümmern, dass du ihn auch trägst.«

Er reichte ihr ein hübsches Gebinde aus gelben Rosen mit einer weißseidenen Schleife. »Wie lieb von ihm«, rief Camille mit der typischen Begeisterung einer Frau, die Blumen geschenkt bekommt.

»Genau genommen hat Simons Frau es für ihn gebunden, aber er hat die Rosen selbst ausgesucht. Dad ist absolut überwältigt von dir.«

Camille sog den süßen Blumenduft ein und hob dann die Augen. Verblüfft stellte sie fest, dass er sie intensiv musterte. Was emotional in ihm vorging, hätte sie nicht zu sagen vermocht, seine Miene nahm jedoch sofort wieder einen reservierten Ausdruck an, als er ihren Blick bemerkte.

»Am besten, ich trage sie im Haar«, entschied sie. »Ich

habe nämlich keine Anstecknadel, um sie an meinem Kleid festzumachen.«

Mit der triumphierenden Handbewegung eines Zauberers, der ein Kaninchen aus dem Hut zieht, wühlte Zack in seiner Reverstasche und brachte eine perlenbesetzte Krawattennadel zum Vorschein. »Ich war mal Pfadfinder und bin deshalb auf sämtliche Eventualitäten vorbereitet.«

Er nahm ihr das Sträußchen aus der Hand und – Grundgütiger! – glitt mit den Fingern kurzerhand in den Ausschnitt ihres Kleides. Sie hielt den Atem an, als sie die Wärme seiner Hände auf der Haut spürte. Ihr Herz hämmerte spontan wie ein Trommelwirbel, ein ungeahntes Prickeln durchflutete von ihrer Magengrube ausgehend den ganzen Körper. Bildete sie es sich etwa nur ein, dass Zacks Finger leicht zitterten, als sie die Nadel oberhalb ihrer Brust in den Stoff steckten? Nachdem die Blumen befestigt waren, machte er jedoch keinerlei Anstalten, die Hand wegzuziehen, stattdessen spürte sie seinen leicht keuchenden Atem auf ihrem Scheitel. Zaghaft hob sie den Blick, registrierte seinen Brustflaum, die kräftige Halspartie, das kantige Kinn, den sinnlichen Mund, die griechische Nase und schließlich die stechend blauen Augen, die sie gefährlich intensiv musterten. Ihr Gesicht kaum Zentimeter von seinem entfernt, fühlte sie die unsichtbare Barriere, die keiner von ihnen zu durchbrechen wagte. Hastig senkte sie die Lider und wich unwillkürlich zurück.

Zack fluchte leise. Impulsiv riss er die Hand aus ihrem Oberteil und vergaß in seiner Hektik die Nadelspitze. Er stach sich schmerzhaft in den Finger.

»Verdammt«, fluchte er, während er die Einstichstelle untersuchte, aus der ein hellroter Tropfen Blut quoll.

Camille handelte instinktiv und packte seine Hand. »Oh Zack«, rief sie. Sie brachte seinen Finger an ihre Lippen und saugte sanft daran, wie sie es auch gemacht hätte, wenn sie selbst verletzt gewesen wäre. Sein scharfer Atemzug brachte sie auf den Boden der Tatsachen zurück. Sie nahm seinen Finger aus dem Mund und untersuchte die winzig kleine Wunde. Plötzlich ließ sie seine Hand los, so als hätte sie sich verbrannt. »Ich ... ich denke, es geht schon wieder ... oder?«, stammelte sie. Dabei mied sie seinen Blick.

Er durchquerte den Raum und hielt ihr die Tür auf, woraufhin sie mit gesenktem Kopf hinter ihm hertrottete.

Nach einem Aperitif im Salon genossen Camille und ihre Gastgeber ein ungezwungenes Dinner im Speiseraum. Das Essen wurde von einer lebhaften kleinen Frau serviert, die Rayburn ihr als Dearly Beloved Mitchell vorstellte. Besagte Haushälterin und ihr Mann Simon, der Butler, arbeiteten schon seit Rayburns Hochzeit auf Bridal Wreath.

Als er Camilles verblüffte Reaktion auf den ungewöhnlichen Vornamen bemerkte, erklärte Rayburn, dass Dearlys Mutter auf den ausgefallenen Namen gekommen sei. »Ich bin heilfroh, dass ich ein Mädchen geworden bin!«, scherzte die Haushälterin. Sie war füllig und Simon hager, aber beide hatten das gleiche sonnige Naturell. Camille mochte das Ehepaar auf Anhieb.

»Miss Jameson, Sie sind genau so hübsch, wie Mr. Prescott mir vorgeschwärmt hat«, fuhr Dearly Beloved fort. »So, wie er von Ihnen erzählte, hab ich mich allmählich schon gefragt, ob seine Absichten überhaupt ehrenhaft wären und die Renovierungspläne nicht nur ein Vorwand, um Sie hierher zu lotsen.« Sie amüsierte sich blendend, als Rayburn einen roten Kopf bekam. Die Haushälterin war sich ihrer Stellung ganz offensichtlich sicher und nahm kein Blatt vor den Mund: »Also, wenn er gesagt hätte, er holt Sie wegen

Zack her, hätte ich das natürlich voll und ganz verstehen können.« Sie gackerte noch einmal fröhlich und verschwand durch eine Tür, die, so vermutete Camille, in die Küche führte. Die junge Frau riskierte einen Blick zu Zack, der finster in sein Cocktailglas starrte.

»Camille, Sie müssen entschuldigen, aber Dearly hat nun einmal eine spitze Zunge. Nach all den Jahren sind wir ihre schonungslose Offenheit gewohnt.« Rayburn grinste betreten, worauf Camille ihm eilig versicherte, dass sie sich kein bisschen bloßgestellt fühle.

Dearly kehrte mit Tabletts beladen zurück, auf denen von silbernen Hauben bedeckte Teller standen, die sie auf den Tisch stellte. Sie nahm die Deckel ab und servierte Camille ein köstlich aussehendes Stück Roastbeef.

»Ich muss Sie vorab warnen, Camille, dass ich Diät lebe. Dearly würzt deshalb nur sparsam. Salzen Sie ruhig nach, wenn Sie möchten.« Rayburn Prescott begann erst zu essen, als Zack Salz- und Pfefferstreuer an Camille weitergereicht und sie nachgewürzt hatte. Sie nahm einen kleinen Bissen, sah zu dem skeptisch dreinblickenden älteren Herrn hinüber und lächelte.

»Einfach köstlich, Mr. Prescott. Sie brauchen sich wirklich keine Sorgen zu machen, dass ich hier verhungern könnte.« Sie lachte. »Im Gegenteil, wenn alles so gut schmeckt wie das hier, nehme ich vermutlich sogar zu.«

»Könnte nicht schaden«, grummelte Zack mehr zu sich selbst. Camille spähte zu ihm, doch sie schien Luft für ihn zu sein.

Ganz Herr alter Schule, verwickelte Rayburn sie in ein zwangloses Gespräch. Er erkundigte sich nach ihrer Heimatstadt Atlanta, nach ihrer Familie und ihren Interessen. Zack blieb einsilbig und reagierte nur, wenn sein Vater ihn direkt ansprach. Falls Rayburn das brütende Schweigen seines Sohnes bemerkte, so äußerte er sich jedenfalls nicht dazu.

»Laufen Sie Ski?« Die Frage kam so unerwartet und völlig außerhalb des Gesprächszusammenhangs, dass Rayburn und Camille sich entgeistert zu Zack drehten. Ganz offensichtlich galt die Frage ihr, und um ihre Bestürzung zu verbergen, antwortete sie strahlend: »Ja. Ein Freund von mir hat ein Boot, und ich fahre öfters Wasserski mit ihm.«

»Nein, nein, ich meinte Abfahrtski.« Zack blieb hartnäckig. Wieso schnitt er dieses brisante Thema an? Musste er es unbedingt darauf anlegen, dass Rayburn von ihrer Katastrophenbeziehung erfuhr?

»Vor ein paar Jahren habe ich einmal einen Skiurlaub gemacht«, räumte sie beiläufig ein.

»Bestimmt sind Sie seitdem wieder *Ski gefahren*. Ich tippe darauf, dass Sie häufiger *Ski fahren*.« Wutschäumend funkelte Camille ihn an. So, wie er die Betonung wählte, bezog er sich mit Sicherheit nicht auf die Sportart. Vermutlich wollte er ihr damit zu verstehen geben, dass sie sich häufiger auf dünnem Eis bewegte und von Männern an der Nase herumführen ließ. Dieses Ekelpaket!

»Nein, ich habe es einmal ausprobiert. Der Sport gefiel mir nicht. Und ich war … ich war auch nicht besonders gut«, stieß sie zwischen zusammengebissenen Zähnen hervor. Dann senkte sie den Kopf und blickte auf ihren leeren Teller, zumal Zack sie anzüglich musterte.

»Ach, kommen Sie«, meinte er gedehnt. »Sie haben den idealen … Körperbau … für diese Sportart. Ich wette, mit ein bisschen Übung könnten Sie richtig gut werden.«

Sie fühlte sich bloßgestellt von ihm und stand abrupt auf. »Wenn … wenn Sie mich bitte entschuldigen wollen, Mr. Prescott. Ich … ich bin gleich zurück, um mit Ihnen den Rundgang durchs Haus zu machen.« Sie stürzte förmlich aus dem Raum und hörte noch, wie Rayburn fragte: »Hab ich etwas falsch gemacht, Zachary? Wieso war sie denn auf einmal so aufgebracht?«

Camille wartete Zacks Antwort nicht ab, sondern rannte durch das Haus und über die Terrasse zum Witwendomizil.

Zack mit den blumigsten Verwünschungen verfluchend, spritzte sie sich kaltes Wasser ins Gesicht. Wollte er sie in den nächsten Monaten, die sie hier verbrachte, etwa unablässig quälen? Gab er denn nie Ruhe mit seinen bohrenden Andeutungen über das, was fast zwei Jahre zuvor zwischen ihnen vorgefallen war? Sie konnte es unmöglich hinnehmen, dass er sie ständig an einen peinlichen Fehltritt und an eine Episode in ihrem Leben erinnerte, die sie am liebsten verdrängte. Sie hätte diesen Zack Prescott ermorden können!

Schließlich fasste Camille einen Entschluss. Ihre Mutter hatte ihr als Heranwachsende den Tipp gegeben, die aufdringlichen Jungen zu ignorieren, die ihr in der Schule nachstellten. Und diesen Rat wollte sie auch bei Zack beherzigen: Sie nahm sich fest vor, künftig über seine schlüpfrigen Kommentare und Bloßstellungsversuche hinwegzugehen. Wenn er erst einmal merkte, dass sie darauf nicht ansprang, würde er bestimmt den Spaß daran verlieren und mit dem Blödsinn aufhören.

Halbwegs wiederhergestellt, ging sie zurück ins Haupthaus. Rayburn saß allein im Salon. Er informierte sie ungefragt darüber, dass Zack ausgegangen sei. Sie hauchte ein Dankgebet zum Himmel, insgeheim jedoch leicht enttäuscht, dass er von ihrem frisch aufpolierten, selbstbewussten Image nichts mitbekam.

Rayburn begann den Rundgang in den zwei Salons. Wuchtige Holzschiebetüren trennten die beiden Räume. Einer wurde als Wohnzimmer genutzt, in dem anderen stand ein riesiger Flügel. Mr. Prescott erklärte ihr, dass Alice sehr gut gespielt habe, und war hoch erfreut, dass Camille ebenfalls Klavier spielte. Das Musikzimmer solle so erhalten bleiben, fand er.

Während sie durch das Haus schlenderten, machte Camille sich Notizen. Sie erfasste die Möbelstücke, die restauriert oder aufgepolstert oder komplett entfernt werden sollten. Sie notierte die Anzahl der Fenster pro Raum, machte Vorschläge, wie sich das Mobiliar geschickter platzieren ließe und welche Farben sich harmonisch einpassten. Zwecks weiterer Anregungen wollte sie später ihre Musterbücher hinzuziehen. Die schweren Kataloge waren bereits in der Halle deponiert. So höflich war Zack immerhin doch gewesen, dachte sie.

Sie durchquerten die riesige Halle, von der aus Rayburn sie in das Speisezimmer führte, das Camille schon während des Abendessens fachmännisch inspiziert hatte. Er zeigte ihr einen kleineren Frühstücksraum und schließlich die Küche, die, wie sie positiv überrascht feststellte, bereits mit supermoderner Technik ausgestattet war. Die Veränderungen hier wären rein kosmetischer Natur und nicht grundlegend. Dearly war noch beim Abwasch und freute sich, als Camille sie um ihr persönliches Geschmacksempfinden bei verschiedenen Farbmustern bat. Sie diskutierten mehrere Farbgebungen, und Camille merkte es der begeisterten Haushälterin an, dass sie ihr auf Anhieb sympathisch war.

Rayburn und Camille gingen die breite Treppe hinauf, die sich an einer Seite der riesigen Eingangshalle zum ersten Stock hochschwang. Das Eichenschnitzwerk war bezaubernd, bedurfte aber dringend einer fachmännischen Aufarbeitung. Und das erforderte Fingerspitzengefühl, sinnierte Camille.

Oben angekommen, geleitete Rayburn sie entlang der ausgedehnten Galerie, die ebenfalls in neuem Glanz erstrahlen sollte. Von dort zweigten die Räume ab. Es gebe vier Schlafzimmer, zwei davon seien durch ein Bad miteinander verbunden, führte Rayburn aus. Das seien die so genannten Herrschaftsräume, die Zack bewohne.

»Zack kann sich zu gegebener Zeit selbst Gedanken machen, was ihm ausstattungsmäßig vorschwebt«, sagte er abwesend, worauf Camille erleichtert aufseufzte.

Rayburn war nach dem Tod seiner Frau aus der Riesensuite in einen der großzügigen Schlafräume gegenüber der Galerie umgezogen. Bett, Schrank und Anrichte waren aus massivem Rosenholz gefertigt. Camille klatschte spontan in die Hände, als sie die bezaubernden Antiquitäten sah. Über ihre Begeisterung grinste Rayburn wie ein Schuljunge.

»Ich hatte so gehofft, ich könnte den anderen Schlafraum in ein Kinderzimmer umfunktionieren lassen«, räumte er seufzend ein. »Aber zunächst einmal lassen wir ihn so, wie er ist. Gegen neue Tapeten hätte ich allerdings nichts einzuwenden. Wenn Ihnen sonst noch etwas einfällt, auf dem Speicher haben wir Teppiche, Möbel und eine Menge Krimskrams eingelagert. Schauen Sie die Sachen ruhig einmal durch und nehmen Sie sich, was Sie brauchen.«

Camille nahm sich fest vor, von dieser Möglichkeit in allernächster Zukunft Gebrauch zu machen.

»Dearly und Simon haben ihre Wohnung über der Garage. Sie haben mir versichert, dass sie mit dem derzeitigen Zustand zufrieden sind. Vielleicht überzeugen Sie die beiden, dass ein neuer Anstrich nicht schaden könnte. Und wenn Sie einmal dabei sind, dann überreden Sie sie doch auch gleich zu einer neuen Möblierung«, schmunzelte er.

Rayburn wirkte sichtlich erschöpft. Der Rundgang hatte

länger gedauert, als Camille einkalkuliert hatte, und es war spät geworden. Um ihn nicht zu brüskieren, täuschte sie ein herzhaftes Gähnen vor und entschuldigte sich dann überschwänglich. »Verzeihen Sie vielmals, aber der heutige Tag war doch anstrengender, als ich dachte. Wenn Sie nichts dagegen haben, gehe ich jetzt wohl besser zu Bett.«

»Aber natürlich, natürlich«, pflichtete er ihr hastig bei.

Als sie die Stufen hinuntergingen, erklärte sie ihm das weitere Vorgehen. »Morgen werden wir uns die Musterbücher anschauen und die von Ihnen gewünschten Veränderungen besprechen. Wenn wir alles ausgewählt haben, rufe ich in meinem Studio an und bestelle dort sämtliche Materialien. Bis die Lieferung eintrifft, können wir mit den weniger schönen Aufgaben beginnen – Böden abziehen, Anstreichen, Ausbesserungsarbeiten und so weiter. Für die schwereren handwerklichen Arbeiten brauche ich vermutlich einige Hilfskräfte. Ist es Ihnen Recht, wenn ich mir hier vor Ort ein paar Leute suche?«

»Aber keine Frage, meine Liebe. Nehmen Sie sich, wen Sie wollen.« Er hatte sie bis zum Ende der Halle begleitet, wo sie stehen blieb.

»Das letzte Stück schaffe ich allein, Mr. Prescott. Wir sehen uns morgen früh. Schlafen Sie gut.«

»Sie auch, Camille. Wenn Sie irgendetwas brauchen, rufen Sie kurz bei Simon oder Dearly an. Sämtliche Kurzwahlen sind auf der Telefontastatur gekennzeichnet.«

»Danke. Gute Nacht.«

»Gute Nacht.« Er stockte, bevor er leise hinzufügte: »Ich bin froh, dass Sie hier sind, Camille. Vermutlich ist das gut für uns alle.«

Lächelnd wandte sie sich ab, obwohl sie ihm nicht wirklich glaubte. Wie konnte irgendetwas Gutes dabei herauskommen, wenn sie mit dem Mann unter einem Dach zusammenlebte, den sie mehr fürchtete als eine ansteckende Krankheit?

Kopfschüttelnd lief sie durch die Dunkelheit zu ihrem Apartment.

Ein leichter Windhauch blähte die dünnen Vorhänge vor ihrem Fenster, als Camille schläfrig blinzelnd zur Uhr schaute und feststellte, dass es noch sehr früh war. Am Vorabend, beim Ausziehen, hatte sie die Läden geschlossen. Nachdem sie das Licht ausgemacht und sich in das Himmelbett geschwungen hatte, hatte sie jedoch festgestellt, dass es in ihrem Zimmer unerträglich stickig wurde. Also war sie noch einmal aufgestanden, hatte die Läden zurückgeklappt und war im Dunkeln wieder ins Bett gekrabbelt. Das Summen des Deckenventilators und die kühle Brise lullten sie trotz ihrer aufgewühlten Gedanken bald darauf in den Schlaf.

Energisch warf Camille das Laken zurück, zog das Nachthemd über ihren Tanga und stakste ins Bad. Sie stand über das Waschbecken gebeugt, wo sie ein Glas mit Wasser füllte, als sie plötzlich die Schlange erspähte, die sich hinter den Armaturen schlängelte.

Ihr Schrei zerriss die Luft, das Glas fiel ihr aus der Hand ins Waschbecken, wo es klirrend zersplitterte. Für Augenblicke stand sie wie versteinert, dann sprang sie hektisch in die Badewanne. Eine Schlange konnte doch niemals hier hereinkommen, oder? Camille kreischte panisch auf, da das lange, geringelte Etwas sich vorwärts bewegte. Währenddessen hörte sie, wie die Eingangstür geöffnet wurde und wieder zuschlug. Schwere Schritte stürmten in den Wohnraum.

»Camille, Camille, alles in Ordnung mit dir?« Zacks besorgte Stimme drang kaum bis zu ihr vor, da sie in starrem Entsetzen die Schlange fixierte.

Zacks hoch gewachsene Statur füllte den Türrahmen aus. Er trug Arbeitskleidung, verwaschene Jeans und ein blaues Baumwollhemd. Sein strohgeflochtener Cowboyhut hing ihm im Nacken, ein paar Lederhandschuhe steckten in seinem Gürtel.

Er bemerkte das kreideweiße Gesicht von Camille, die in der Badewanne kauerte und sich ihres anrührenden Anblicks nicht einmal bewusst war. Die junge Frau war viel zu verängstigt, um wahrzunehmen, wie intensiv er sie betrachtete. Das pinkfarbene Nachthemd war wie ein Herrenoberhemd geschnitten und umspielte ihre Oberschenkel. Die dunklen Locken ringelten sich wirr um ihren Kopf.

»Was, zum Teufel, ist denn passiert?«, erkundigte er sich. Als er das zerbrochene Glas im Waschbecken sah, fragte er: »Hast du dich geschnitten?«

Camille deutete mit fahrigen Fingern auf die Schlange, die inzwischen unter das Waschbecken gekrochen war. »Schlange«, krächzte sie rau.

Zack bückte sich und entdeckte das Objekt ihrer Panik. Mit einer Mischung aus Faszination und Schadenfreude versetzte er: »Keine Bange.«

Ungläubig verfolgte Camille, wie er die Schlange hinter dem Kopf packte und den sich windenden Körper hochnahm. Zack blickte von dem Tier zu ihr, schüttelte verständnislos den Kopf und verschwand aus dem Bad. Wieder schlug die Tür. Er war weg und die Schlange zum Glück auch, aber sie stand weiterhin bibbernd in der Wanne.

Nach ein paar Minuten sprang die Tür erneut auf, und Zack kam zurück ins Bad. Die Hände in die Hüften gestemmt, stand er da und starrte sie wütend an.

»Mit deinem hysterischen Geschrei hast du mir einen Wahnsinnsschrecken eingejagt.«

»Sie… sie war nicht… giftig?«, stammelte sie mit bebenden Lippen.

»Wohl kaum. Sie ist quasi ein Haustier und lebt in Dads Garten. Eine harmlose Vipernatter.«

Seine sachliche Erklärung ärgerte sie maßlos. Für Camille spielte es letztlich keine Rolle, um was für eine Schlange es sich handelte. Für sie waren alle Arten gleich ekelhaft. Wütend verteidigte sie sich: »Es hätte aber auch eine Wassermokassin sein können.«

»Eine Wassermokassin ist schlammig braun. Sie ist nicht so hübsch gestreift wie unsere Freunde, die Vipernattern.« Er redete mit ihr wie mit einem törichten Kind, und der gönnerhafte Ton in seiner Stimme war Gift für ihre ohnehin schon blank liegenden Nerven. Sie konnte die Tränen nicht mehr zurückhalten. Von Schluchzern geschüttelt, stammelte sie: »Ich… ich hasse Schlangen… Ist mir ganz egal, was für eine das ist. Ich… ich hatte solche Angst… Ich konnte… ich konnte nicht…«

Unvermittelt umschlang er sie und hob sie aus der Wanne. Ein Arm unter ihren Knien, den anderen um ihre Schultern gelegt, trug er sie aus dem Bad und setzte sich auf das Bett, wo er sie behutsam auf seinen Schoß zog.

»Du hast richtig Angst gehabt, nicht wahr?«, flüsterte er, eine Haarsträhne von ihrer Wange zurückstreichend. »Tut mir Leid, dass ich mich über dich lustig gemacht habe. Schscht, jetzt ist sie ja weg. Alles ist wieder gut.«

Camille verbarg das Gesicht an seiner Brust und weinte hemmungslos. Er tätschelte ihr den Rücken, streichelte ihre Wange und redete tröstend auf sie ein. Schließlich fasste sie sich wieder. Sie schauderte bei dem Gedanken, dass er sie wieder einmal für einen Mordsfeigling hielt. Zaghaft hob sie den Kopf und sah ihn zerknirscht an. »Entschuldige, dass ich dich aufgehalten habe. Du wolltest bestimmt ganz früh auf der Plantage sein. Aber ich bin froh, dass du mich gehört hast, sonst stände ich jetzt bestimmt immer noch in der Badewanne.« Unschlüssig lächelnd wandte sie den Blick von seinen stechend blauen Augen ab. »Hast du eine Ahnung, wie die ... die Schlange hier hereingekommen ist?«

Zack lachte. »Sie wollte vermutlich wissen, wer hier eingezogen ist. Wahrscheinlich ist sie durch den Ausguss hereingeschlüpft. Zerbrich dir darüber nicht den Kopf. Simon kümmert sich nachher darum, dass alles abgedichtet wird. Sie kommt dich bestimmt nicht wieder besuchen. Sie hat sich sicher genauso erschreckt wie du.« Unwillkürlich erschauerte Camille an seiner Brust.

Seine sehnigen Finger hoben ihr Kinn an, so dass sie ihn ansehen musste. »Du hast mir das ganze Hemd nass gemacht«, witzelte er. Verdutzt starrte sie auf die feuchten Stellen, die ihre Tränen hinterlassen hatten.

»Tut mir echt Leid«, sagte sie leise und rieb mit den Fingern über den Stoff, der seine trainierte Brust bedeckte. Zack zuckte kaum merklich zusammen, und als sie aufsah, bemerkte sie ein sonderbares Leuchten in seinen Augen. Schlagartig war sich Camille ihrer intimen Nähe bewusst. Sie spürte den weichen Baumwollstoff seiner Jeans unter ihren nackten Schenkeln und realisierte, dass er ihr rasendes Herzklopfen an seiner Haut fühlte.

Starke, sonnengebräunte Finger umschlossen ihren Hinterkopf, fordernde Lippen senkten sich auf die ihren. Sein Kuss war warm und weich ... und zunächst ungemein zärtlich. Sie empfand wieder die tiefe Sinnlichkeit seines Mundes, während sie dem sanften Drängen seiner Zunge nachgab. Sie hielt den Atem an, als er ihren Mund zunehmend heißblütig erforschte.

Für eine kurze Atempause lösten sich seine Lippen von

ihren, um federnde Küsse auf ihre Wangen und ihre Stirn zu hauchen. Sie glitten weiter zu ihrer Schläfe, kosten erregend ihr Ohr. Camille seufzte an seiner frisch duftenden Halsbeuge. Wer außer Zack hätte frühmorgens vor der Arbeit auf den Feldern schon ein Eau de Cologne benutzt?

Sogleich widmete er sich wieder ihren Lippen, neckte diese mit zärtlich saugenden Küssen. Leise stöhnend gewahrte Camille, wie er ihre Arme um seinen Nacken schlang, während sein Mund den ihren besiegelte. Sein inniger Kuss war so leidenschaftlich, dass er ihr die Sinne raubte. Erst als ein kühler Lufthauch ihre bloße Haut streifte, wurde sie sich bewusst, dass seine Hand zu den obersten Knöpfen ihres Nachthemdes glitt. Leise protestierend entzog sie sich ihm, sobald seine Finger in den Ausschnitt glitten und ihre Brust umschlossen.

»Zack… bitte…«, hauchte sie. Er war mit den Lippen von ihrem Hals zu ihrem Dekolleté geglitten, wo er mit der Zunge die aufreizende Spalte ihres Busens stimulierte.

»Bitte was? Was, Camille?«, fragte er rau an ihrer prickelnden Haut, während er lasziv ihre Brust massierte.

»Nein Zack, bitte…«

Abruptes Türenschlagen unterbrach sie mitten im Satz. Simons Stimme drang von der Terrasse herüber, wo er mit Dearly plaudernd auf das Haupthaus zusteuerte, wo sie ihrer täglichen Arbeit nachgingen.

Hektisch sprang Camille von Zacks Schoß und raffte ihr Nachtkleid zusammen. Von Scham überflutet, schloss sie verlegen die Knopfleiste. Verflixt, konnte das Hemdchen nicht ein bisschen länger sein? Sie war sich durchaus bewusst, dass ihre lange Beine nackt waren und dass Zack ihren Körper begehrlich von oben bis unten betrachtete.

Ein spöttisches Grinsen umspielte seine Mundwinkel. »Wovor hast du eigentlich Angst? Doch nicht etwa, dass du deine Unschuld verlieren könntest?«, meinte er gedehnt.

Sie funkelte ihn an und reckte hochmütig das Kinn. »Diese absurde Frage musst ausgerechnet *du* mir stellen!«

Geschmeidig wie ein Panter erhob Zack sich vom Bett und zog den Cowboyhut tief in die braungebrannte Stirn. Er trat auf sie zu, während Camille wie angewurzelt stehen blieb, zumal sie den Eindruck hatte, dass er sie mit seinen glutvollen blauen Augen splitterfasernackt auszog.

Er baute sich lässig vor ihr auf und murmelte: »Du siehst wunderschön aus heute Morgen.« Spielerisch zog er an einer ihrer gelockten Strähnen und kraulte sie unter dem Kinn, bevor er sich umdrehte und durch die Fliegengittertür verschwand. Pfeifend passierte er die Terrasse. Er pfiff, dieser Widerling! Camille kochte innerlich vor Wut. Offensichtlich hatte er bereits verdrängt, was soeben zwischen ihnen vorgefallen war, während das Blut wie glühende Lava durch ihre Venen pulsierte und ihre Gefühle mit ihr Achterbahn fuhren.

4

Am nächsten Morgen setzten Camille und Rayburn ihre Besprechung fort. Sie diskutierten Farben, Stoffe und Muster für die Verschönerung von Bridal Wreath. Camille war verblüfft über den erlesenen Geschmack des alten Mannes und erleichtert, dass sich ihre Vorstellungen hinsichtlich des Stils deckten. Camille plädierte für klare, schnörkellose Formen mit einem Hauch von Eleganz. Sie bevorzugte sachlich gestaltete Räume, die Ruhe ausstrahlten und einen beim Betreten mit überfrachteten Dekoren nicht erschlugen. Rayburn schien weitestgehend einverstanden mit den Wandanstrichen, Tapetenmustern, Polsterstoffen und Farbakzenten, die sie bereits stilsicher ausgesucht hatte. Sie probierten mögliche Kombinationen in den einzelnen Zimmern, bis sie das optimale Ergebnis ermittelt und sichergestellt hatten, dass die Räume geschmackvoll aufeinander abgestimmt waren. Sie notierte sich die Bestellnummern von den Rückseiten der jeweiligen Muster. Schließlich wollte sie bei der Bestellung keinen Fehler machen.

Nach dem Mittagessen setzten sie ihre Arbeit fort und machten auf Simons Vorschlag hin am Spätnachmittag eine ausgedehnte Pause. Simon hatte als Grund vorgeschoben, dass Camille sich im Witwendomizil ausruhen müsse, aber sie wusste genau, dass er dabei an Rayburns Gesundheit dachte und darauf drängte, dass der alte Herr sich bis zum Abendessen hinlegte.

Den jüngeren Prescott sah Camille kein einziges Mal.

Immer wieder geisterte ihr der morgendliche Vorfall durch den Kopf, und sie war wütend auf sich selbst, dass sie seinen leidenschaftlichen Küssen nachgegeben hatte. Er amüsierte sich bestimmt köstlich darüber, dass sie ihm förmlich in die Arme gefallen und seinem zweifelhaften Charme erlegen war. Allein bei der Vorstellung der vielen Frauen, die wohl zu seinem reichen Erfahrungsschatz in Sachen Verführungskünste beigetragen hatten, empfand Camille einen bohrenden Schmerz in der Magengrube.

Sie hasste sich für diese Eifersucht. Kaum berührte er sie, wusste sie nichts Besseres zu tun als mit schamloser Intimität darauf zu reagieren. Es war genau wie zwei Jahre zuvor im Winterurlaub. Wieder sah sie sich hingegossen in seiner schützenden, wärmenden Umarmung. Er hatte zärtlich fordernd ihre Lippen erkundet und war nicht enttäuscht worden. Seine Hände hatten sie mit einer sanften Vertrautheit gestreichelt, die ihr den Atem stocken ließ. Keinem anderen Mann hatte sie sich sexuell hingegeben. Warum ausgerechnet Zack? Welche Anziehung übte er bloß auf sie aus? Ihre Vernunft und ihre Moralvorstellungen waren ausgeschaltet, sobald er sie in die Arme nahm. Eine höchst brisante Situation. Sie hatte schon einmal vor seiner erotischen Ausstrahlung kapituliert, und seitdem waren die nagenden Schuldgefühle ihre ständigen Begleiter. Diesen folgenschweren Fehler wollte sie auf gar keinen Fall wiederholen.

Zum Abendessen trug Camille ein schlichtes Baumwollkleid. Es hatte einen sanften Goldschimmer, passend zu den goldenen Sprenkeln in ihren Augen. Als sie den Salon betrat, saß Rayburn in einem gemütlichen Ohrensessel, der neu aufgepolstert werden sollte. Es sei eines seiner Lieblingssitzmöbel, hatte er Camille gestanden und sie zaghaft gefragt, ob er das Stück behalten dürfe. Sie hatte glockenhell gelacht und zustimmend genickt. Zack stand an einem langen Sideboard und mixte sich einen Drink.

Die marineblaue Bügelfaltenhose betonte seine langen, trainierten Beine perfekt, das hellseidene Oberhemd schmiegte sich bei jeder Bewegung an seine muskulöse Schulter- und Rückenpartie. Er drehte sich um, sobald Camille den Raum betrat, und sie gewahrte das gelockte Brusthaar unter dem geöffneten Hemdkragen. Sie schluckte, bemüht, den Kloß in ihrer Kehle loszuwerden, und murmelte ein leises »Guten Abend«.

»Hallo, Camille. Möchten Sie einen Drink?« Sogar seine Stimme klang verführerisch.

»Ein Glas Weißwein bitte. Mit Eis.«

»Genau das richtige Getränk für eine Dame«, meinte Rayburn beipflichtend. »Ich mag es nicht, wenn Frauen harte Getränke bevorzugen. Ich habe Zack eben über unsere Pläne unterrichtet. Sie haben mein Vertrauen in Ihr Können voll und ganz bestätigt.«

»Danke für das Kompliment, Mr. Prescott. Ich hoffe, dass Ihr Sohn mit dem Resultat ebenfalls zufrieden sein wird.« Ihr Blick glitt zu Zack, der weiterhin stehen blieb, nachdem er ihr das Glas überreicht hatte. »Wenn Sie die von uns ausgewählten Muster sehen möchten, zeige ich Ihnen diese natürlich gern, bevor ich die Bestellung aufgebe.«

»Wirklich nett von Ihnen, Camille, aber auch ich vertraue Ihrem Geschmacksurteil. Sie kennen ja bereits meine Einstellung, wie das Haus nachher *nicht* aussehen soll. Dad hat mir versichert, dass Sie schlichte Formen bevorzugen. Ich überlasse die Umgestaltung Ihnen beiden und lasse mich von dem Ergebnis überraschen.«

Er war offenbar bester Stimmung. Nach der morgendlichen Szene in ihrem Apartment hatte sie mit seinem galligen Sarkasmus gerechnet, aber nichts dergleichen geschah.

Dieser Zack war wieder der Charmebolzen, den sie im Snow Bird kennen gelernt hatte. Und so war er ihr noch gefährlicher. Sie müsse höllisch aufpassen, redete sie sich eindringlich ins Gewissen.

Bei Tisch drängte Rayburn seinen Sohn, Camille von ihrer Plantage zu erzählen. Sie war beeindruckt von den Fakten, die sie dem ansonsten schweigsamen Zack schließlich entlockte. Es schien ihm fast ein bisschen peinlich, über seinen gigantischen Landbesitz und die Gewinne zu berichten, die er jedes Jahr erzielte. Ihre wichtigste Anbaupflanze war natürlich Baumwolle, daneben kleinere Mengen Getreide, und sie züchteten Pferde, ein Hobby von Zack, das er professionell auszubauen gedachte.

»Natchez hat eine facettenreiche Geschichte«, bemerkte Camille, als eine Gesprächspause eintrat. »Ich habe etliche Bücher darüber gelesen.«

»Es ist interessant, dass die meisten Gründungsväter vornehmlich an den steilen Uferhängen über dem Mississippi River gesiedelt haben, während sie ihre Pflanzungen auf der anderen Seite, in Louisiana, anlegten. Schätze, das waren die ersten Amerikaner, die richtig gearbeitet haben.« Zack grinste, und seine Miene hellte sich auf, sanfter Kerzenschein spiegelte sich in seinen azurblauen Tiefen. Camille war zum ersten Mal seit ihrer Ankunft gelöst und entspannt.

»Ich möchte, dass du Camille in allernächster Zeit einmal mit auf die Pflanzungen nimmst und ihr alles zeigst. Macht euch einen schönen Tag«, schlug Rayburn vor.

Über den Tisch gewahrte Camille Zacks Blick. Ihr Herz schlug höher bei der Vorstellung, einen ganzen Tag mit ihm allein zu verbringen. Sie senkte die Lider, da er sie gedankenvoll fixierte. »Gern«, erwiderte er dann und erhob sich vom Tisch. »Aber jetzt entschuldigt mich bitte. Ich bin heute Abend verabredet.«

Seine beiläufige Äußerung durchzuckte Camille wie ein Blitzstrahl aus heiterem Himmel, gleichwohl ärgerte sie sich maßlos über ihre Reaktion. Was war denn schon dabei, wenn er sich am Abend mit einer Frau traf? Es ging sie schließlich gar nichts an! Trotzdem war ihre Lockerheit wie weggeblasen, als er seinem Vater und ihr eine gute Nacht wünschte und mit federnden Schritten den Raum verließ. Sein spöttisch-überheblicher Blick beim Hinausgehen veranlasste Camille, ihre angestaute Empörung restlos auf ihn zu übertragen. Sie würde ihm schon zeigen, dass es ihr piepegal wäre, selbst wenn er ein Dutzend Dates pro Nacht hätte!

Innerlich aufgewühlt stimmte sie einer Partie Bridge zu. Rayburn war ihr Partner, und sie spielten gegen Simon und Dearly. Nach außen hin gab Camille sich gelassen und gut gelaunt, aber in ihrem Innern brodelte es. Sie fühlte sich hundeelend und hätte nur zu gern gewusst, mit wem Zack den Rest des Abends verbrachte.

Die Tage vergingen wie im Flug. Rayburn und Camille hatten sich nach ungefähr einer Woche für alle Gestaltungsmaterialien entschieden. Camille rief in Atlanta an und ging Stück für Stück die Liste mit ihrer Assistentin durch, die schließlich die Bestellung aufgeben würde. Camille bat darum, umgehend benachrichtigt zu werden, falls etwas nicht zu bekommen wäre oder es Probleme bei der Auftragsabwicklung gäbe. Dann wollte sie mit ihrer Mutter sprechen. Sie plauderten kurz miteinander, Camille versicherte der allein lebenden Frau, dass mit ihr alles in Ordnung sei und dass die Prescotts ganz reizend seien. *Der Senior jedenfalls*, setzte sie im Stillen hinzu.

Tagsüber sah sie Zack so gut wie nie. Er brach frühmorgens zu den Pflanzungen auf und kehrte erst zum Abendessen zurück. Oft fehlte er bei Tisch, und Rayburn meinte dann lapidar, dass sein Sohn andere Pläne habe. Camille hätte es zwar nie zugegeben, aber seine Abwesenheit ärgerte sie, zumal sie ständig an ihn dachte und sich abends darauf freute, ihn als Tischnachbarn zu haben. Und obwohl er gelegentlich doppeldeutige Bemerkungen machte, die nur sie verstand, mochte sie seine Gesellschaft. Seine Arroganz und sein Zynismus verletzten sie zwar, aber das war ihr immer noch lieber, als ihn gar nicht zu sehen.

Mit wem er sich verabredete, enthüllte Zack mit keinem Wort, und Camille hätte vielleicht nie Näheres erfahren, wenn Rayburn nicht irgendwann einmal die »Witwe Hazelett« ins Gespräch gebracht hätte. Camille bemühte sich um Gelassenheit, als der Senior das erste Mal ihren Namen einstreute. An jenem Abend war Zack wieder einmal ausgegangen.

»Die Witwe Hazelett?«, erkundigte sich Camille betont beiläufig.

»Ja. Zack trifft sie öfter, obwohl ich sehr dagegen bin. Diese Frau ist … aufgesetzt, falsch. Wenn sie mit Zack zusammen ist, wacht sie über ihn wie eine Löwin über ihr Junges, damit ihr nur ja keine andere in die Quere kommt. Zudem vertritt sie neumodische Ansichten hinsichtlich Kindererziehung. Sie hat selber zwei – es sind nette und intelligente Kinder. Die jagt sie in den Sommerferien vom Internat ins Camp oder schickt sie zu ihren Großeltern. Ich hoffe inständig, dass Zack zu viel Verstand hat, um sich auf Dauer mit so einer Person einzulassen.«

Camille lächelte stillvergnügt, ließ sich aber gegenüber Rayburn nichts anmerken. Immerhin wusste sie jetzt, in welcher Gesellschaft Zack sich befand und dass sein Vater diese Frau nicht ausstehen konnte. Das war doch ein Pluspunkt für Camille.

Ärgerlich blies sie die Backen auf. Was ging sie Zacks Liebesleben an? Sie wollte ihn nicht, so viel stand fest! Welche Art Mann würde wohl ein unschuldiges, junges Mädchen verführen und nicht einmal Gewissensbisse darüber empfinden, dass er ihr das genommen hätte, was ihm erst als Ehemann zustünde? Nein, nein und nochmals nein! Einen Mann wie Zachary Prescott wollte sie auf gar keinen Fall!

Sie war beinahe selbst davon überzeugt.

Mithilfe der lokalen Gelben Seiten suchte Camille Dachdecker, Maler, Tapezierer, Polsterer und Gardinennäherinnen. Den Namen Prescott und Bridal Wreath kannte man überall im Ort. Und sie war daher froh, dass sie problemlos Handwerker für die Renovierung fand.

Die Tage verliefen beschaulich ruhig, eine angenehme Routine stellte sich ein. Langsam hielt der Herbst Einzug. Statt der Sommerblumen blühten jetzt Astern und Chrysanthemen in den Terrassenkübeln und schmückten Bridal Wreath mit einer Palette herbstlicher Farben.

Eines Morgens öffneten sich die Wolken, die tagelang als bleigraue Decke über den Feldern gehangen hatten, und heftiger Regen setzte ein. Simon gab Camille telefonisch durch, dass Rayburn nicht zum Frühstück käme und ihr den Tag frei gäbe. Der alte Herr hatte sich entschieden, in seinem Zimmer zu bleiben und die Bücher durchzugehen. Camille wusste, dass Zack die Plantage leitete, und rechnete es ihm hoch an, dass er seinem Vater das Gefühl vermittelte, gebraucht zu werden, indem er ihm Einsicht in die kaufmännischen Unterlagen bot.

Während sie eine bequeme Jeans und eine sportliche Bluse anzog, beschloss sie, an diesem Regentag auf dem Speicher herumzustöbern. Womöglich entdeckte sie noch irgendwelche Schätze, die Rayburn irgendwann dorthin verbannt hatte.

Als sie nach draußen spähte, wo die sintflutartigen Regenfälle die Terrasse in einen schmutziggrauen See verwandelten, fiel ihr siedendheiß ein, dass sie keinen Schirm besaß. Sie ging ins Bad, wickelte sich kurzerhand ein flauschiges Handtuch um den Kopf und stopfte das zu einem Pferdeschwanz zusammengebundene Haar darunter.

Widerwillig trat sie unter das Vordach des Witwendomizils, holte tief Luft, duckte sich und rannte im Zickzack über die glitschige Terrasse.

Jählings stieß sie mit einer unnachgiebigen Muskelwand zusammen und hörte Zacks raues, kehliges Lachen, während er einen Arm um ihre Taille schlang.

»He, pass auf, wo du hintrittst. Schnell, hier drunter.« Sie spähte unter dem Handtuchturban hervor und stellte fest, dass er einen großen Schirm über sie hielt. Weiterhin von ihm umklammert, steuerten sie gemeinsam um die zusehends größer werdenden Pfützen herum in Richtung Hintereingang.

Als sie das Haupthaus betraten, schüttelte Zack den nassen Schirm aus, lehnte ihn gegen die Wand und fuhr sich mit den Fingern durch das feuchte Haar. »Junge, Junge, wie das schüttet. Simon fiel ein, dass du keinen Schirm hast, deshalb wollte ich dich abholen. Du hättest auf mich warten sollen.« Er strahlte sie gewinnend an. Camilles Herz raste wie ein Trommelwirbel nach dem engen Körperkontakt mit ihm. Seine abgewetzte Jeans schien superbequem zu sitzen und betonte seine schmalen Hüften, als er in die Küche schlenderte.

»Komm mit. Die Brötchen sind schon im Backofen. Wie möchtest du dein Frühstücksei?«

»Du machst das Frühstück?«, fragte Camille ungläubig.

»Na klar«, meinte er schulterzuckend. »Meinst du, ich kann das nicht?« Er klang fast ein bisschen beleidigt. »Also, wie möchtest du dein Frühstücksei?«, wiederholte er schroff.

»Ich möchte Rührei«, erwiderte Camille lächelnd. Sie ging zum Küchentresen und goss sich eine Tasse Kaffee aus der Warmhaltekanne ein.

Er wandte sich zum Herd und fragte über die Schulter: »Fest oder weich?«

»Fest«, gab sie zurück. »Sehr fest.« Er zog die Brauen zusammen und sah sie mit aufgesetztem Widerwillen an.

»Dann nehme ich meins zuerst aus der Pfanne«, grummelte er, unterdes schlug er Eier in einer Schale auf. »Tut mir Leid, aber heute Morgen musst du auf Maisgrütze verzichten. Ich lasse sie immer anbrennen. Und dann schimpft Dearly mit mir, weil sie den Topf ausscheuern muss.« Camille konnte nicht anders, sie musste lachen.

Der Duft von gebratenem Speck und frischen Brötchen strömte durch die Küche, als Camille den Tisch deckte. Zack erklärte ihr, dass Dearly einen Krankenbesuch mache und dass Simon oben bei Rayburn sei. Die Stille im Haus und das monotone Prasseln des Regens draußen umhüllten sie wie ein schützender Kokon, überlegte Camille lächelnd. So wäre es vermutlich, wenn sie sich ineinander verliebt und geheiratet hätten. Dann könnten sie immer gemeinsam frühstücken. Gut möglich, dass sie inzwischen sogar ein Baby hätten. Sie war sich gar nicht bewusst, wie hingebungsvoll sie Zacks Rücken anstarrte, bis der sich mit einem Teller Rührei umdrehte und sie dabei ertappte.

Unverschämt grinsend stellte er den Teller auf den kleinen Tisch, schwang sein Bein über den Stuhl und setzte sich. »Ich weiß zwar nicht, wovon du gerade geträumt hast, aber ich würde höllisch gern daran teilhaben. Scheint mir ein verdammt angenehmer Traum.«

Camille strich umständlich Butter auf eine Brötchenhälfte und wich seinem Blick aus. »Ich… äh… ich hab mir bloß so vorgestellt, was ich heute auf dem Dachboden finden werde.«

»Lügnerin«, flüsterte er weich. In seiner Stimme lag so viel Intimität, dass ihre Finger zitterten und sie das Messer mit lautem Klirren auf den Teller fallen ließ.

Minutenlang aßen sie schweigend, irgendwann räusperte sich Camille und lobte Zack für seine Kochkünste. Als sie mit dem Frühstück fertig war und Teller und Besteck abräumen wollte, verblüffte er sie mit den Worten: »Ich mach das schon. Ich brauche sowieso noch eine Tasse Kaffee. Viel Vergnügen auf dem Speicher.«

Sie verließ die angenehme Atmosphäre der Küche, Zack blieb noch am Tisch sitzen und schlürfte abwesend seinen Kaffee.

Der Zugang zum Dachboden befand sich in dem Raum, den Rayburn mit hartnäckigem Optimismus als Kinderzimmer bezeichnet hatte. Camille blieb vor seiner Tür stehen und klopfte zaghaft. Als Simon ihr öffnete, warnte sie die beiden vor, dass sie sich nicht aufregen sollten, wenn es durch das Möbelverschieben über ihren Köpfen ein wenig lauter würde. Rayburn rief ihr von der anderen Seite des Zimmers ein freundliches »Guten Morgen« zu. Sobald Simon die Tür wieder geschlosssen hatte, schlenderte Camille ins Nebenzimmer.

Die Treppe zum Dachboden verbarg sich in einer Nische. Entschlossen kletterte Camille die Stufen hoch, wobei sie das eine oder andere Spinnennetz beiseite wischen musste. Sie öffnete die Speichertür und streckte die Hand nach der Stelle aus, an der Simon ihr den Lichtschalter beschrieben hatte. Sie ertastete ihn, denn dort oben gab es keine Fenster, und sie stand in völliger Dunkelheit. Als sie den Schalter betätigte, flammte das Licht einer nackten Glühbirne auf, die an einem herunterhängenden Stromkabel baumelte.

Der Raum nahm nahezu die gesamte Länge des Hauses ein. Koffer und andere Gepäckstücke stapelten sich an einer Wand bis unter den Dachfirst, Kisten sämtlicher Größen standen halbwegs ordentlich verteilt. Eine andere Wand säumten Regale mit Kartons, die meisten mit Etiketten versehen, auf denen der Inhalt vermerkt war. Etliche Möbelstücke waren mit Schutzhüllen bedeckt, und Camille konnte nur raten, was sich darunter verbarg. Ganz offensichtlich lag eine Riesenaufgabe vor ihr.

Energisch schob sie sich ein paar Haarsträhnen aus dem Gesicht und begann mit der Arbeit. Nachdem sie mehrere Kisten aus den unteren Regalen gezogen hatte, hing ihr die Bluse aus dem Jeansbund. Kurzerhand knotete sie die Enden unter ihrem Busen zusammen.

Die ersten Kartons enthielten ein unbedeutendes Sammelsurium, aber beileibe keine verborgenen Schätze. Sie stieß auf einige staubblinde Kristallschalen, die sich – gespült und poliert – im Esszimmer verwenden ließen. Sie stellte die Verpackung beiseite.

Als sie nach einem weiteren Karton griff, gewahrte sie, dass das Unwetter stärker geworden war. Der Regen trommelte dicht über ihrem Kopf auf das Dach, in der Nähe donnerte es unheilvoll. Sie tastete eben nach einer Schachtel auf einem der oberen Regalbretter, als sie eine Stimme hinter sich vernahm.

»Ich mach das für dich. Nachher verletzt du dich noch«, meinte Zack und durchquerte den Raum.

»Meine Güte, hast du mir einen Mordsschrecken eingejagt!«, rief sie. Wie war er bloß die Treppe hinaufgekommen, ohne ein Geräusch zu machen?, sinnierte sie, aber dann fiel ihr der tosende Sturm ein. Er sollte unter gar keinen Umständen merken, wie sehr sie durch sein Auftauchen verunsichert war. »Wieso spionierst du mir eigentlich nach? Und außerdem kann ich mir die Kiste selber herunterholen!«, versetzte sie schnippisch und griff erneut nach dem Karton. Die Arme über den Kopf gereckt, ertasteten ihre Finger eben den Rand des Regals, als sie Zacks breiten Brustkorb im Rücken spürte. Er beugte sich vor und griff an ihr vorbei nach dem Behältnis. Statt es zu packen, wie Camille vermutete, umschlossen seine Hände die ihren und zogen Camille an sich. Mit erhobenen Armen und ihm unausweichlich nah, fühlte sie sich völlig hilflos. Sie öffnete den Mund, um ihm gehörig die Meinung zu sagen, als ein zuckender Blitzstrahl irgendwo in der Nähe einschlug und der Speicher plötzlich stockfinster war, weil das Licht verlosch.

Camille unterdrückte einen spitzen Schrei.

»Keine Panik. Es ist nichts passiert. Ich bin ja bei dir.«

Zack klang beinahe mitfühlend, und Camille hätte am liebsten laut losgeprustet über seinen beschwichtigenden Kommentar. Er wusste wohl nicht, dass sie ohne ihn wesentlich gefasster wäre! Dass sie so aufgelöst war, lag ja wohl nur an seiner überwältigend maskulinen Präsenz hinter ihr in der Dunkelheit.

Der Druck seiner starken Hände löste sich, stattdessen streichelten sie langsam ihre Arme hinauf zu ihren Schultern. Er massierte behutsam Camilles Nackenmuskulatur, glitt mit den Fingern verführerisch über ihren Rücken, schlang sie um ihre Taille und faltete sie auf ihrem entblößten Bauch.

Sein stoßweise gehender Atem streifte ihr Haar, seine Lippen hauchten erotisierende Küsse auf ihre Halsbeuge. Eine Hand flach auf ihrem Bauch, glitt die andere in den Bund ihrer Jeans, wo sein Daumen erregend lasziv ihren Nabel umkreiste.

»Camille«, stöhnte er, während er den Knoten der Bluse öffnete, die sich eng an ihre Brust schmiegte. Seine Lippen huschten von ihrem Ohr zu ihrer Wange, küssten sie auf einen Mundwinkel, während er leise Zärtlichkeiten murmelte. Camille, die ein erregendes Prickeln im Unterleib spürte, drehte sich zu ihm und hauchte seinen Namen. Impulsiv schlang sie die Arme um seinen Nacken und zog sein Gesicht auf ihres.

Eng umschlungen, suchten und fanden sich beider Lippen in der Dunkelheit. Sie gab Zacks Drängen nach, schmeckte ihn, sog den himmlischen Duft seiner Haut ein, fühlte sein seidig weiches Haar, in das sie verlangend die Finger grub.

Eine Hand auf ihren Steiß gepresst, drängte er sie so eng an sich, bis sie das ganze Ausmaß seiner Lust spürte. Innerlich erschauernd erkannte sie, dass ihre eigene ebenso groß war.

Er fasste sich in den Nacken und umschloss eine ihrer Hände. Camille fühlte seine Zunge auf ihren Fingerspitzen, gepaart mit seinem heißen Atem, bevor er ihre Hand auf seinen Waschbrettbauch presste und sie mit kehliger Stimme aufforderte: »Streichle mich, Camille.«

Nach kurzem Zögern schmiegte sie den Kopf an seinen Brustkorb und öffnete zaghaft die obersten Hemdknöpfe. Dann ließ sie eine Hand hineingleiten. Ihre Finger schwebten kaum merklich über seinen Brustflaum, wurden zusehends mutiger und erforschten die ausgeprägte Muskulatur.

»Oh Gott«, stöhnte er, während sein Mund den ihren suchte und in ihrer feuchten Süße versank.

Seine Hände glitten unter ihre Bluse und nestelten an dem Vorderverschluss ihres BHs.

Plötzlich ging das Licht wieder an.

Beinahe schuldbewusst fuhren sie auseinander und blinzelten irritiert in den hell aufleuchtenden Lichtschein, als hätten sie im Rausch ihrer Leidenschaft alles um sich herum vergessen.

Camille riskierte einen kurzen Blick zu Zack, doch der raufte sich so frustriert die Haare, dass sie keinen Ton zu sagen wagte. Hastig wandte sie ihm den Rücken zu und richtete ihre Kleidung, stopfte die Bluse züchtig wieder in den Hosenbund.

»Zack, ist alles in Ordnung mit Ihnen und Camille dort oben?«, drang Simons Stimme vom Ende der Treppe zu ihnen.

Zack lachte freudlos und erwiderte bitter: »Ja, ja, alles okay. Das Licht funktioniert wieder.«

»Gut, das wollte ich nur wissen.« Sie hörten, wie Simons schwere Schritte sich entfernten. Dann war es wieder still auf dem Dachboden, bis auf ihren aufgewühlten Atem und das Trommeln des Regens über ihren Köpfen.

Als Camille unschlüssig die Lider hob, stieß sie auf Zacks unbewegten Blick. »Meinen Glückwunsch, Camille. Du hast dich wieder einmal vor meinen Nachstellungen gerettet.« Die Kälte in seiner Stimme war verletzend, und sie schwieg beharrlich, als er sich in Richtung Treppe drehte. Er blieb stehen und musterte sie. »Dieses Mal noch«, setzte er hinzu, bevor sein Kopf hinter den obersten Treppenstufen verschwand.

5

Beim Abendessen erfuhr Camille, dass Zack für ein paar Tage nach Kentucky gefahren war, wo er sich ein Gestüt ansehen und mit einem erfolgreichen Züchter reden wollte.

Rayburn erklärte ihr: »Ich habe versucht, ihm das auszureden, aber er blieb hartnäckig. Und das bei dem Wetter! Manchmal ist er wirklich stur wie ein Maultier.« Der alte Herr schmunzelte. »Aber vermutlich konnte er bei dem Regen auf der Plantage auch nicht viel machen. Und, haben Sie auf dem Dachboden irgendetwas Brauchbares entdeckt?«, erkundigte er sich.

Um sich das frustrierende Erlebnis auf dem Speicher nicht anmerken zu lassen, lächelte Camille angestrengt. Innerlich wand sie sich bei der Erinnerung an Zacks aufgebrachte Miene und seine verletzenden Worte. Sie fasste sich jedoch rasch wieder und antwortete mit gespielter Begeisterung: »Oh ja. Ich habe einige Kristallschalen aufgestöbert, die sich hervorragend in Ihren Esszimmerschränken machen werden. Und eine Chaiselongue, die sich neu aufgepolstert für eines der Gästezimmer eignet. Dort oben steht auch noch ein Teetisch, der gut in den Salon passt. Bei ein paar anderen Dingen müssten wir vielleicht gemeinsam entscheiden.« Sie stocherte gelangweilt in ihrem Essen herum, wenig interessiert an der weiteren Unterhaltung, obwohl sie das natürlich nicht zeigen durfte.

Offenbar bemerkte Rayburn ihre Einsilbigkeit, denn er fragte: »Fühlen Sie sich nicht gut, Camille?«

»Oh, verzeihen Sie, Mr. Prescott. Vermutlich ist mir das schlechte Wetter aufs Gemüt geschlagen. Außerdem habe ich ein bisschen Heimweh«, schwindelte sie glaubwürdig. Ihre Antwort schien ihn zu beruhigen. Als sie jedoch zu ihm blickte, waren seine blauen Augen – kaum minder eindringlich als die von Zack – argwöhnisch forschend auf sie gerichtet. Ahnte er vielleicht mehr, als er zuzugeben bereit war?

Er griff über den Tisch hinweg und tätschelte ihre Hand. »Camille, das kann ich gut verstehen. Hoffentlich hebt sich Ihre Laune bald wieder. Kann ich irgendetwas für Sie tun?«

Seine freundliche Fürsorglichkeit war zu viel für Camilles Gefühlschaos, und sie fing zu ihrem Entsetzen an zu weinen.

»Es tut mir aufrichtig Leid«, entschuldigte sie sich, als sie sich hastig vom Tisch erhob. »Aber ich gehe jetzt besser schlafen.« Ehe er antworten konnte, stürzte sie aus dem Zimmer.

Sie verbrachte eine schlaflose Nacht, wälzte und warf sich von einer Seite auf die andere, während sie auf den erlösenden Schlaf wartete. Aber als sie schließlich einschlummerte, stahl sich Zack in ihre Träume. Wie konnte ein Mann so sanft und zärtlich sein und dann wieder kühl und unnahbar? Wenn er sie umarmte, war sie ihm sehnsuchtsvoll ergeben, und dann tat er noch so, als hätte sie ihn provoziert. Was für ein Glück, dass er für ein paar Tage verreist war! Aber wieso war sie dann kreuzunglücklich, dass er nicht in ihrer Nähe war?

Er verfolgte sie. Er quälte sie. Es war nicht fair! Fast zwei Jahre lang war es ihr geglückt, Zack in den hintersten Winkel ihres Bewusstseins zu verbannen, aber jetzt drängte er mit Macht in den Vordergrund, und die ständige Erinnerung an ihre Affäre im Snow Bird Resort grenzte an mentale Folter. Wieso küsste er sie so glutvoll, obwohl er sich doch absolut nichts aus ihr machte? Es war dumm von ihr zu bleiben und sich diesem Psychostress auszusetzen. Aber, so fragte sie sich skeptisch, wäre es nicht noch schlimmer, wenn sie jetzt abreiste und Zack Prescott nie wiedersähe? Wenn sie ehrlich war, musste sie diese Frage mit Ja beantworten.

Nach einem langen, zerrissenen Seufzer schlief sie erschöpft ein.

Am nächsten Morgen kommentierte Rayburn weder die dunklen Schatten unter ihren Augen noch das blasse, übernächtigte Gesicht. Camille entschuldigte sich für ihr kindisches Benehmen beim Abendessen und versuchte sogar noch, sich darüber lustig zu machen, trotzdem wusste sie, dass der sensible alte Herr sie durchschaute.

Gleich nach dem Frühstück widmete Camille sich der Verschönerung des Treppengeländers. Nachdem sie Staub und Schmutz abgebürstet hatte, der sich über die Jahre auf dem Schnitzwerk abgesetzt hatte, musste es wieder auf Hochglanz poliert werden. Das war ein aufwändiger Prozess, für den sie mehrere Stunden einkalkulierte. *Genau das Richtige*, sinnierte Camille, *um mich von meinen Problemen abzulenken.* In ihrer ältesten Jeans, das Haar unter einem Tuch verborgen, machte sie sich an die Arbeit.

Zwei volle Tage brachte sie damit zu, dann entsprach das Treppenhaus exakt ihren Vorstellungen. Rayburn hatte angeboten, ihr eine tatkräftige Hilfe zu besorgen, aber sie lehnte ab und machte alles allein.

Nachdem die Arbeit an dem Treppenaufgang beendet war und der warme Holzton wieder richtig zur Geltung kam, waren die Böden an der Reihe. Obwohl großflächig mit Teppichen bedeckt, entschied Camille, dass das Parkett in den jeweiligen Räumen abgezogen und neu versiegelt werden müsse. Dafür hatte sie die O'Malleys bestellt, Vater und Sohn, die diese unangenehme, schier undurchführbare Aufgabe übernahmen.

Als die O'Malleys am ersten Tag zur Arbeit erschienen, hatte Camille augenblicklich ein gutes Gefühl und war froh, dass Rayburn ihr die beiden empfohlen hatte. Sean O'Malley war beileibe nicht mehr der Jüngste, aber ungemein elanvoll und mit Begeisterung bei der Arbeit. Rick O'Malley mochte ungefähr in Zacks Alter sein. Aschblondes Haar, aufgeweckte hellbraune Augen und ein strahlendes Lächeln machten ihn auf Anhieb sympathisch. Er flirtete ungeniert mit Camille, aber so charmant, dass sie sich dem nicht entziehen konnte. Sie scherzte und schwatzte angeregt mit ihm, dabei vergingen die langen, anstrengenden Arbeitsstunden wie im Flug.

Rick, der etwas kleiner war als Zack und ein wahres Muskelpaket, arbeitete nicht minder zügig und effizient als sein Vater. Er plauderte launig mit Dearly, Simon und Rayburn, wenn sie ihm bei der Arbeit zusahen. Nach ein paar Tagen stellte Camille jedoch fest, dass er fast nie von sich erzählte. Manchmal fiel ihr eine leichte Melancholie an ihm auf, die sein sonst so fröhliches Gesicht überschattete und die er hastig überspielte, sobald er sich beobachtet fühlte.

Eines Nachmittags begleitete sie die O'Malleys nach der Arbeit zur Tür. Sean O'Malley lief schon voraus zu dem Lieferwagen, der in der Auffahrt parkte, doch Rick blieb noch kurz bei Camille stehen und fragte sie schüchtern, ob sie am Freitagabend mit ihm ausgehen wolle.

»An diesem Wochenende findet ein Footballturnier der Highschool statt. Eine richtig große Sache. Die ganze Stadt fiebert diesem Ereignis entgegen. Hätten Sie nicht Lust, mit mir hinzugehen?«

Sie zögerte kurz, zumal sie Zack und dessen Reaktion im Hinterkopf hatte. »Ja«, sagte sie dann lächelnd. Was ging es Zack an, mit wem sie sich verabredete? Sie war erwachsen. Und er hatte sie schließlich nicht gepachtet!

»Gut. Also dann bis morgen.« Rick sprang die Stufen hinunter und rannte fröhlich pfeifend zu dem Lieferwagen.

Am Freitagnachmittag, als Camille auf Händen und Knien in einer Ecke des Salons beschäftigt war, brachte Simon eine Kanne eisgekühlte Limonade.

Rick trat zu ihr und zog sie auf die Füße. »Machen Sie mal Pause, junge Dame«, frotzelte er, während er ihr beim Aufstehen behilflich war. »Sehen Sie sich dieses Gesicht an! Wir wollten doch den Boden streichen und nicht uns gegenseitig«, lachte er. Prompt zog er ein Taschentuch aus der Jacke und wischte ihr die Farbflecke vom Gesicht.

Exakt in diesem Augenblick, als Camille sich kichernd von Rick säubern ließ, trat Zack unter den Türbogen, der den Salon von der Halle trennte. Seine Miene versteinert, sein Blick finster wie ein Gewitterhimmel, musterte er die beiden. Dabei zuckte seine Wangenmuskulatur vor Anspannung. Camille bemerkte, wie er die locker herabhängenden Hände zu Fäusten ballte, als müsste er sich zur Beherrschung zwingen.

»Hallo, Zack«, sagte sie hastig und nicht zuletzt zur unterschwelligen Warnung für den ahnungslosen Rick. Der drehte sich um und blickte irritiert von Zack, der sich in provokanter Haltung im Türrahmen aufbaute, zu Camille.

Rick fasste sich rasch wieder, durchquerte den Raum und hielt dem jungen Prescott die Hand hin. »He, Zack, lange nicht gesehn, altes Haus! Ich arbeite schon die ganze Woche hier, und der Herr des Hauses lässt sich nicht blicken. Wie geht's denn so?«

»Bestens, Rick, und dir?«, meinte Zack frostig und schüttelte Rick die Hand. »Wie ich sehe, hast du dich bei der Arbeit nicht gelangweilt. Wenn ihr mich bitte entschuldigt.« Er nickte zu Rick und Sean O'Malley, Camille ignorierte er dagegen völlig. Dann drehte er sich abrupt in Richtung Halle und stieß mit Rayburn zusammen, der die ganze Szene verfolgt hatte.

»Hallo, mein Junge. Wie war deine Reise?«

»Viel versprechend, hoffe ich«, antwortete Zack kurz angebunden.

»Gut. Wir freuen uns, dass du wieder da bist.«

»Ach, wirklich? Ich habe eher den Eindruck, dass ich den Leuten hier den Spaß verderbe.« Nach diesen Worten stapfte er nach oben. Rayburns Blick folgte seinem übellaunigen Sohn und glitt dann zu Camille. Sie hätte vor Scham im Erdboden versinken mögen!

Dann jedoch ärgerte sie sich maßlos über Zack. Weshalb sollte sie eigentlich Gewissensbisse haben? Sie hatte überhaupt nichts Schlimmes gemacht, und selbst wenn, ginge es Zack Prescott einen feuchten Dreck an. Ihr Kinn selbstbewusst gereckt, erklärte sie: »Komisch, ich hätte ja doch gedacht, dass er sich freut, wieder zu Hause zu sein. Aber so kann man sich irren.«

Falls sie darauf irgendeine Kritik von Rayburn erwartete, hatte sie sich getäuscht. Ganz im Gegenteil, er warf sein weißhaariges Haupt zurück und lachte schallend.

Rick blickte hektisch in die Runde und wischte sich die verschwitzten Handflächen an der Arbeitshose ab. Er kannte Zack Prescott seit der gemeinsamen Schulzeit und wusste dessen Mienenspiel zu deuten. Dieses hier bedeutete Ärger, und falls man nicht lebensmüde war, ging man ihm lieber aus dem Weg, wenn seine blauen Augen diesen eisigen Glanz annahmen. »Ich mach mich jetzt besser wieder an die Arbeit«, grummelte er und mied betreten Camilles Blick.

Bevor er an diesem Tag ging, nahm Rick Camille beiseite und erkundigte sich leise skeptisch: »Hören Sie, Camille, ich wollte niemandem in die Quere kommen. Sind Sie und Zack… ich meine, ist da was…?«

Da er sich schwer tat mit seiner Frage, unterbrach Camille ihn. »Rick, ich freue mich auf unser Date heute Abend. Es gibt absolut keinen Grund, warum ich nicht mit Ihnen ausgehen sollte.«

Er wischte sich mit dem Hemdsärmel einige winzige Schweißperlen von der Oberlippe und seufzte. »Da bin ich aber froh. Ich möchte nämlich mit niemandem Ärger haben, verstehen Sie?« Er lachte nervös auf, zupfte sie neckisch am Ohrläppchen. »Ich komme gegen sieben. Okay?«

Nach ihrem zustimmenden Nicken lief er zum Wagen.

Während ihres vorgezogenen Abendessens war Zack mürrisch und verschlossen, wie Camille es nicht anders erwartet hatte. Rayburn schien hingegen geradezu versessen darauf, gute Stimmung zu verbreiten. Er erzählte Camille Geschichten aus seiner Jugend. Seine Abenteuer auf dem Mississippi River klangen genauso fesselnd wie die von Tom Sawyer und Huckleberry Finn. Trotz ihrer Verärgerung über Zacks miese Laune amüsierte sie sich köstlich über Rayburns Anekdoten. Und je mehr sie lachte, desto missmutiger wurde Zack. *Na und, soll er doch schmollen,* dachte sie schadenfroh und lachte noch lauter.

Nach dem Essen lehnte Rayburn sich gemütlich in seinem Sessel zurück und wischte sich Tränen der Heiterkeit aus den Augen. »Ja, die Sommer meiner Kindheit werde ich nie vergessen.« Nach einer kurzen Pause fuhr er fort: »Wann holt Rick Sie ab, Camille? Lassen Sie sich von uns nicht aufhalten! Sie geht nämlich heute Abend mit ihm zu einem Footballspiel«, setzte er als Erklärung für seinen

Sohn hinzu. Camille beobachtete Zack aus dem Augenwinkel, der nur lapidar mit den Schultern zuckte und einen Schluck Eistee nahm.

»Gegen sieben«, antwortete sie Rayburn, völlig perplex über Zacks Desinteresse an den Ausführungen seines Vaters.

»Na, dann machen Sie sich besser ausgehfertig – obwohl Sie auch jetzt schon bezaubernd aussehen.« Mr. Prescott schob den Sessel zurück und sagte, als wäre ihm nachträglich erst der Einfall gekommen: »Zack, was hältst du davon, wenn du Camille morgen auf die Plantage mitnimmst? Sie hat diese Woche intensiv gearbeitet, und ich möchte ihr das ganze Wochenende freigeben.«

»Ich weiß nicht…«, hob sie an, doch Zack fiel ihr ins Wort.

»Geht in Ordnung. Ich hab sonst nichts vor.« Er stand vom Tisch auf. »Also, dann bis morgen früh. Ziehen Sie was Bequemes an.« Ohne ein weiteres Wort stampfte er aus dem Esszimmer.

Der hat vielleicht Nerven! jaulte Camille im Stillen auf. Sie spähte zu Rayburn hinüber und stellte fest, dass er die schlohweißen Brauen wie zu einer stummen Frage hochgezogen hatte, während er die Tür fixierte, die sich gerade hinter seinem Sohn geschlossen hatte.

Camille entschuldigte sich bald darauf und lief ins Witwendomizil, wo sie sich für ihr Date mit Rick umzog. Sie war fest entschlossen, sich einen schönen Abend zu machen. Gleichwohl schwankte sie zwischen Vorfreude und Furcht vor dem kommenden Tag.

Ricks gute Laune wirkte so ansteckend, dass Camille Zacks miese Stimmung und seine wenig begeisterte Reaktion auf Rayburns Vorschlag, am nächsten Morgen mit ihr gemeinsam die Plantage zu besichtigen, im Nu verdrängte.

Es war ein kühler, klarer Abend, geradezu ideal für ein Footballspiel. Nachdem er seinen Wagen auf dem Parkplatz des Stadions abgestellt hatte, fasste Rick Camilles Arm, und sie schlenderten scheinbar endlos lange über felsigen, staubigen Boden, bis sie das hell erleuchtete, bunt geschmückte Spielfeld erreichten. Die Bands der einzelnen Schulen versuchten einander an Lautstärke zu übertreffen. Camille und Rick kicherten bei dem Bemühen, die Musikstücke auseinander zu halten, und gaben schließlich entnervt auf.

Camille trug einen Wollrock mit farblich abgestimmtem Pullover und wünschte sich schon bald sehnlichst, dass sie ihre Wildlederpumps zu Hause gelassen und stattdessen bequemere Schuhe mit flacherem Absatz angezogen hätte.

Kurz vor dem Anpfiff fanden sie ihre Plätze, und Rick machte sie unter dem lauten Gebrüll und Gejubel der Fans mit den anderen Paaren bekannt. Sie verstand nicht alle Namen, aber das schien auch unwichtig. Kurz darauf verfolgten alle Zuschauer gebannt das Spiel.

Rick machte keinen Hehl aus seiner glühenden Bewunderung für die strahlenden Cheerleaderinnen, die vor der Tribüne aufmarschierten. Er und Camille klatschten, stampften mit den Füßen und lachten wie zwei ausgelassene Teenager. Sie war entspannt wie seit Wochen nicht mehr und fühlte sich blendend.

Unvermittelt fiel ihr Blick auf Zack, der die steilen Stadionstufen hochgestiegen kam, einen Arm um die Schultern einer großen, schlanken Blondine gelegt. Die Zuschauer auf der Tribüne begrüßten das attraktive Paar laut johlend, während die beiden sich auf dem Weg zu ihren Plätzen durch die Reihen zwängten und zwischendurch immer wieder mit irgendwelchen Bekannten plauderten. Obwohl Zack sich angeregt zu unterhalten schien, fokussierte er unablässig die Menge, bis er Camille und Rick entdeckte. Rick, von einem der neben ihm sitzenden Zuschauer abgelenkt, bekam gar nicht mit, dass Zacks blaue Augen auf Camille geheftet waren und er sie mit einem spöttisch-herablassenden Lächeln bedachte. Hastig drehte sie den Kopf weg, bemüht, ihn und sein hinreißendes Date genauso zu ignorieren wie ihr rasendes Herzklopfen und die Woge der Eifersucht, die sie jählings durchflutete.

Es kam noch schlimmer: Zack nahm mit seiner Angebeteten nur zwei Reihen vor ihr und Rick Platz! *Oh nein!* Damit ruinierte er ihr schließlich den ganzen Abend! Frustrierend, aber wahr, wie Camille sich ehrlicherweise eingestehen musste. Sosehr sie sich über das Footballspiel in Ricks angenehmer Gesellschaft freute, sie konnte sich auf nichts anderes konzentrieren als auf Zacks Hinterkopf und den der Frau, an ihn geschmiegt, die blonde Mähne kaskadenförmig um seine Schultern gefächert. War das etwa die Witwe Hazelett, die Rayburn auf den Tod nicht ausstehen konnte?

In der Halbzeit versorgte Rick sie mit dampfend heißer Schokolade und frischem Popcorn. Der Enthusiasmus der Fans steigerte sich noch in der spannenden zweiten Hälfte des Spiels. Als die Heimmannschaft in der letzten Spielminute unerwartet den Ausgleich erzielte, gab es für die Zuschauer kein Halten mehr. Alles sprang auf, brüllte, pfiff und klatschte zu den anfeuernden Rhythmen der Schulband. Im Siegestaumel riss Rick Camille von ihrem Sitz hoch, umarmte sie schwungvoll und küsste sie mitten auf den Mund. Laut losprustend über seine glühende Begeisterung, traf sie über seine breiten Schultern hinweg unvermittelt Zacks Blick, der sie durch die johlende Menge hindurch beobachtete. Sein spöttisches Grinsen war wie weggewischt, seine Miene stattdessen grimmig erstarrt, wie in

Granit gemeißelt. Nur seine Augen sprühten Blitze. Wütend drehte er sich von ihr weg. Die Stimmung im Stadion erreichte unterdessen ihren Höhepunkt, und Camille war heilfroh, dass niemand ihre Verunsicherung bemerkte.

Bevor er sie nach Bridal Wreath zurückfuhr, lud Rick sie noch auf eine Pizza ein. An der Eingangstür zum Witwendomizil dankte Camille ihm für den schönen Abend, worauf er sie kurz an sich zog und sich mit einem zaghaften Gutenachtkuss von ihr verabschiedete. Als er sie losließ, bemerkte sie wieder den bekümmerten Ausdruck auf seinem kantigen, sympathischen Gesicht. Er streichelte sanft über ihre Wange, wünschte ihr eine angenehme Nacht und schlenderte davon. Er ließ die Schultern hängen und sein sonst elanvoller Gang wirkte irgendwie schleppend, fand Camille. *Aber haben wir nicht alle unsere privaten Probleme?* philosophierte sie auf dem Weg in ihr Schlafzimmer.

Am nächsten Morgen war das Wetter herbstlich kühl wie am Abend zuvor. Camille entschied sich für Designerjeans, die ihre schlanken Beine und Hüften hervorragend zur Geltung brachten. Dazu trug sie ein langärmeliges, beigefarbenes T-Shirt, eine dunkelblaue Strickjacke schlang sie sich lässig um den Hals. Dann streifte sie ein Paar bequeme Stiefel über, die ihr schon viele Jahre gute Dienste geleistet hatten und viel zu schade zum Wegwerfen waren.

Es war noch früh, als sie die Terrasse passierte und durch die hintere Verandatür die Küche betrat, wo Dearly bereits das Frühstücksgebäck vorbereitete und eine Kanne Kaffee aufgebrüht hatte.

»Guten Morgen, Camille. Haben Sie gut geschlafen? Wie ich höre, sind Sie heute den ganzen Tag mit Zack unterwegs. Passen Sie gut auf sich auf. Er hat nämlich den Ruf eines Herzensbrechers.« Fröhlich glucksend schob sie ein

Backblech in den Ofen. Camille wurde eine Spur blasser. Sie dachte an die Blondine, die sich bei dem Footballspiel besitzergreifend an Zack geklammert hatte. Hastig drehte sie sich zum Küchentresen und goss sich eine Tasse Kaffee ein. »Ja, ja, unser Zack ist der Schwarm aller Frauen«, fuhr Dearly fort. »Aber mit diesen blauen Augen, was soll man da anderes erwarten? Als er noch auf die Highschool ging, bin ich manchmal richtig ärgerlich geworden. Die Mädchen riefen giggelnd hier an und wollten Zack sprechen. Ständig klingelte das Telefon. Er mochte die Mädels zwar, aber der Sport und Autos waren ihm damals viel wichtiger. Auf dem College ... na ja, darüber weiß ich nicht allzu viel, weil er seinerzeit nicht hier wohnte, aber als er wieder zu uns nach Hause zurückgekehrt war, musste er sämtliche Debütantinnen und ihre Mütter im Umkreis von zig Kilometern abwimmeln. In den Jahren danach war er mit etlichen Frauen befreundet, aber die haben alle kapituliert und einen anderen geheiratet. Das schien ihn nie sonderlich zu berühren.«

Camille unterbrach diesen aufschlussreichen Monolog nicht, sondern deckte schweigend den Tisch, während Dearly Grapefruits schälte und in Scheiben anrichtete. »Dann, vor etwa zwei Jahren, hatte er eine echt schlimme Phase. Holla! Er war ständig schlecht gelaunt und zog sich völlig in sich zurück, wollte mit keinem mehr reden. Und wenn, dann ließ er nur irgendwelche abfälligen Kommentare über Frauen fallen, bis wir schließlich annahmen, dass er sich unglücklich verliebt hätte. Vermutlich hatte die junge Dame es satt, nach seiner Pfeife zu tanzen, und ihm eins ausgewischt, indem sie einen anderen geheiratet hat. Natürlich hat er nicht darüber geredet. Wir erfuhren nie, wer die schöne Unbekannte war, aber sie muss ihn tief verletzt haben.«

Vor zwei Jahren. Demnach war er in Utah gewesen, um über eine gescheiterte Beziehung hinwegzukommen. Wie praktisch – er hatte sich seine Männlichkeit beweisen und sein Selbstbewusstsein stärken wollen, indem er Camille als Versuchskaninchen benutzt hatte. Mr. Zachary Prescott hatte sich mit ihr getröstet, nachdem sie ihm quasi wie eine reife Frucht in den Schoß gefallen und seinen Verführungskünsten willenlos erlegen war!

Wieder spitzte sie aufmerksam die Ohren, da Dearly fortfuhr: »Eine ganze Weile verabredete er sich mit keiner Frau, bis er diese Erica Hazelett kennen lernte – aber wenn Sie mich fragen: Sie ist nicht das Richtige für unseren Zack. Eine Frau, die ihre Kinder monatelang wegschickt, weil sie in ihrem ausgefüllten Terminkalender keinen Platz finden, ist in meinen Augen keine anständige Mutter. Und da Zack nie eine Mutter gekannt hatte und auch keine Geschwister, hat er immer beteuert, dass er mehrere Kinder haben wolle … *wenn* er denn jemals heiratete.« Dearly seufzte. »Wir haben die Hoffnung schon fast aufgegeben, dass in diesem Haus jemals Babys aufwachsen.«

Camille strich abwesend Butter auf eines der Gebäckstücke, die, frisch aus dem Backofen, in einem Brotkorb auf dem Tisch standen. Sie nippte an ihrem Kaffee und seufzte. Wer auch immer Zack gekränkt hatte, hatte ganze Arbeit geleistet. Camille wusste aus eigener Erfahrung um seinen Zynismus gegenüber dem weiblichen Geschlecht und wie skrupellos egoistisch er Frauen auszunutzen vermochte. Entsprang seine frauenfeindliche Haltung dem Wunsch nach Vergeltung an der gesamten Spezies, nur weil ihm eine übel mitgespielt hatte, in die er sich zufälligerweise verliebt hatte?

Das Objekt ihrer brütenden Überlegungen betrat die Küche. Zack trug Jeans und ein farblich abgestimmtes

Sakko, darunter einen weißen, hoch geschlossenen Wollpullover.

»Guten Morgen, meine Damen«, sagte er grinsend und drückte Dearly einen schmatzenden Kuss auf die Wange. Camille hatte eher damit gerechnet, dass er eingeschnappt wäre, wie bei dem Abendessen am Tag zuvor. Auf diesen strahlenden, weltgewandten Typen, der quer durch die Küche steuerte, dabei »Oh What a Beautiful Morning« summte und sich schließlich einen Kaffee einschenkte, war sie nicht gefasst. Vor ihrem geistigen Auge erstand wieder die wie in Granit gemeißelte Statue, die sie wütend angefunkelt hatte, während Rick sie in seinen starken Armen gehalten hatte. Hatte Zack überhaupt eine Ahnung, wie mordlustig er sie bei Ricks Kuss angesehen hatte?

»Reisefertig?«, erkundigte sich Zack. Er glitt auf einen Küchenstuhl und nahm sich ein dampfend heißes Brötchen, das er in den Händen jonglierte, bis es auf seinen Teller fiel.

»Ja«, erwiderte sie knapp, zu schockiert über seinen sprunghaften Stimmungswandel, um dem noch irgendetwas hinzuzufügen.

»Gut. Ich habe einige Aktivitäten für uns geplant. Beeilen Sie sich ein bisschen mit dem Frühstück.«

»Ja, Sir!«, sagte Camille rasch und salutierte scherzhaft. Das Funkeln in seinen strahlend blauen Tiefen ließ Camilles Herz höher schlagen. Wenn nur …

Zack half ihr auf den Beifahrersitz eines Pick-ups, der schon viele Jahre und etliche Kilometer Landstraße auf dem Buckel hatte. Die blaue Farbe war verwittert und zerkratzt, ein Fensterglas gesprungen und behelfsmäßig ausgebessert.

»Wenn wir ein richtiges Date hätten, würde ich mit meinem Wagen fahren, aber der hier passt weitaus besser zu einer Tour über die Plantage. Es macht dir doch nichts aus, oder?«

»Nein, überhaupt nicht«, erwiderte Camille betont gleichmütig. Gleichwohl raste ihr Puls von dem kurzen Körperkontakt mit ihm, als er ihr auf den Wagensitz half. Würde sie denn nie immun werden gegen seine Berührung?

Zack fuhr die holperige Auffahrt von Bridal Wreath entlang, bog dann nach links und passierte das kurze Stück zur Auffahrt des Highway 65. Sie fuhren nach Westen zum Fluss. Kurz vor der Brücke, die den Mississippi überspannte, zeigte Zack auf ein Haus, das links von ihnen auf einer Anhöhe stand. »Das ist The Briars. Von da hat man einen tollen Blick auf den Fluss. Das Haus wurde um 1812 erbaut. Dort im Salon gab Jefferson Davis seinerzeit Varina Howell das Jawort.«

Im Vorbeifahren erhaschte Camille einen Blick auf das schöne Haus und den gepflegten Park. Sie hatte sich über Zack gebeugt, um auf der Fahrerseite hinaussehen zu können, und sein Arm streifte unbeabsichtigt ihren Busen. Hastig ließ sie sich auf den Beifahrersitz zurücksinken, inständig hoffend, dass er nicht merkte, welche Wirkung seine Berührung auf sie hatte.

Verlegen schweigend starrte sie auf den Mississippi River, als sie die Brücke überquerten, allerdings war es auch ein faszinierendes Panorama. Die großen Schiffe wirkten auf dem breiten Fluss wie Spielzeugboote. Camille erspähte Natchez-Under-the-Hill, den historischen Altstadtkern. Gerade als sie das erwähnen wollte, kam Zack ihr zuvor: »Wir werden irgendwann mal abends nach Under-the-Hill fahren und dort ausgehen. Ich kenne ein Restaurant, wo man den besten gebratenen Wels bekommt. Aber verrat Dearly bitte nicht, dass ich das gesagt habe.« Seine Augen versanken in den ihren, er lächelte komplizenhaft und zeigte dabei seine blendend weißen Zähne. Wieso musste er auch so verdammt attraktiv sein?

Innerhalb von Minuten erreichten sie die Uferseite von Louisiana und fuhren durch die kleinen Ortschaften weiter nach Westen. Nach ein paar Kilometern steuerte Zack in nördliche Richtung, auf eine Landstraße, die von einem Eisenbogen überspannt war. »Prescott Plantage« war in riesigen Metalllettern darauf zu lesen.

Im Laufe des Vormittags stürmte eine Vielzahl von Eindrücken auf Camille ein. Zack fuhr mit ihr über gigantisch anmutende Felder, erklärte ihr die jeweiligen Anbaupflanzen, wann eine Ackerfläche brach liegen und wie sie kultiviert werden musste. Immer wenn sie auf seine Arbeiter trafen, verlangsamte Zack den Pick-up und grüßte freundlich. Erstaunlicherweise kannte er jeden mit Namen. Camille war verblüfft, wie viele Menschen auf den Pflanzungen beschäftigt waren.

Zacks ganze Leidenschaft galt jedoch der Pferdezucht, mit deren Aufbau er kurz zuvor begonnen hatte. Er zeigte ihr die Stallungen und ein paar Pferde, die ihm inzwischen gehörten. Einige waren junge Fohlen, die im Frühjahr zur Welt gekommen waren. Camille fand, dass sie hübsch und gesund aussahen, allerdings hatte sie von Pferden zugegebenermaßen so gut wie keine Ahnung. Zack räumte ein, dass es auch für ihn Neuland sei, trotzdem wolle er unbedingt in dieses lukrative Geschäft einsteigen.

Camille beobachtete ihn aus den Augenwinkeln, während er ihr die entsprechenden Pläne sowie die wirtschaftlichen Zukunftsaussichten der Plantage darlegte. Dabei geriet er richtig ins Schwärmen. Seine Miene hellte sich zunehmend auf, und Camille bemerkte, dass Zack sich ständig neue Ziele setzte. Er war nicht der Mensch, der es bei dem Erreichten bewenden ließ. Er suchte immer wieder neue Herausforderungen – diesen neuen Charakterzug hatte sie soeben an ihm entdeckt.

Langsam schwante ihr, dass sie sich in ihn verliebt hatte.

Es war eine bittersüße Erkenntnis. Am liebsten hätte sie die Hand nach ihm ausgestreckt und ihn berührt, ihm ihre heimliche Entdeckung gestanden, aber das ging auf gar keinen Fall. Fühlte er denn nicht die Heftigkeit ihrer Liebe? Merkte er etwa nicht, wie aufgewühlt sie innerlich war? *Zack, ich liebe dich,* beschwor sie ihn im Stillen.

Er hatte seinen ledernen Cowboyhut abgenommen, den er wegen der herbstlichen Witterung an Stelle des Strohhuts trug, und seine sonnengebleichten Locken wehten in der kühlen Brise. Eine Stiefelspitze auf der untersten Verstrebung, lehnte er an einem Gatter und ließ die Arme lässig über der obersten Holzlatte baumeln. Er war der Inbegriff männlicher Dominanz. Schon in Utah hatte Camille seine maskuline Aura gespürt und sich davon eingeschüchtert gefühlt, wie sie sich inzwischen eingestehen musste. Als sie vor ihm geflohen war … aus seinem Bett … hatte sie da schon in ihm den Mann erkannt, den sie mit alles verzehrender Leidenschaft lieben konnte? War sie letztlich gar nicht aus Beschämung und Selbsthass weggelaufen, sondern aus Furcht, von ihm zurückgewiesen zu werden? Unvermittelt besann sie sich auf das zarte Gefühl der Verliebtheit, die sie für ihn empfunden hatte, eng an ihn geschmiegt in der Stille jener verschneiten Winternacht. *Liebe?* fragte sie sich. *Nein! Auf gar keinen Fall.* Und doch war es aus heiterem Himmel geschehen. Sie mochte es nicht länger leugnen. Sie hatte sich auf Anhieb in ihn verliebt.

Zack drehte den Kopf und fing den entrückten Blick auf, mit dem sie ihn musterte. Sofort wurde sie knallrot im Gesicht. Konnte er Gedanken lesen? Ahnte er etwa, wie sehr sie ihn liebte?

Er strich ihr eine vorwitzige Locke aus der Stirn; seine Finger brannten auf ihrer Haut. »Ich finde deine Plantage fantastisch, Zack. Ganz im Ernst«, murmelte sie verlegen.

»Das weiß ich«, erwiderte er todernst. Dann erkundigte er sich ganz nebenbei, ob sie hungrig sei.

»Oh ja!«, entfuhr es ihr spontan. »Ich bin fast am Verhungern.«

Er lachte. »Gut, zumal ich dir zum Mittagessen etwas ganz Besonderes bieten werde.«

Nachdem er ihr beim Einstieg in den Pick-up geholfen hatte, verließen sie die Plantage und steuerten in Richtung Natchez.

Als sie durch die Stadt fuhren, erklärte Zack ihr zahlreiche historische Stätten, die Camille unmöglich alle behalten konnte. Er schien die Geschichte seiner Heimatstadt gut zu kennen, denn er spulte die Fakten herunter wie ein Fremdenführer. Es gab über zweihundert Bauten in Natchez, die noch aus der Zeit vor dem Bürgerkrieg stammten, und alle hatten sie eine gewisse Berühmtheit erlangt. Berühmte Persönlichkeiten wie Henry Clay, Aaron Burr, Lafayette, Andrew und Rachel Jackson, Mark Twain und Stephen Foster hatten Natchez besucht und einige Zeit in den wunderschönen Häusern verbracht.

Das Restaurant, das Zack für den Mittag ausgesucht hatte, war das Post House in der alten King's Tavern. Zack erklärte ihr, dass es das älteste Bauwerk von Natchez sei, noch vor 1798 erbaut. Indianische Boten hatten die erste US-Post zur King's Tavern gebracht, nachdem die Stadt in jenem Jahr unter nordamerikanische Verwaltungshoheit gekommen war. Das Haus stand am Ende der legendären Natchez-Route, einer gut markierten Strecke durch die wilde, unberührte Landschaft von Nashville, Tennessee. Als sie das altehrwürdige Posthaus betraten, deutete Zack auf die Einschusslöcher an den Wänden, Erinnerungen an einen frühen Angriff der Indianer.

Das Restaurant mit seiner niedrigen Decke war im Stil der frühen Siedler gehalten. Camille war hellauf begeistert. Und das nicht nur wegen seiner historischen Bedeutung und der wechselvollen Vergangenheit, sondern auch, weil Zachary Prescott bei ihr war; insgeheim sah sie ihn als heimgekehrten Trapper von der gefährlichen Natchez-Route vor sich, eine faszinierende Vorstellung.

Mit ihrer Einwilligung bestellte Zack das Mittagsmenü: Meeresfrüchte, Fisch, gebackenes Hühnchen mit Maisbrei, verschiedene Gemüse und Soßen.

Während des Essens beobachtete Camille ihn verstohlen. Er schien entspannt und gut gelaunt, obwohl er doch eigentlich nur mit ihr hergefahren war, weil sein Vater ihn dazu verdonnert hatte. Er plauderte nahezu mit jedem, der das Lokal betrat, und stellte ihr die Gäste vor, die zu einem kleinen Plausch an ihrem Tisch stehen blieben.

Beim Kaffee meinte Camille: »Deinem Vater scheint es wieder besser zu gehen, nicht wahr?«

»Ja. Seit du da bist und die Hausrenovierung betreust, lebt er richtig auf. Gesundheitlich wird er leider nie mehr so fit wie vor seiner Erkrankung, deshalb mache ich mir auch ständig Sorgen um ihn.«

»Das kann ich gut nachvollziehen, Zack.« Leise setzte sie hinzu: »Er liebt dich sehr.«

»Ja, das weiß ich.« Er lachte bedrückt. »Manchmal wünschte ich mir, ich hätte Geschwister, die ihn stolz und glücklich machen könnten. Ich habe ihn nämlich schwer enttäuscht.«

»Wie kannst du so etwas sagen?!«

Er rutschte unbehaglich auf dem Stuhl herum, bevor er

antwortete. »Dad ist von dem … zwanghaften Wunsch beseelt … die Linie fortzusetzen, also Bridal Wreath und die Plantage in die Hand eines weiteren Prescott zu übergeben.« Er nahm hastig einen Schluck Kaffee und setzte hinzu: »Es sieht jedoch nicht so aus, als würde das passieren.«

Camille wusste nicht, wie sie darauf reagieren sollte, und starrte stattdessen auf ein Bild an der Wand neben sich. Sie schwiegen, bis Zack bezahlt hatte und sie zu dem Pick-up zurückschlenderten, der vor dem Gebäude parkte.

»Das Essen war toll, Zack, genau wie das Post House. Danke«, sagte Camille, als er den Wagen ausparkte und sich in den fließenden Samtagsnachmittagsverkehr einfädelte.

»Hat es dir auch wirklich geschmeckt?«, erkundigte er sich grinsend.

»Sogar zu gut, fürchte ich. Wenn ich weiterhin so viel in mich hineinstopfe, werde ich noch kugelrund.« Sie lachte, dabei fiel ihr ein, was er irgendwann einmal über ihre Figur gesagt hatte. Er hatte angedeutet, dass sie ruhig ein bisschen zunehmen könnte. Sie ließ den Blick zu ihm schweifen und stellte verdutzt fest, dass er sich offensichtlich auch daran erinnerte.

»Ich würde mal sagen, dass die zusätzlichen Pfunde alle auf die richtigen Stellen verteilt sind«, flachste er anzüglich, und Camille errötete. Gutmütig lachend gab er ihr einen spielerischen Klaps aufs Knie, worauf sie den Atem anhielt, da seine Finger für Augenblicke auf ihrer Haut verweilten.

Sie fuhren durch andere Stadtteile von Natchez, vorbei an beeindruckenden Gutshäusern. Und jedes dieser vielen Anwesen trug entweder den Namen seines Besitzers oder eine andere wohlklingende Bezeichnung, wie beispielsweise Auburn, D'Evereux, Fair Oaks, Dunleith, Hawthorne,

Mount Repose und so fort. Jedes Haus war anders gestaltet und hatte seinen eigenen, persönlichen Charme. Manche ähnelten kleineren Landgütern, andere wiederum verströmten das Südstaatenflair der Kolonialzeit mit griechischer Säulenarchitektur, genau wie Bridal Wreath.

»Ich mag diese Häuser und die riesigen Parks ringsherum. Die Eichen, Magnolien, Weiden – einfach traumhaft. Es muss fantastisch aussehen, wenn im Frühling Azaleen, Hartriegel, Forsythien und Glyzinien blühen. Und natürlich auch die Spiersträucher!«, setzte sie begeistert hinzu.

»Ja, das stimmt.« Zack nickte. »Nur schade, dass die Blumen so schnell wieder verblühen. Aber vermutlich muss das so sein, sonst wäre es ja nichts Besonderes. Kennst du Longwood?«

»Dieses achteckige Herrenhaus?«

»Ja. Es wurde nie fertig gestellt. Nur das Parterre existiert. Es stand all die Jahre leer. Meiner Meinung nach wurde der Bau um 1858 begonnen, und 1861 waren die Arbeiten noch nicht beendet.«

»Eine frustrierende Vorstellung, dass jemand so viel Zeit und Mühe in ein Haus steckt, das nie bewohnt werden kann. Da hätte ich lieber ein kleines Haus mit jeder Menge Leute drin als so einen gottverlassenen Riesenpalast.«

»Endlich habe ich dich durchschaut, Miss Jameson. Du möchtest ein Haus voller Menschen, umgeben von einem Park mit altem Baumbestand.« Er zwinkerte ihr zu. »Stimmt's oder hab ich Recht?«, schmunzelte er.

»Ich hab mich selbst verraten, nicht?«, gab sie lächelnd zurück. »Das kommt wahrscheinlich daher, weil ich keine Geschwister habe. Als Einzelkind ist man gelegentlich recht einsam.«

»Dann haben wir doch etwas gemeinsam, Camille, oder?«, meinte er sanft, mit einfühlsamem, bewegendem Tonfall.

Camille, die ihn gedankenvoll musterte, nickte bekräftigend.

Sie fühlte sich wohl und rundum zufrieden. Es war ein herrlicher Tag gewesen. Sie genoss das Alleinsein mit ihm. Während sie in Richtung Bridal Wreath steuerten, kuschelte sich Camille tiefer in das abgewetzte Polster des Pick-ups, derweil ließ sie ihre frisch erblühte Liebe zu Zack auf sich wirken und wünschte sich sehnlichst, dass er seine Haltung ihr gegenüber bald änderte. Heute hatte er sich aufmerksam, freundlich, charmant, nahezu vorbildlich verhalten. Vielleicht gab es ja noch Hoffnung für sie beide. Immerhin hatte es in den beiden zurückliegenden Jahren kein Mann geschafft, die Erinnerung an Zack aus ihrem Kopf zu verscheuchen. War es auch nur entfernt denkbar, dass ihre gemeinsame Nacht mit Zack doch mehr hinterlassen hatte als einen bitteren Nachgeschmack? Vielleicht besann er sich ja noch auf die glücklichen Momente, die sie miteinander geteilt hatten …

Sie bogen in die Allee ein und ruckelten über das holprige Pflaster zu seinem Anwesen. »Wenn ich das einmal kritisch anmerken darf, Mr. Prescott, ich glaube, die Auffahrt muss dringend neu asphaltiert werden.«

»So, so, glauben Sie, Miss Jameson?«, erwiderte er in gespielt herablassendem Ton. Dann grinste er und zwinkerte ihr zu. »Du hast absolut Recht!«

Die Bremsen des Pick-ups quietschten geräuschvoll. Zack schaltete die Zündung aus, woraufhin der brummende Motor und das Radio verstummten. Die plötzlich eintretende Stille betonte die seltsam knisternde Atmosphäre. Die im Westen stehende Sonne warf lange Schatten auf den Rasen und färbte das orangerote Laub golden, ließ die Bäume herbstlich entflammen. Draußen wehte ein kühler Wind, im Innern des Wagens jedoch war es warm.

Weder Camille noch Zack rührte sich. Sie saßen schweigend und kaum Zentimeter voneinander entfernt in der engen Fahrerkabine. Es war Intimität ohne Worte, ohne Berührung. Jeder von ihnen genoss die atmosphärische Ruhe, die atemlose Nähe des anderen.

Zeitgleich drehten beide die Köpfe, um den anderen zu betrachten. Wie in Trance langte Zack durch den Fahrerraum und berührte ganz leicht ihr golden schimmerndes Haar, bevor seine Hand ihre Wange umfing. Ihre Augen versanken in seinen, während er sie intensiv betrachtete. Wie zwei himmelblaue Magneten hielten sie Camille fest, glitten von ihrem Schopf zu ihren riesigen, glänzenden Augen, über ihre wohlgeformte Nase zu ihren leicht geöffneten Lippen, wo sie kurz verweilten. Sie schweiften zu ihrer Kehle, zu der Halsbeuge, wo eine winzige Ader blau pulsierte, und ruhten dann auf ihren Brüsten. Ihre harten, prickelnden Knospen zeichneten sich verdächtig unter dem weichen Baumwollshirt ab.

Zacks Augen wanderten zurück zu ihrem Mund. Mit einem Daumen streichelte er über ihre bebenden Lippen, presste sanft ihre Unterlippe hinunter, sein warmer Atem an ihren Zähnen. »Ich hab es nicht vergessen, Camille. Ich weiß noch genau, wie es zwischen uns war.« Seine Stimme war ein zärtlich gehauchtes Flüstern und klang schonungslos ehrlich. Er legte die andere Hand auf ihre linke Brust und massierte diese leicht. »Ich fühle dein Herzklopfen. Du erinnerst dich auch noch daran, nicht wahr?«

Er riss sie an sich, seine Hand gefangen zwischen ihren Körpern. Sie erwartete, dass seine Lippen so besitzergreifend wären wie seine Umarmung, doch sie waren weich und liebkosten ihren Mund mit sinnlichen Küssen. Seine Zunge spielte mit ihren Lippen, doch als sie sich teilten, drang er nicht weiter vor. Stattdessen saugte er an ihrem

Mundwinkel, und sie flüsterte lustvoll, beinahe besessen seinen Namen.

Jede Zurückhaltung fiel von ihm ab, und er bedeckte ihren Mund mit stürmischen Küssen. Seine Zunge verschmolz samtig rau mit der ihren. Den zwischen ihren Brüsten versteckten Fingern gelang es, Camille ungeahnte Lustgefühle zu bescheren. Unbewusst bog sie sich Zack entgegen, bot ihm lasziv ihren Körper. Seine Hände folgten ihren verheißungsvollen Kurven, während beider Lippen das fordernde Spiel fortsetzten. Er vergrub das Gesicht in ihrer Halsbeuge und stöhnte: »Camille. Camille, du hast mich verzaubert. Seit Snow Bird…«

Lautes Autogehupe ließ sie verschreckt auseinander fahren. Zack stieß einen leise gemurmelten, vulgären Fluch aus, dass Camille ganz anders wurde. Als er merkte, wie ein schnittiger, silberfarbener Porsche neben den Pick-up glitt, öffnete er mit einem weiteren Kraftausdruck die Fahrertür und sprang hinaus. Sich selbst überlassen, versuchte Camille hektisch, ihre Sachen in Ordnung zu bringen, bevor sie aus dem Lieferwagen kletterte.

»Schätzchen, bin ich froh, dass du zu Hause bist«, sagte die hoch gewachsene Blondine, lässig an den Sportflitzer gelehnt. Plötzlich erkannte Camille in ihr die Frau, die Zack am Vorabend zu dem Footballspiel begleitet hatte. Sie trug ein rosafarbenes Strickkleid, passende Wildlederpumps und einen gemusterten Schal, den sie nachlässig-elegant um den Hals drapiert hatte.

»Hallo, Erica. Was führt dich zu mir?« Zacks Stimme klang zwar freundlich, aber Camille glaubte, einen gereizten Unterton herauszuhören.

»Erst möchte ich in aller Form begrüßt werden, und dann erzähl ich es dir«, schnurrte die Frau, worauf Zack sie an sich zog und ihr einen heißen Kuss auf den sinnlichen

Schmollmund drückte. Camilles Herz sank ins Bodenlose – am liebsten hätte sie sich unbemerkt in die schützenden vier Wände des Witwendomizils verdrückt. Das allerdings war ihr verwehrt, da Zack sich von Erica abwandte und mit einer Hand auf Camille deutete. »Erica, das ist Camille Jameson. Sie renoviert Bridal Wreath für uns. Camille, Erica Hazelett.«

»Hallo, Mrs. Hazelett«, sagte Camille wenig begeistert. In Ericas Gegenwart fühlte sie sich klein und unscheinbar, nicht zuletzt wegen ihrer einfachen Freizeitkleidung. Und ihre Locken kräuselten sich nach Zacks stürmischer Umarmung vermutlich wirr in alle Richtungen. Gute Güte, ihre Lippen schienen verdächtig spröde und geschwollen nach seinen Küssen. Zu allem Überfluss fühlte sie sich von dieser perfekt gestylten Frau auch noch kritisch unter die Lupe genommen.

Erica begrüßte sie freundlich und meinte dann: »Ist mir schleierhaft, wieso Zack unbedingt eine Innenarchitektin engagieren musste, um Bridal Wreath umzugestalten, zumal er seit langem weiß, dass ich das gern übernommen hätte. Schließlich hab ich ihm das sogar angeboten.«

»Ich bin sicher, dass Sie das hervorragend gemacht hätten, Mrs. Hazelett. Aber Zack hat damit letztlich nichts zu tun, sein Vater hat mich engagiert.«

»Und wie wir wissen, hält mein Dad nicht viel von deinem Geschmack«, flachste Zack, worauf Erica ihre schön geschwungenen Lippen zu einer schmalen Linie zusammenpresste.

»Na, na, wenn Miss Jameson sich nach dem Geschmack deines Vaters richtet, bin ich echt gespannt auf das Resultat«, gab Erica schnippisch zurück.

Verblüfft über die sarkastische Bemerkung, öffnete Camille den Mund. Ihre Augen verengten sich zu bernsteinfarbenen Schlitzen, schmal wie die einer Katze, die einen Gegner wittert. Ihr Nackenflaum stellte sich auf, voller Abneigung gegen Zacks Freundin.

Die junge Innenarchitektin musste neidlos einräumen, dass Erica Hazelett ein ungemein attraktives Geschöpf war. Die Details ihrer optischen Erscheinung, die Camille am Abend zuvor nur ungenau wahrgenommen hatte, sprangen ihr jetzt förmlich ins Auge. Ericas Haar war blond, zu blond, um nicht jede Woche mit den Errungenschaften der modernen Chemie aufgehellt zu werden. Ihre blauen Augen wirkten kühl, ohne Tiefe, ohne Ausstrahlung. Apart geschwungene Brauen erhoben sich über einer geradezu aristokratischen Nase, und ihr Mund war voll und sinnlich. Groß und knabenhaft schlank, hatte sie die Figur eines Models, ihre Bewegungen wirkten gelangweilt, wie vor dem Spiegel eingeübt. Diese Beauty hatte sich immer unter Kontrolle, bemerkte Camille, die heimlich beobachtete, wie Erica sich an Zacks Körper schmiegte und ihm imaginäre Stäubchen von dem dunklen Jackett wischte. Die offensichtliche Vertrautheit irritierte Camille, gleichwohl war sie fest entschlossen, sich von dieser Frau nicht unterkriegen zu lassen. Folglich blieb sie mit Todesverachtung bei den beiden stehen und beobachtete, wie Erica schamlos mit Zack flirtete.

Mit schmelzender Stimme redete die Witwe Hazelett leise auf ihn ein. »Zack, Schätzchen, du musst mich bitte, bitte heute Abend begleiten. Ich hab dich schon telefonisch zu erreichen versucht, aber der Dienstbote sagte mir, du seiest weggefahren, mit dieser Miss… wie heißt sie noch gleich? Ist ja auch egal. Ich verzeihe dir alles, wenn du mir versprichst, dass du mit mir zu der Party gehst.«

Camille schäumte innerlich vor Wut über Ericas herablassende Art. Und Simon oder Dearly als Dienstboten zu bezeichnen war schlicht der Gipfel! Diese arrogante Zicke! Sicher, sie war hübsch und zweifellos sexy, aber was mochte Zack sonst noch an ihr finden? Ihr oberflächliches Getue musste ihm doch schrecklich auf die Nerven gehen.

»Wo findet die Dinnerparty heute Abend statt?«, fragte Zack ohne großen Enthusiasmus.

»Oh, ich wusste, dass du mitkommen würdest, Zack!«, kreischte Erica. Sie stellte sich auf die Zehenspitzen und küsste ihn auf die Wange. »Im Melrose, Schätzchen. Und natürlich ist Abendgarderobe angesagt.«

»Natürlich«, erwiderte Zack trocken.

»Du musst mich gegen sieben abholen. Sorry, dass ich dich nicht früher informieren konnte, zumal die Gastgeberin erst heute Morgen bei mir anrief, völlig panisch. Einer der begehrtesten Junggesellen hat abgesagt, und jetzt fehlt ihr ein Tischherr. Ich hab ihr versprochen, dass ich dich dazu überrede, mich zu begleiten, sie aber gleichzeitig auch gewarnt, dass du definitiv nicht mehr zu haben bist.«

»Das entscheide immer noch ich«, knirschte Zack, aber Erica schien von seiner Humorlosigkeit unbeeindruckt.

»Oh, du Schlimmer, du machst dich lustig über mich«, giggelte sie, mit ihrem langen, perfekt manikürten Zeigefinger vorwurfsvoll auf seine Brust tippend. »Ich sehe dich um sieben, Schätzchen.« Nachdem sie Zack noch einen weiteren Kuss auf die Wange gehaucht hatte, stieg sie, Camille wie Luft behandelnd, in ihren Sportwagen und rauschte die Auffahrt entlang davon.

»Hübsches Auto«, bemerkte Camille noch spitz, bevor sie die Stufen zum Hauptportal hochging. Sie vernahm Zacks gedämpftes Fluchen, als er hinter ihr durch die renovierungsbedürftige Eingangstür stapfte.

Zack kam erst spät in der Nacht nach Hause. Camille hätte um nichts in der Welt zugegeben, dass sie nicht einschlafen konnte, bis sie endlich das leise schnurrende Motorgeräusch des Lincoln hörte, als er die Auffahrt hinaufglitt.

Was hatten er und Erica bis in die frühen Morgenstunden gemacht? Ihr selbst war der Spaß über die Nähe und Intimität des gemeinsam verbrachten Tages gründlich vergangen über den Anblick der selbstbewussten Erica und die Art, wie diese Frau Zack vor vollendete Tatsachen stellte. Ohne groß nachzudenken hatte er sich bereit erklärt, sie auf eine Party zu begleiten! Und das, nachdem er Camille Augenblicke zuvor mit atemberaubender Hingabe geküsst hatte! Gab er Ericas Forderungen immer so schnell nach? Was hatte er noch zu ihr, Camille, sagen wollen, bevor die Ankunft des silbernen Porsches ihn abgelenkt hatte? Liebte er diese oberflächliche, blöde Kuh etwa? Und wenn nicht, wieso war er dann bis halb vier morgens mit ihr zusammengeblieben?

Diese Überlegungen marterten ihr Hirn, bis sie schließlich erschöpft in einen unruhigen Schlaf fiel.

6

Am Sonntagvormittag begleitete Camille Rayburn zum Gottesdienst. Sie saß neben ihm in der Kirchenbank und versuchte krampfhaft, während der Predigt nicht einzunicken. Zack war natürlich nicht mitgekommen, und sie hätte sich ohrfeigen können, dass sie sich bis zu seiner Rückkehr schlaflos herumgewälzt hatte. Er lag jetzt friedlich schlummernd im Bett, und Camille war hundemüde, weil sie sich wegen seines nächtlichen Dates mit Erica Hazelett den Kopf zerbrochen hatte.

Als sie zurückkehrten, saß Zack im Salon, umgeben von abgedeckten Möbeln, abgeschmirgelten Holzpaneelen und nackten Wänden, an denen noch Tapetenreste klebten. Er hatte sich den einzigen intakten Stuhl genommen und las, die Beine übereinander geschlagen, die Sonntagszeitung, eine Tasse Kaffee neben sich am Boden.

»Guten Morgen«, rief er, als sie aus der Halle zu ihm steuerten. »Setzt euch, wenn ihr noch einen freien Stuhl findet.« Er lachte unbefangen, und Camille wäre ihm liebend gern an die Gurgel gegangen.

»Guten Morgen, mein Junge. Gibt es heute Nachmittag irgendeine gute Footballübertragung im Fernsehen?«, erkundigte sich Rayburn, nachdem er Hut und Mantel in der Halle abgelegt hatte.

»Ja, eine ganze Reihe. Nach dem Mittagessen muss ich noch kurz zur Plantage rausfahren, aber zur zweiten Halbzeit bin ich spätestens zurück.«

»Schön«, strahlte Rayburn, und Camille kam sich plötzlich ausgegrenzt und überflüssig vor in diesem Männerhaushalt. Was machte sie überhaupt hier? Wie hatte sich das Ganze so entwickeln können? Wann hatte sie die Kontrolle über ihr Leben verloren?

Dann traf ihr Blick erstmals an diesem Tag auf Zacks. Sie war schockiert, wie eindringlich er sie fixierte, seine blauen Augen voll unverhohlener Zuneigung.

»Wie geht's denn so, Camille?« Sein vertraulicher Ton ließ fast den Eindruck entstehen, als wären sie allein im Zimmer, allein auf der Welt. Er klang sanft und zärtlich weich. Dieser Idiot hatte wirklich Nerven, hier den Einfühlsamen zu spielen, nachdem er bis halb vier morgens mit Erica zusammen gewesen war!

»Ich fühle mich großartig«, beteuerte sie strahlend.

Zweifellos bemerkte er ihre Augenringe und die eingefallenen Wangen und konnte sich demnach denken, dass sie schwindelte.

Zack versuchte ein Schmunzeln zu unterdrücken, als er leichthin sagte: »Freut mich für dich.«

Sie kehrte seinem feixenden Gesicht den Rücken und schlenderte zu dem Flügel, der in der anderen Hälfte des Raums stand. Nachdem sie die Schutzhülle abgenommen hatte, setzte sie sich auf die Klavierbank und spielte aus dem Gedächtnis einige Melodien, bis Dearly sie zum Mittagessen rief.

Seit sie auf Bridal Wreath war, wusste Camille, dass dieses Menü immer ein Ereignis darstellte und außerdem die einzige große Mahlzeit des Tages war. Am Abend war man dann auf sich allein gestellt, aß Reste oder begnügte sich mit einem Imbiss. An diesem Sonntag war es nicht anders. Eine Palette dampfender Schüsseln stand auf dem Tisch: knuspriges Backhähnchen, Kartoffelpüree, verschiedene

Salate, zwei Gemüseaufläufe, diverse Soßen und zum Dessert eine Schokoladentorte.

Die Speisen waren köstlich, aber Camille konzentrierte sich weniger auf das Essen als auf den Mann, der ihr gegenübersaß. Zack war ihr auf dem Weg ins Esszimmer vorausgegangen – eine beeindruckende Erscheinung in schmaler, beigefarbener Hose mit kuschelweichem, marineblauem Pullover, vermutlich aus Kaschmirwolle. Während sie die zart schmelzende Schokoladentorte löffelte, kreisten ihre Gedanken um jenen nächtlichen Zwischenfall im Witwendomizil, wo sie mit den Fingerspitzen Zacks gestählte Brustmuskulatur gestreichelt hatte. Wenn sie jetzt die Hand unter seinen Pullover steckte, würde sie seine warme Haut spüren, das raue Brusthaar unter ihren Fingern und …

Sie schreckte aus ihrem Tagtraum hoch, als sie merkte, dass er sie beobachtete, um die Mundwinkel ein wissendes Grinsen. Vermochte er ihre Gedanken zu lesen? Errötend senkte sie hastig den Blick auf den Teller. Warum nur ließ sie sich ständig von ihm verunsichern?

Als Camille schließlich zaghaft die Lider hob, betrachtete Zack sie genauso anerkennend wie sie ihn zuvor. Für den Kirchenbesuch hatte sie einen schlichten braunen Hosenanzug mit apricotfarbener Seidenbluse gewählt. Vor dem Mittagessen hatte sie das Jackett ausgezogen und zu Rayburns Sachen in die Halle gehängt. Und Zack starrte wie gebannt auf die Seide, die natürlich leicht transparent war. Für gewöhnlich trug sie unter solchen Blusen einen speziellen BH, der viel verhüllte. Heute Morgen hatte sie jedoch kurzerhand nach einem durchschimmernden Modell gegriffen und sich nichts dabei gedacht, da sie ja ohnehin ein Jackett trug. Aber, oh Schreck! – nachdem sie dieses abgelegt hatte, gewährte sie Zack tiefe Einblicke.

Dessen Augen glitten eben zu ihrer Brust und verharrten

dort für einige Sekunden, während Camilles Gesicht die Farbe einer reifen Tomate annahm. Er hätte ebenso gut die Hand ausstrecken und sie tatsächlich berühren können, überlegte Camille. Sein intensiver Blick war so erregend und stimulierend, als streichelte er ihren Körper. Schließlich hob er den Kopf und versank in Camilles goldbraunen Augen, die von einer unkontrollierbaren inneren Glut erstrahlten. Auf gar keinen Fall sollten sie ihm ihre Liebe offen enthüllen, gleichwohl war Camille hilflos, wenn er sie so hingebungsvoll betrachtete.

Rayburn brach den Zauber des Augenblicks, indem er sich vom Tisch erhob und sie von Zacks womöglich folgenschwerer Hypnose erlöste.

»Ich gehe mich rasch umziehen, dann bin ich für eine Weile auf den Pflanzungen«, sagte Zack beiläufig und verließ pfeifend den Raum. Als ob er sie quasi auf Knopfdruck in seinem Bewusstsein auslöschen konnte, dieser Mistkerl!

Später, als sie auf ihrem Bett lag und minutenlang auf die gleiche Seite in ihrem Buch starrte, redete sie sich ein, dass sie Zack genauso aus ihren Überlegungen verdrängen könne wie er sie. Und wieso kreisten ihre Gedanken dann ständig um ihn? Warum hatte sie andauernd sein Bild vor sich? Zacks weiches, braunes Haar, von der Sonne ausgebleicht. Seine blauen Augen, die sie mit einem glutvollen Blick dahinschmelzen ließen. Seine Hände mit den schlanken, gebräunten Fingern, die so ungemein zärtlich streichelten. Zacks Lippen…

Sie war wohl eingenickt, denn als plötzlich das Telefon auf ihrem Nachttisch schrillte, schreckte sie hoch und brauchte ein paar Sekunden, um sich zu orientieren.

Beim dritten Klingeln nahm sie mit einem knappen »Hallo« ab.

»Bitte kommen Sie rasch ins Haupthaus, Camille.«

Es war Dearlys Stimme, sie klang atemlos und schrill. Gleich danach legte die Haushälterin auf.

Camille schlüpfte in die braune Hose, trat in die erstbesten Schuhe und warf sich einen Blazer um die Schultern, als sie zur Tür stolperte. Irgendetwas Schreckliches war passiert. Sonst wäre Dearly bestimmt nicht so kurz angebunden gewesen. Ein unangenehmes Gefühl breitete sich in Camilles Magengegend aus, während sie im Laufschritt über die Terrasse düste.

Das Fliegengitter schnappte blechern hinter ihr zu, als sie in Richtung Küche weiterlief und die Tür wegen der kühlen Witterung rasch hinter sich zuzog. Sie drehte sich um und musste einen entsetzten Aufschrei unterdrücken.

Rayburn lag auf dem Küchenboden. Er hatte die Augen geschlossen; die sonst von kleinen Fältchen umzogenen Lippen hingen schlaff herunter; das weiße Haar, für gewöhnlich akkurat gekämmt, stand ihm wirr um den Kopf; seine Gesichtshaut hatte eine kränklich-gelbgraue Färbung angenommen. Es sah aus, als hätte er einen Atemstillstand. Simon hatte ihm das Hemd aufgeknöpft, Gürtel und Hose gelöst, nun massierte er Rayburns Herzgegend. Mit den Handballen verabreichte er dem Brustkorb kräftige Stöße in regelmäßigen Intervallen. Dearly stand am Telefon, rang die Hände und weinte.

Camille erfasste die Situation mit einem Blick und erkundigte sich spontan: »Hat schon jemand den Notarzt angerufen?«

»Ja«, erwiderte Simon, ohne seine Wiederbelebungsversuche zu unterbrechen. »Versuchen Sie schleunigst, Zack zu finden. Er ist auf der Plantage. Fahren Sie direkt mit ihm in die Klinik. Der Krankenwagen wird in ein paar Minuten hier sein. Wir fahren mit – so oder so.«

»Und das Telefon …?«

»Er geht nicht ran.« Simons Stimme klang gefasst, obwohl ihm vor Anstrengung Schweißperlen auf der Stirn standen. Er seufzte erleichtert auf, als Rayburn nach Luft schnappte und er einen schwachen Puls fühlte. »Gott sei Dank«, murmelte er.

Heimlich schloss sich Camille seinem Dankgebet an, verlor jedoch keine Zeit und rannte zu ihrem Wagen, der neben Zacks Lincoln in der Garage stand.

Sie sprang hinein und startete. Sobald der Motor lief, steuerte sie das Auto sicher aus der Garage und die Auffahrt hinunter. Wusste sie noch den Weg zur Plantage? Sie musste einfach! Über die Mississippi-Brücke, durch Vidalia und dann nach Norden. Ja, jetzt erinnerte sie sich wieder. Aber wie lange würde sie brauchen und wo sollte sie Zack auf dem Riesengelände suchen? Bitte, lieber Gott, lass mich nicht zu spät kommen! Entschlossen umklammerte sie das Lenkrad und zwang sich zur Ruhe. Nur nicht nervös werden! Sie musste stark sein – für Zack. Das Ganze würde ihn fürchterlich mitnehmen, und sie musste ihm eine Stütze sein, ganz egal, was ihn im Krankenhaus erwartete. Was, wenn Rayburn … Nein! *Daran* durfte sie gar nicht denken! Immerhin hatte Simon mit seiner Herzmassage Erfolg gehabt. Der Krankenwagen war schon unterwegs gewesen und inzwischen bestimmt eingetroffen. Sicher würde alles getan, damit er die entsprechende medizinische Behandlung bekam.

Sie überquerte die Brücke und raste durch die Kleinstadt, heilfroh, dass an diesem friedlichen Sonntagnachmittag kaum Verkehr herrschte. Friedlich? Wie schnell konnte es geschehen, dass jemand krank, ein Menschenleben jählings ausgelöscht wurde. Bitte, lieber Gott, lass Rayburn nicht sterben!

Sie erreichte die Abzweigung zur Plantage schneller als erwartet und bog, ohne den Fuß vom Gas zu nehmen, in die von Bäumen gesäumte Allee. Und nun? Aufs Geratewohl steuerte sie den Wagen zu den Pferdeställen. Weit und breit war niemand, den sie nach Zack hätte fragen können. Gut möglich, dass seine Leute die Footballübertragungen im Fernsehen verfolgten. Konnten sie nicht selbst draußen an der frischen Luft spielen? Es war ungerecht von ihr, trotzdem ärgerte sie sich maßlos über solche Passivsportler. *Vor allem in dieser Situation*, dachte sie bitter. Okay, ihre Überlegungen entbehrten jeder Logik, halfen ihr aber, nicht ständig an Rayburns leblos daliegenden Körper auf dem Küchenboden zu denken.

Als sie den alten Pick-up vor einer der Scheunen erspähte, parkte sie ihren Wagen dicht daneben. Sie ließ den Motor laufen, schaltete die Warnblinkanlage ein und rannte zu dem Holztor. Laut Zacks Namen brüllend, lief sie mitten durch die Scheune und stieß im Dämmerlicht mit einem Mann zusammen.

»Was zum…«

»Wo ist Zack?« Aufgebracht baute sie sich vor dem Fremden auf. »Es ist dringend. Wo ist er?«

Offensichtlich las er die Panik in ihren Augen. Er antwortete wenig mitteilsam: »Er ist auf einer der Stuten ausgeritten.«

»Wohin?«

»In diese Richtung.« Er deutete auf eine riesige Weide, die sich in endlose Weiten erstreckte.

»Gibt es eine Möglichkeit, ihn irgendwie zu erreichen? Können Sie vielleicht Feueralarm auslösen oder so etwas?«

»Tja…« Er kratzte sich am Kopf, und Camille hätte ihn am liebsten ungeduldig angefahren. »Ich hab eine Pistole«, begann er skeptisch.

»Dann nehmen Sie die und schießen Sie das ganze Magazin leer«, wies sie ihn an.

Bereitwillig tat er ihr den Gefallen. Ganz offensichtlich war die Waffe geladen. Er hob sie in die Luft und feuerte ab. Sechs Schüsse zerfetzten mit ihrem ohrenbetäubenden Knall die Stille eines friedvollen Sonntagnachmittags.

Zunächst erspähte Camille nur einen winzigen Punkt am Horizont, der jedoch innerhalb von Sekunden Gestalt annahm. Sie konnte Zack ausmachen, dicht über das Pferd gebeugt, das in donnerndem Galopp über die Weide preschte.

Er erkannte Camille schon von weitem, und sie konnte seine fragende Miene wahrnehmen. Als er näher kam, gewahrte sie die qualvolle Gewissheit auf seinem Gesicht. Er schien sich schlagartig bewusst, dass es sich nur um einen dringenden Notfall handeln konnte, wenn sie ihn aufsuchte und sogar mit Warnschüssen auf sich aufmerksam machen ließ. Noch im Galopp sprang er ab und riss im Laufen an den Zügeln, bis die Stute ganz zum Stehen kam.

»Dad?«, fragte er. Er kannte die Antwort bereits.

»Ja, Zack. Wir müssen sofort zum Krankenhaus fahren.«

»Steig ein.« Er deutete auf den Beifahrersitz ihres Wagens. »Ernie, versorg das Pferd. Und dann besorg jemanden, der den Pick-up zu mir nach Hause bringt.«

Er kletterte hinter das Steuer, schob den Fahrersitz zurück, um seine langen Beine unterzubringen, und ließ den Motor an. Falls Camille gedacht hatte, sie wäre zur Plantage geeilt, so glaubte sie jetzt zu fliegen. Die Landschaft raste an ihnen vorüber. Auf dem Rückweg nach Natchez nahm er diesmal eine Abkürzung. Und wieder war die junge Frau froh über die wenig belebten Straßen.

»Was ist passiert?«, fragte er vor einer roten Ampel. Leise fluchend stellte er fest, dass vor ihnen ein Auto voller junger Leute und ein Kleinbus mit einer Großfamilie hielten.

»Ich weiß es nicht genau, Zack. Dein Vater hatte einen Herzanfall. Dearly rief mich in meinem Apartment an. Als ich in die Küche kam, lag er am Boden. Simon machte Wiederbelebungsversuche. Sie hatten bereits einen Krankenwagen bestellt, aber als ich losfuhr, war er noch nicht da. Ich bin sofort zu dir gefahren.«

»War er… Hast du gesehen, ob er…« Ihm versagte die Stimme, und Camille streckte impulsiv eine Hand aus, legte sie ihm beschwichtigend aufs Knie. Sie hatte sich vor dieser Frage gefürchtet, trotzdem musste sie sie wahrheitsgemäß beantworten.

»Als ich hereinkam, atmete er nicht mehr. Kurz bevor ich losgefahren bin, hat Simon seinen Puls gefühlt, und er röchelte leise.«

»Oh Gott«, stöhnte Zack. Er hämmerte mit den Fäusten nervös auf das Lenkrad ein.

Schließlich fuhren sie auf den Krankenhausparkplatz, wo Zack direkt neben der Tür einen freien Platz fand. Er und Camille schossen durch die Glastüren, die sich automatisch öffneten, sobald man den Eingangsbereich betrat. Dearly und Simon sprangen von einer grünen Kunststoffbank auf, als sie die beiden sahen. Zack lief unbeirrt weiter zu den Behandlungsräumen, doch Simon hielt ihn am Arm fest.

Er klang ruhig, aber entschieden. »Zack, es ist zwecklos. Man wird dich nicht zu ihm lassen, und du hilfst auch niemandem, indem du im Weg rumstehst. Die Ärzte wissen, was zu tun ist. Bitte warte hier mit uns. Dr. Daniels ist bereits bei ihm. Er war hier, als wir ankamen.«

Der scharfe Zug um Zacks Mund lockerte sich ein wenig. Seine verkrampfte Haltung entspannte, und er sackte unmerklich in sich zusammen. Wenn Camille nicht beruhigend eine Hand auf seinen Arm gelegt hätte, wäre ihr das zunächst gar nicht aufgefallen. Schließlich gab er Simon nach.

»Was ist passiert?«, wiederholte Zack die Frage, die er bereits Camille gestellt hatte.

Simon schwieg betreten. Stattdessen erläuterte Dearly ihm die näheren Umstände. »Ich war in der Küche und las in einem Kochbuch, als er hereinkam. Er hatte Probleme mit dem Magen und bat mich um etwas Bittersalz. Mir fiel direkt auf, dass er… schlecht aussah. Seine Gesichtsfarbe… du weißt schon. Noch während ich ihm das Bittersalz auflöste, hörte ich, wie er auf dem Boden zusammenbrach. Ich schrie nach Simon, der Sekunden später bei mir war.«

Ihr Mann nahm den Gesprächsfaden auf. »Ich war in seinem Schlafzimmer gewesen. Wir hatten uns dort das Footballspiel im Fernsehen angesehen. Er war nervös und angespannt. Als er davon sprach, dass er sich irgendetwas besorgen müsse, hab ich mir zunächst nichts dabei gedacht. Als er dann weg war, schwante mir, dass er sich vermutlich nicht gut fühlte und das unter gar keinen Umständen zugeben wollte. Ich ging ihm nach, aber da hörte ich schon, dass Dearly nach mir rief.«

Zack legte Simon eine Hand auf die Schulter und drückte diese anerkennend. »Danke, Simon. Ich bin so froh, dass du da bist, wenn er dich braucht. Wie ging es ihm denn, als sie ihn herbrachten?«

Mittlerweile schluchzte Dearly leise, und Camille drückte sie sanft zurück auf die Bank, während sie das Gespräch der beiden Männer aufmerksam verfolgte. Skeptisch beobachtete sie Zack.

»Er war bewusstlos, Zack, aber er hatte wieder einen Puls. Zwar schwach, aber immerhin. Sie haben ihm Sauerstoff gegeben, bis er wieder gleichmäßig atmete. Dann wurde er in diesen Raum gerollt« – er deutete auf eine der Türen in dem langen Gang – »und seitdem ist niemand herausgekommen.«

Zack nickte grimmig und schlenderte unschlüssig in der Halle auf und ab. Simon setzte sich wieder neben Dearly, woraufhin Camille zu Zack trat. Sie sagte nichts, sah ihn nicht einmal an. Er sollte nur wissen, dass sie bei ihm war, wenn er sie brauchte.

Sie warteten mehr als eine Stunde, ihre Nerven zum Zerreißen gespannt. Zack ging ruhelos hin und her, während Camille an der Wand lehnte. Dearly und Simon unterhielten sich leise flüsternd auf der Bank. Unterdessen erlebten sie aus nächster Nähe, was sich in der Notaufnahme des Krankenhauses abspielte. Ein völlig aufgelöstes Paar kam mit einem kleinen Mädchen, das sich drei Finger verbrüht hatte. Zwei Jugendliche waren beim Basketballspiel zusammengestoßen und hatten sich blutige Nasen geholt. Alle wurden behandelt und wieder entlassen, und während der ganzen Zeit hatte Zack noch nichts über den Zustand seines Vaters erfahren. Die Schwestern, die in das Behandlungszimmer hinein- und wieder aus ihm heraushuschten, gaben keine Auskunft, was Zacks Besorgnis nur noch steigerte.

Als sie endlich die ersehnte erlösende Nachricht erhielten, fiel allen ein Stein vom Herzen. Die lähmende Wartezeit war schlagartig vergessen.

Die Tür zu dem Behandlungszimmer schwang auf, und ein grauhaariger Mann mit Hornbrille kam heraus, erkannte Zack und hielt ihm zur Begrüßung die Rechte hin, als er mit elanvollen Schritten zu ihm trat. Zack umklammerte die Hand wie einen rettenden Anker – das war sie in der Tat – und sah den Arzt eindringlich fragend an.

»Ihr Vater schläft jetzt, Zack. Er ist – momentan zumindest – außer Gefahr.«

Zack rieb sich die Augen, strich sich mit fahriger Hand über die Haare und sagte dann rau: »Danke, Doktor.«

Der Mediziner nickte kurz, bevor er mit leiser Stimme fortfuhr: »Ihr Vater hatte einen schlimmen Anfall, Zack. Ich will da nichts beschönigen. Er ist immer noch in einer sehr schlechten Verfassung. Ich lasse ihn auf die Intensivstation einweisen, dort bleibt er, bis er wieder fit ist. Das kann ein paar Wochen dauern. Er ist bei Bewusstsein und erklärte mir, er hätte am Mittag das verdammte Brathähnchen nicht essen sollen.« Als er sah, dass Zack etwas sagen wollte, hob er abwehrend die Hände. »Ich weiß, ich weiß, Sie lassen ihn ungern hier. Ich versichere Ihnen aber, er wird rund um die Uhr medizinisch betreut. Ich möchte mich nämlich genauestens über seinen Zustand informieren.« Dann bemerkte er Camille. Nach einem kurzen Seitenblick zu Zack entschuldigte er sich. »Verzeihen Sie meine Direktheit, Miss.«

»Dr. George Daniels, unser Hausarzt, Miss Camille Jameson. Miss Jameson ist Innenarchitektin und lebt vorübergehend bei uns, da sie Bridal Wreath umgestaltet.«

»Ah ja, bei seinem letzten Check-up in meiner Praxis sprach Rayburn von Ihnen. Er fieberte Ihrer Ankunft regelrecht entgegen.« Um die Mundwinkel des Arztes spielte ein Lächeln.

»Können wir irgendetwas für ihn tun, Dr. Daniels?«, erkundigte sich Camille, nachdem der Mediziner sie mit einem zuversichtlich kräftigen Händedruck begrüßt hatte.

»Ja. Sobald er Besucher empfangen darf, müssen Sie unbedingt kommen und sich an sein Bett setzen. Ihr schönes Gesicht und Ihre aparte Erscheinung sind für jeden Mann Grund genug, wieder gesund zu werden.« Er lachte. Errötend warf Camille einen zaghaften Blick zu Zack, der ebenfalls grinste. Dr. Daniels war ein hervorragender Menschenkenner. Mit seiner beiläufigen Bemerkung hatte er die Situation entspannt, und dafür war Camille dem kauzig-schroffen Mediziner dankbar. Sie mochte ihn auf Anhieb.

Sie entschuldigte sich, ließ Zack und den Arzt das Gespräch höflichkeitshalber ohne sie weiterführen, und schlenderte zu den besorgten Mitchells, denen sie die Neuigkeiten über ihren Arbeitgeber mitteilte.

»Fahren Sie doch schon nach Hause. Ich bleibe hier bei Zack. Es dauert bestimmt noch eine Weile, bis sämtliche Formalitäten erledigt sind. Wir rufen an, falls sich Mr. Prescotts Zustand in der Zwischenzeit verändert.«

Eigentlich hätte es ihnen eher zugestanden als ihr, mit Zack zu warten, aber Camille wollte in dieser kritischen Situation auf jeden Fall bei ihm sein.

Sie winkte Simon und Dearly noch nach, und als sie sich umdrehte, sah sie, wie das Bett mit Rayburn von der Notfall- auf die Intensivstation gerollt wurde. Er war von Ärzten und Pflegepersonal umgeben. Eine Krankenschwester schob den an seinem Arm befestigten Infusionsgalgen. Sauerstoffschläuche steckten in Mr. Prescotts Nasenlöchern. Sein Gesicht hatte immer noch die wächserne Farbe, und Camille machte sich augenblicklich allergrößte Sorgen.

Über seinen Vater gebeugt, umklammerte Zack dessen bleiche Hände mit seinen kräftigen, braunen Fingern. Camille bekam nicht mit, worüber sich die beiden unterhielten. Rayburns Stimme war zu geschwächt, aber immerhin grinste Zack zuversichtlich. Als das Bett an ihr vorüberglitt, erhaschte Rayburn einen Blick auf sie. Zu ihrer großen Bestürzung und zur Entrüstung der Schwestern winkte der kranke, alte Mann Camille zu sich. Dr. Daniels nickte knapp, als sie skeptisch fragend zu ihm blickte. Sie schlenderte zu dem Bett und lehnte sich über Rayburn, brachte ihr Ohr dicht an seine Lippen, damit sie sein raues Flüstern verstand.

Dann nickte sie lächelnd und hauchte Rayburn einen Kuss auf die Schläfe. Die Krankenschwestern rollten das Bett durch den Gang, gefolgt von dem erschöpften Dr. Daniels.

»Was wollte er denn von dir?«, erkundigte sich Zack, als sie sich der kleinen Gruppe in kurzem Abstand anschlossen.

»Ich musste ihm versprechen, gut auf dich aufzupassen. Er meinte, dass du gelegentlich stur wie ein Maulesel bist und hartnäckig jede Hilfe ablehnst, während du eigentlich welche bräuchtest.« Ihr Blick glitt zu ihm.

»Ach ja? Und was meinen *Sie* dazu, Miss Jameson?«, versetzte er provozierend.

»Ich meine, dass er dich vermutlich recht gut kennt. Aber jetzt brauchst du erst mal einen starken, heißen Kaffee.« Als er protestieren wollte, gab sie zu bedenken: »In der nächsten Zeit lassen sie dich sowieso nicht zu ihm. Also los, komm mit.« Sie fasste Zack am Arm und zerrte ihn in die entgegengesetzte Richtung zur Cafeteria.

»Ja, Frau Oberst«, knurrte er.

Als sie an den pinkfarbenen Plastiktischen saßen und Kaffee tranken, der zumindest den einen Vorzug hatte, dass er heiß war, sagte Zack nachdenklich: »Ich hab mich noch gar nicht dafür bedanken können, was du heute für mich getan hast. Ich …«

»Zack, bitte. Sag jetzt nichts mehr.« Sie schüttelte bekümmert den Kopf, während sie die warme Kaffeetasse mit ihren kalten Fingern umklammerte und in die öligdunkle Flüssigkeit starrte. »Meinst du wirklich, ich will dein

›Danke‹ hören? Nach allem, was zwischen uns gewesen ist…«

»Ja«, unterbrach Zack sie. »Ja, es ist etwas zwischen uns gewesen.« Seine Augen versanken in ihren goldgesprenkelten braunen Tiefen. Sie waren verräterisch feucht. Er nahm ihre schmale Hand und umschloss sie mit seinen. »Camille, *warum*? *Warum* hast du mich in jener Nacht im Snow Bird Ressort verlassen?«

Er hatte ihre gemeinsame Nacht nie direkt erwähnt, und jetzt, da es heraus war, kamen die Erinnerungen zurück, quälten Camille, stürmten mit Macht auf sie ein. Am liebsten hätte sie die Hand ausgestreckt und ihm die weichen Locken aus der Stirn gestrichen, seine markante Wangenpartie gestreichelt und ihren Kopf an seiner Brust vergraben, Trost in seinen starken Armen gesucht. Stattdessen sagte sie kontrolliert: »Ich… Utah liegt schon so lange zurück, Zack. Das ist doch Schnee von gestern. Ich möchte nicht mehr darüber sprechen…«

»Aber ich, verflucht noch mal!«, stieß er zwischen zusammengebissenen Zähnen hervor, die Sehnen an seinem Hals angespannt vor Verbitterung.

»Du bist nervlich überfordert, Zack. Ich glaube, momentan sind wir beide emotional nicht in der Lage, diese alten Geschichten wieder aufzurollen.« Eigentlich hatte sie ihn nicht so vor den Kopf stoßen wollen, aber sie musste hart bleiben, aus reinem Selbstschutz. »Zudem finde ich es unfair gegenüber deinem Vater, dass wir hier sitzen und über unsere Probleme diskutieren«, ergänzte sie kurz angebunden. Sie wollte es bewusst auf die Spitze treiben, um sich wenigstens einen letzten Rest Würde zu bewahren.

Leise fluchend sprang er auf und wühlte in den Taschen seiner engen Jeans nach Kleingeld. Als sie zur Tür der Cafeteria steuerten, packte er sie am Oberarm und riss sie zu sich herum.

Sein Gesicht dicht über das ihre gebeugt, zischte er: »Ich will den Grund wissen, Camille. Keine Frau verschwindet sang- und klanglos aus meinem Bett. Wenn das alles hier vorbei ist, wirst du mir erklären, wieso du das getan hast.«

Er ließ sie so abrupt los, dass sie unvermittelt schwankte, bevor sie wieder festen Halt unter den Füßen gewann. Daher also wehte der Wind! Sie hatte auf seinem männlichen Ego herumgetrampelt, und jetzt musste er unbedingt wissen, warum sie ihn verlassen hatte. Sie oder ihre Gefühle kümmerten ihn überhaupt nicht. Er wollte lediglich sein Selbstbewusstsein aufpolieren. Offenbar hatte er es bei seinen vielen Sexabenteuern noch nie erlebt, dass eine Frau heimlich getürmt war. Camille war offenbar eine neue Erfahrung für ihn gewesen und ihm deshalb lebhaft in Erinnerung geblieben. Sieh mal einer an, demnach war sie die *einzige* Frau, die ihn schnöde hatte sitzen lassen!

Seine Äußerung war wie eine schallende Ohrfeige, zumal sie insgeheim immer noch gehofft hatte, dass er ihre Zuneigung wenigstens ein bisschen erwiderte. Aber jetzt war ihr alles klar. Sie war für ihn ein reines Lustobjekt gewesen, als Mensch mit Gefühlen und Befindlichkeiten völlig unbedeutend. Als er aufgewacht war und festgestellt hatte, dass seine Bettgespielin fort war, hatte das sein Ego mächtig angekratzt. Sein männlicher Stolz durfte das nicht hinnehmen, folglich hatte es ihm keine Ruhe gelassen, die Gründe für ihr Verschwinden zu erfahren.

Und dennoch, trotz ihrer Mordswut auf ihn wusste Camille, dass sie ihn liebte. Ihr Blick klebte an ihm, während er sich mit den Krankenschwestern und Dr. Daniels austauschte, die bis zum Abend bei Rayburn ein- und ausgingen. Ja, sie liebte ihn. Was sollte sie bloß tun? Ständig kreisten ihre Gedanken um diese eine Frage.

Es war schon nach elf, als sie und Zack das Krankenhaus schließlich verließen. Dr. Daniels versprach anzurufen, sollte sich Rayburns Zustand in der Nacht verändern. Erschöpft fuhren sie nach Hause. Keiner sprach ein Wort.

Schweigend betraten sie die dunkle Eingangshalle, wo Zack sie plötzlich in seine Arme riss und ihr fast die Luft abschnürte.

Beinahe brutal brannten seine Lippen auf ihren. Eine Hand in ihre dunklen Locken gekrallt, hielt er ihr den Kopf fest, während er ihren Mund mit seiner Zunge erforschte, als könnte er so die Antworten auf seine quälenden Fragen finden. Innerlich zerrissen, ob sie sich zur Wehr setzen und ihn brutal abweisen sollte, brachen ihre aufgestauten Gefühle schließlich doch aus ihr hervor. Den ganzen Tag über hatte sie diese sorgsam zu kontrollieren gewusst. Das Trauma, Rayburn dem Tode nahe auf dem Küchenboden liegen zu sehen, die mörderische Fahrt zur Plantage und ins Krankenhaus, das zermürbende Warten auf den Befund, die Auseinandersetzung mit Zack, all das drängte heraus, als sie seinen Kuss mit hemmungsloser Leidenschaft erwiderte. Ihre Emotionen suchten ein Ventil, suchten die Erlösung in seinen Armen, seinem Mund, seiner Wärme.

Als er spürte, dass sie ihm nachgab, wurden seine Lippen sanfter, hingebungsvoller. Zärtlich erkundete seine Zunge ihren Mund. Er seufzte leise, oder vernahm sie da etwa ihr eigenes sinnliches Stöhnen? Sie wusste es nicht, es kümmerte sie auch nicht. Seine Lippen huschten von ihrem Ohr zu ihrem Nacken und pressten sich auf ihre Halsbeuge. Sie warf den Kopf zurück und bot ihm lasziv ihren Hals, ihr Dekolleté.

Behutsam zog er die Seidenbluse aus ihrem Hosenbund

und glitt mit den Händen unter den transparenten Stoff. Camille, die immer noch die apricotfarbene Bluse ohne den blickdichten BH trug, spürte, wie seine Finger das hauchzarte Material des durchschimmernden Nichts streichelten.

»Ich will deine Haut berühren«, raunte er. Er öffnete den Vorderverschluss des BHs, und ihre Brüste quollen ihm lustvoll entgegen. »Oh Gott, Camille«, stöhnte er an ihrem Schlüsselbein. Seine Finger forschten zärtlich, neckten ihre harten Brustspitzen zu einer Reaktion.

Noch während sie leise seinen Namen hauchte, besiegelte Zack ihre Lippen erneut mit einem leidenschaftlichen Kuss. Seine Hüften begehrlich an die ihren geschmiegt, nahm er ihr den Blazer von den Schultern. Herausfordernd langsam öffnete er die Knöpfe ihrer Bluse, betrachtete bewundernd die nackte, schimmernde Haut, bevor er den Kopf auf eine ihrer empfindlichen Knospen senkte. Sein Zungenspiel jagte ein heißes Prickeln durch ihren Körper.

Camille spürte, wie ihre Erregung wuchs. Fieberhaft nestelte sie an seinen Hemdknöpfen, bis es ihr schließlich gelang, das Freizeithemd von seinen breiten Schultern zu streifen. Als sie einander so gegenüberstanden, beide bis zur Taille entblößt, umschloss Zack mit seinen Händen ihr Gesicht und strich mit den Daumen behutsam über ihre Lippen. Seine Augen waren zärtlich-sanft, Arroganz und Ärger schienen daraus verschwunden. Er verzehrte sie mit Blicken, die sehnsüchtig über ihr Gesicht, ihren Körper glitten. »Camille, du bist so schön. Ich will dich. Ich brauche dich heute Nacht.« Seine Worte waren kaum mehr als ein geflüsterter Hauch.

Eine Hand umschloss kosend ihre Brust. Der leichte Druck seiner Finger verstärkte sich, schließlich zog er sie mit sanfter Entschlossenheit an sich, so dass sich ihr Busen an seine warme, nackte Haut schmiegte. Sie kuschelte sich an ihn, spürte sein kitzelndes, raues Brusthaar. Zack presste sie so eng an sich, dass ihre Brüste gegen seine harte Muskelwand drückten. Das Goldkreuz, das er immer um den Hals trug, drückte sich in ihre Haut. Sein Mund, der mit dem ihrem verschmolz, war verheißungsvoll, faszinierend, fordernd. Ihre Zungen ertasteten einander.

»Zack, ist irgendwas? Ich hörte dich heimkommen, hab aber kein Licht gesehen.« Dearlys Stimme erfüllte die stille Eingangshalle, in die schlagartig Licht drang, da die Haushälterin die Küchentür im hinteren Teil des Hauses weit geöffnet hatte.

Camille hob Bluse und Jacke vom Boden auf, hielt diese vor sich und stürmte ins Esszimmer. Hektisch versuchte sie, beides anzuziehen.

Zack entkam der enthüllenden Helligkeit, indem er sich unter den Treppenvorsprung flüchtete, der im Dunkel lag. »Nein, Dearly, alles in Ordnung.« Er räusperte sich, bemüht, überzeugend zu klingen. »Wir haben uns bloß unterhalten. Vaters Zustand ist stabil. Wenn ich etwas höre, rufe ich bei euch an.«

»Tja, ich bin nur aufgeblieben, weil ich dir noch kurz sagen wollte, dass ich einen Imbiss für euch vorbereitet habe. Er steht im Kühlschrank. Ach so, und Mrs. Hazelett hat drei Mal angerufen.« In ihrem letzten Satz lag eine gewisse Schärfe.

»Danke, Dearly. Geh jetzt ins Bett. Wir sehen uns morgen früh.« Die Küchentür wurde zugedrückt, Zack und Camille erneut in schützende Dunkelheit getaucht. Dann schlug die Hintertür, ein sicheres Zeichen dafür, dass Dearly in das Garagenapartment gegangen war, wohin sich Simon bereits zurückgezogen hatte.

»Verflucht!«, schnaubte Zack aufgebracht. »Ich komme

mir vor wie ein ertappter Schuljunge. Ich bin ein erwachsener Mann und verstecke mich hier unter der Treppe wie der letzte Trottel.« Er strich sich fahrig durch die Haare, die Camille nur Augenblicke vorher lustvoll gezaust hatte.

»Ich … ähm … ich sehe dich beim Frühstück«, stammelte sie, während sie den letzten Blusenknopf schloss.

»Ja, schätze, wir gehen jetzt besser schlafen«, brummte er. Dann lachte er hart und humorlos. »In getrennten Betten, Miss Jameson«, versicherte er ihr mit einem spöttischen Augenzwinkern. »Wieder einmal bist du vor einem schlimmeren Schicksal als dem Tod bewahrt worden. Hat deine Glückssträhne denn *nie* ein Ende?«

»Oooh Mann! Du hast dich wohl immer unter Kontrolle, was?« Sein bitterer Zynismus tat weh. Camille schlug erbarmungslos zurück. »Vermutlich denkst du jetzt noch, ich hätte das alles geplant, stimmt's? Dass ich wusste, dass Dearly in der Küche war? Pah, ist mir auch schnurzegal, was du denkst. Ich bin nämlich heilfroh, dass sie da *war* und sich früh genug bemerkbar gemacht hat.« Sie stapfte durch den Gang und fauchte ihm über die Schulter hinweg noch zu: »Und überhaupt, was würde Erica davon halten?« Sie fühlte sich blendend, weil sie das letzte Wort gehabt hatte, aber ihr Triumph war nur von kurzer Dauer.

»Keine Ahnung«, rief er ihr nach. »Aber ich kann sie ja fragen. Ich werde sie nämlich umgehend anrufen.«

Als sie wütend die Tür hinter sich zuknallte, lachte er nur.

7

Später mochte Camille sich gar nicht mehr an jene erste Woche erinnern, die Rayburn im Krankenhaus verbracht hatte. Trotz Hektik und Nervenstress wurden die Tage zur zermürbenden Routine. Sie und Zack fuhren jeden Morgen ins Krankenhaus und blieben bis in die späten Abendstunden dort. Camille kehrte am späten Vormittag nach Bridal Wreath zurück, wo sie die Fortschritte bei den Renovierungsarbeiten überwachte, eine warme Mahlzeit zu sich nahm, um dann wieder ins Krankenhaus zu fahren, damit Zack für eine Weile fortkonnte.

Anfangs hatte Dr. Daniels Krankenbesuche bei Rayburn schlichtweg untersagt. Zack durfte als Einziger alle vier Stunden für drei Minuten zu ihm ins Zimmer, doch als es mit dem Patienten aufwärts ging, erlaubte der Mediziner Camille ebenfalls kurze Besuche, mit oder auch ohne Zack. Diese Stippvisiten schienen Rayburns Genesung mehr zu fördern als die starken Medikamente, die er einnehmen musste.

Wenn sie bei Mr. Prescott im Zimmer war, vermied Camille es, von der Umgestaltung des Hauses zu berichten. Allerdings bombardierte Rayburn sie irgendwann mit Fragen, bis sie ihm schließlich detailliert darüber Auskunft gab. Täglich kamen neue Lieferungen mit den bestellten Materialien, inzwischen hatte sie Näherinnen beauftragt, Vorhänge zu schneidern, die Zimmerleute kümmerten sich um die Holzverschalungen, die Maler um die neuen Tapeten.

Rayburn wollte über alles Bescheid wissen. Und Camille begriff, wie unendlich wichtig ihm das Projekt letztlich war.

Nach einer Woche Intensivstation informierte Dr. Daniels Zack, dass sein Vater auf die Pflegestation verlegt werde.

»Er ist ein zäher, alter Bursche, Zack. Und er hängt am Leben, das ist genauso wichtig für seine Genesung wie Medikamente oder Therapie oder was ich sonst noch für ihn tun kann. Ich denke, mit entsprechender Pflege und unter Einhaltung einer speziellen Diät ist er bald wieder auf dem Damm. Trotzdem möchte ich nicht, dass sich irgendwelche Besucher die Klinke in die Hand geben. Momentan ist Ruhe die beste Medizin für ihn. Also, wenn es mir hier zu unruhig wird, hänge ich ein Schild mit der Aufschrift ›Besuche verboten‹ an seine Zimmertür.«

Dr. Daniels erklärte darüber hinaus, dass es – wie in Bridal Wreath – denkbar ungünstig sei, wenn ein Herzpatient jedes Mal enorm viele Treppenstufen hochsteigen müsse, um in sein Zimmer zu gelangen. Er regte eine bauliche Veränderungsmaßnahme an, worauf Camille hinzugezogen wurde.

»Was lässt sich da machen, Camille? Du bist vom Fach, und ich zahle jeden Preis, damit Dad es bequemer hat.« Zacks bedenkenvolle Miene schien zum ersten Mal seit Rayburns Herzanfall etwas entspannter. Seine Liebe und die Sorge um seinen Vater waren nicht zu leugnen. Erwartungsvoll hing er an Camilles Lippen.

Plötzlich hatte sie eine Idee, und sie bekam leuchtende Augen vor Begeisterung. »Ja, ich hab's«, strahlte sie. »Ich denke, mir ist da etwas eingefallen, was ihm zusagen wird und nicht allzu viel kostet.«

»Deine erste Priorität stimmt – es muss ihm zusagen. Ich bin mir allerdings nicht sicher, was er davon halten wird, aus seinem früheren Zimmer ausziehen zu müssen. Vielleicht sagen wir ihm besser noch nichts.«

»Okay, dann wird es eben eine Überraschung. Auch gut.«

»Einverstanden.« Er grinste.

»Wenn es so wird, wie ich es mir vorstelle, gefällt es ihm bestimmt. Ich werde mein ganzes Können in diese Aufgabe stecken. Vermutlich wird es die Sensation des Hauses.« Sie lachte. Ihre Begeisterung wirkte ansteckend, und Zack fiel in ihr Lachen mit ein. Es war richtig motivierend, wie er nach dem ganzen Stress entspannte. Die dunklen Schatten um seine Augen ließen erkennen, dass er müde war und vermutlich die ganze letzte Zeit schlecht geschlafen hatte.

Die Sache in der Halle, am Abend nach Rayburns Herzanfall, hatte beide vorsichtig gemacht. Sie waren wie zwei Bühnenakteure, die in einem obskuren Stück mit Worten und Emotionen balancierten. In Gegenwart Dritter benahmen sie sich wie enge Freunde, teilten ihre Besorgnis um einen geliebten Menschen. Fühlten sie sich unbeobachtet, waren sie gereizt, einsilbig, reserviert.

Genau genommen hatte Camille weniger Angst vor Zack als vor ihrer eigenen Reaktion. In der besagten Nacht war sie in ihr Zimmer gestürmt, hellauf entsetzt, dass sie Zack beinahe wieder nachgegeben hätte. Seiner *Liebe?* Grundgütiger, nein! Liebe spielte bei seinen Zärtlichkeiten keine Rolle. Hatte er nicht selber gesagt, dass er sie lediglich *brauchte.* Für den Augenblick. »Ich brauche dich heute Nacht«, hatte er leise gestöhnt. Er brauchte eine Frau, eine willige Gespielin. Und Camille Jameson war zufällig die Einzige, die gerade verfügbar war.

Und wenn er gesagt hätte »Ich liebe dich«? Was hätte sie dann gemacht? Zerknirscht gestand sie sich selbst ein, dass sie sich ihm dann an den Hals geworfen und gebettelt hätte, er möge sie nie verlassen. Ihre Liebe zu ihm war wie ein Teil von ihr, und sie würde ihn immer lieben, wenn Zack ihre Gefühle auch niemals erwiderte. Und dass sie ihn liebte, war ihr, wie sie inzwischen einsah, schon seit Snow Bird klar.

Es war nicht fair von ihm, dass er dauernd versuchte, sie zu verführen, und dabei keinerlei Rücksicht auf ihre Empfindungen nahm. Sie erinnerte sich wieder an das Gefühl seiner Lippen auf den ihren, auf ihrer Haut, wie fordernd und gleichsam zärtlich seine Hände sein konnten und wie lustvoll sein Körper auf ihre sexuellen Reize reagierte. Camille musste zugeben, dass ihr körperliches Verlangen einen nicht zu unterschätzenden Anteil an ihrer Liebe hatte. Aber ohne Liebe wurde die Lust zur Farce, ein Ersatz für echte, große Gefühle, und ohne die ging bei Camille gar nichts, nicht einmal mit Zack.

Sie durfte nicht noch einmal in eine Situation geraten, entschied sie, in der sie empfänglich für seine Avancen wäre. Sie wollte ihren Auftrag tipptopp ausführen und Zack in dieser schweren Zeit eine gute Freundin sein, aber mehr nicht. Dass sie ihn liebte, war ihr Geheimnis, ein wohl gehüteter Schatz. Weder er noch andere sollten jemals davon erfahren.

Obwohl Rayburn rund um die Uhr medizinisch betreut wurde, bestand Zack darauf, bei seinem Vater im Krankenzimmer zu übernachten.

»Sie haben die Schläuche und Apparate entfernt, und jetzt ist er auf sich allein gestellt. Ich möchte bei ihm sein, falls… falls irgendetwas passiert.« Zack legte sich mit sämtlichen Krankenschwestern an und später noch mit Dr. Daniels, aber er blieb hart.

Camille machte sich Sorgen um ihn. Man merkte seinem ausgezehrten Gesicht und der gereizten Stimme an, dass er erschöpft war, mit den Nerven am Ende. Viel fehlte nicht, und er hätte den armen George Daniels angeschnauzt.

»Also gut, Zack. Sie sind ein erwachsener Mensch, noch dazu größer und stärker als ich, weshalb ich physisch nicht gegen Sie ankomme«, räumte Dr. Daniels zähneknirschend ein.

»Ich kann mich tagsüber ausruhen, wenn Dad von den Schwestern und dem Ärzteteam versorgt wird.«

Dem war nichts mehr hinzuzufügen, die Sache somit entschieden.

Tagsüber war Camille zu sehr in die Renovierungsarbeiten eingebunden, um Rayburn entsprechend häufig besuchen zu können. Als er sich bitter darüber beklagte, richtete sie es so ein, dass sie sich für einen kurzen Besuch im Krankenhaus freimachen konnte. Es fiel ihr schwer, ihm die Überraschung mit dem neuen Apartment nicht zu verraten, zumal diese Umbaumaßnahme einen Großteil ihrer Zeit verschlang. Schließlich sollten die Räume rechtzeitig zu seiner Klinikentlassung fertig werden, als ihr Begrüßungsgeschenk für ihn.

Er hatte ihr gleich nach ihrer Ankunft erzählt, dass er während der Wintermonate sämtliche Pflanzen hereinholte, die sich dann wie ein grüner Dschungel im Haus drängten. Diese Idee aufgreifend, beschloss Camille, die hintere Veranda architektonisch in ihre Lösung mit einzubeziehen, damit Rayburn eine Wohnung im Parterre bekäme. Sie nahm Kontakt zu einem Handwerker auf, der die baulichen Veränderungen durchführte. Statt der Fliegengitter wurden Glasscheiben in die Rahmen eingesetzt, so dass der freie Blick nicht verloren ging. Camille bestellte Jalousetten aus geflochtenem Bast, die Rayburn je nach Befindlichkeit hochziehen oder herunterlassen konnte. Auf jeden Fall sollte er ungestört die Aussicht genießen können, die er so liebte.

Den so entstandenen lang gestreckten Wohnraum unterteilte Camille. Eine Hälfte war Schlafzimmer mit angeschlossenem Bad, die andere gemütlich kleiner Salon. Der Boden wurde mit rustikalem Terrakotta gefliest, sein geliebter Schaukelstuhl neu aufgepolstert mit einem strapazierfähigen Stoff in den warmen Erdtönen, die die junge Innenarchitektin ausgesucht hatte. Sein Fernseher, Bücher und persönlichen Dinge wurden von oben heruntergeholt, außerdem mit Zacks vehementer Zustimmung einige neue Möbel besorgt. Camille und Simon schmückten den Salon mit Pflanzen. Sie installierte einen Luftbefeuchter, der sowohl für Rayburns Wohlbefinden sorgen sollte wie auch für die tropischen Gewächse angenehm war. Alle waren an dem Projekt beteiligt und arbeiteten fieberhaft an der Fertigstellung. Camille war zufrieden mit dem Ergebnis und fand es nur schade, dass die herrlichen Rosenholzmöbel von oben nicht mehr zum Einsatz kamen. Allerdings war Rayburns Gesundheit wichtiger als irgendwelches Mobiliar.

Zack fand die Neugestaltung optimal. Tagsüber wäre sein Vater künftig in Rufweite von Dearly, die meistens in der Küche hantierte. Zudem waren die Räume im Parterre eine Erleichterung für die Mitchells, die – schließlich auch nicht mehr die Jüngsten – Rayburn versorgten. Alles in allem bot Camilles Idee die Lösung für sämtliche Probleme, und sie errötete, als Zack sie nach Fertigstellung des Apartments über den grünen Klee lobte.

Er war fünf Nächte hintereinander im Krankenhaus geblieben, und als er nach Hause kam und hastig das Abendessen hinunterschlang, nahm Camille mit Bestürzung wahr, wie müde und abgespannt er aussah.

Später, im Witwendomizil, lief sie nervös in ihrem Zimmer auf und ab, denn mittlerweile sorgte sie sich um Zack ebenso wie um Rayburn. Der junge Prescott wollte einfach nicht einsehen, dass er seinem Vater keinen Gefallen damit tat, wenn er selbst ebenfalls erkrankte. Sie hatte den Fehler gemacht, ihn auf diesen Umstand hinzuweisen, woraufhin er sie auf das Heftigste kritisierte. Dearly und Simon hatten sie nach seiner Verbalattacke getröstet. Es war eine hässliche Szene gewesen, in deren Verlauf Zack sich seine Jacke geschnappt hatte und aus dem Haus gestürmt war.

»Macht nichts«, beschwichtigte sie die älteren Leute. »Er ist so erschöpft, dass er nicht mehr weiß, was er sagt.«

Sie wurde nicht ruhiger, und schließlich überzeugt, das einzig Richtige zu tun, ging sie in die Küche des Haupthauses, erledigte ein Telefonat, plünderte den Kühlschrank und machte sich auf den Weg ins Krankenhaus.

Leise, aber entschlossen öffnete Camille die Tür zu Rayburns Krankenzimmer. Bis auf ein schwaches Nachtlicht war es dunkel im Raum. Seine gleichmäßigen Atemzüge verrieten ihr, dass Rayburn tief und fest schlief. Zack stand am Fenster. Seine Hände auf das Fensterbrett aufgestützt, lehnte er mit der Stirn an der kühlen Glasfläche.

Als sie hereinkam, drehte er sich zu ihr um, und sie nahm das Erstaunen auf seinem abgespannten Gesicht wahr. »Ich dachte, du wärst die Nachtschwester. Was machst du hier? Ist zu Hause irgendetwas passiert?« Seine Stimme klang müde.

»Nein. Alles in bester Ordnung. Aber um dich mache ich mir Sorgen. Du siehst absolut fertig aus.« Er funkelte sie unter gesenkten Lidern hinweg an, und sie unterdrückte einen plötzlichen Impuls zu kichern.

»Danke, das baut mich so richtig auf«, knurrte er.

»Keine Ursache«, erwiderte sie zuckersüß. »Ich hab dir einen Snack mitgebracht. Kaltes Roastbeef-Sandwich, einen Apfel und selbstgebackene Kekse. Und jetzt iss«, kommandierte sie ihn. Nach kurzem Zögern ließ er sich froh und dankbar in einen Besuchersessel fallen. Sie schob ihm ein Tischchen hin und breitete den Imbiss vor ihm aus. »Ich hole dir schnell ein Glas Milch. Ich bin gleich zurück. Für heute hast du nämlich genug Kaffee in dich hineingeschüttet.« Sie kümmerte sich nicht um seinen Protest, sondern steuerte entschlossen zur Tür und warf beim Hinausgehen energisch den Kopf zurück.

Als sie mit der Milch zurückkehrte, hatte Zack das Sandwich bereits verputzt und knabberte an dem Apfel. Er versuchte, geräuschlos zu kauen, um nur ja keinen Lärm zu machen. Darüber musste sie schmunzeln, womit sie sich einen weiteren finster-vernichtenden Blick einhandelte. Schweigend aß er die leichte Mahlzeit und stürzte die Milch in langen Zügen hinunter.

»Das hat gut getan. Danke.« Zack wischte sich den Mund an der mitgebrachten Papierserviette ab und warf das Einwickelpapier in den Abfallkorb.

»Freut mich, dass es dir geschmeckt hat. Ich bin sofort wieder da.« Wieder verließ Camille das Zimmer, um kurz darauf zurückzukommen. Zack hatte erneut seinen Platz am Fenster eingenommen und rieb sich mit einer Hand den verspannten Nacken, während er mit der anderen erfolglos versuchte, ein Gähnen zu verstecken. Camille betrat das Zimmer in Begleitung einer Krankenschwester, die ein Tablett mit einer furchterregend langen Injektionsspritze trug.

Bestimmt ging Zack davon aus, dass die Infusion für seinen Vater gedacht wäre. Als Camille und die Schwester zu ihm ans Fenster traten und ihm quasi jeden Fluchtweg abschnitten, bemerkte sie seine entgeisterte Miene.

»Hose runter, Zack.« Ob ihn ihr Befehlston oder ihre Wortwahl irritierte, wusste sie nicht einzuschätzen, auf jeden Fall wirkte sein verdutztes Gesicht richtig komisch. Es kostete sie Mühe, nicht laut loszuprusten. Mühsam kontrollierte sie ihre Wangenmuskulatur und machte ein ernstes Gesicht.

»Verflucht, was soll das Ganze?«, schnaubte er.

»Ich sagte ›Hose runter‹. Wir geben dir jetzt eine hübsche, kleine Spritze, damit du schlafen kannst.« Ihre Stimme klang wie flüssiger Sirup und so gespielt freundlich, wie Krankenschwestern sie bei ihren schwierigsten Patienten einsetzen.

»Einen Teufel werdet ihr tun«, knirschte Zack.

»Es ist eine Anordnung von Dr. Daniels. Wenn du darauf bestehst, in diesem Zimmer zu übernachten, dann musst du auch schlafen. Und jetzt benimm dich wie ein netter, braver Junge, oder sollen wir einen Krankenpfleger rufen, der dich gewaltsam festhält?«

An diesem Punkt war sie sich sicher, dass er sie am liebsten eiskalt abgemurkst hätte. Wer einen Mann wie Zack Prescott manipulierte, musste über kurz oder lang mit empfindlichen Konsequenzen rechnen.

Er blickte von ihr zu der Schwester, die mit einem düsteren Stirnrunzeln die Arme in der steif gestärkten weißen Tracht über einem gewaltigen Busen verschränkte. Ihr Blick hatte die Härte von Diamanten, ihr Gesicht schien in Granit gemeißelt. Trotz seiner Entrüstung schluckte Zack beim Anblick der Nadel, und Camille unterdrückte einen weiteren Lachreiz.

»Verdammt noch mal, ich lass mir doch hier keine Spritze verpassen. Nicht einmal, wenn Hippokrates persönlich die Nadel ansetzen würde!« Seine Kinnmuskulatur mahlte nervös, unbewusst ballte er die Fäuste und löste sie wieder. Camille erkannte die Signale. Er stand kurz vor einem Tobsuchtsanfall.

»Ich wüsste da noch eine Alternative«, sagte sie schnell und wandte sich zu der Nachtschwester. »Bitte bringen sie das Bett.« Nach einem missfälligen Schnauben in Zacks Richtung schlüpfte die Schwester geräuschlos aus dem Zimmer. Trotz ihrer Leibesfülle bewegte sie sich erstaunlich flink.

»Ich hab darum gebeten, dass man dir ein Klappbett zur Verfügung stellt. Ich bleibe wach und habe derweil ein Auge auf Mr. Prescott. Großes Ehrenwort, Zack, aber du musst dir wirklich ein bisschen Ruhe gönnen. Bitte, tu mir den Gefallen. In deinem eigenen wie auch im Interesse deines Vaters. Ihr habt beide nichts gewonnen, wenn du vor Erschöpfung zusammenbrichst. Wenn er sich Sorgen um dich macht, wird er nämlich nicht gesund. Ich hab ihm versprochen, dass ich auf dich aufpasse, und dazu stehe ich.«

Seufzend raufte er sich die Haare. »Du willst wach bleiben? Die ganze Nacht?«

»Bis du morgen früh aufwachst.« Sie nickte.

In diesem Augenblick sprang die Tür auf, ein Mitarbeiter rollte ein schmales Bett in den Raum. Wortlos verschwand er wieder.

Zack blickte von Camille zu seinem Vater, der trotz der Unruhe im Zimmer friedlich weiterschlief. Camille bemerkte, wie Zack die Schultern hängen ließ und sich Resignation auf seinem Gesicht abzeichnete. Dann grinste er verschlagen. »Dieses Teil da ist auch nicht zu verachten, wenn man müde ist.« Er deutete auf den weichen Kunstledersessel. Er steuerte zum Bad, ging hinein und schloss die Tür hinter sich ab. Camille setzte sich in den Sessel und bereitete sich geistig auf ihre Nachtwache vor. Zack löschte das Licht im Bad, als er herauskam, und ging zu dem Bett, das er skeptisch inspizierte.

»Ich glaub nicht, dass dieses verdammte Ding bequem ist«, beschwerte er sich, während er die Schuhe auszog.

Camille lachte leise. »Du schläfst bestimmt so fest, dass du das nicht einmal merkst.« Sie lehnte sich in dem weichen Sessel zurück und schnellte ruckartig wieder vor, da Zack seelenruhig sein Hemd auszog und die Gürtelschnalle öffnete. »Was tust du da?«, erkundigte sie sich, ihre Stimme um eine Oktave höher als sonst.

»Dreimal darfst du raten. Ich ziehe mich aus. Wenn du Probleme damit hast, kannst du ja wegsehen.«

»Aber … aber du kannst doch nicht … so hier schlafen«, stotterte sie.

»Es war deine Idee, schon vergessen, Miss Jameson? Du hast gesagt, ich soll die Hosen runterlassen. Bestimmt hat Schwester Granitschädel nichts dagegen. Die haut so leicht nichts um.« Völlig unbeeindruckt streifte er die Jeans herunter, worauf Camille glutheiß errötete und den Blick abwandte.

»Bekomme ich denn keinen Gutenachtkuss?«, flachste er leise durch den dämmrigen Raum.

»Von wegen! Das könnte dir so passen!«, erregte sie sich. Seine einzige Reaktion darauf war ein leises Lachen. Sie vernahm das Knirschen der Sprungfedern und das Rascheln der gestärkten Laken, als Zack sich auf dem schmalen Bett ausstreckte, gefolgt von einem leise gezischten Kraftausdruck, dann war es still. Wie sie vermutet hatte, schlief er augenblicklich ein. Camille lauschte auf seine regelmäßigen Atemzüge. Jetzt war ihre Mission zwar erfüllt, aber sie fühlte sich ziemlich gerädert. Alles war entsprechend ihren Vorstellungen gelaufen, bis auf den Punkt, dass er sich ausgezogen hatte. Trotz der Dunkelheit blieb ihr sein fantastisch gebauter Körper nicht verborgen. Unwillkürlich wurde sie wieder an das Apartment im Snow Bird Resort erinnert, wo er in dem breiten Bett gelegen hatte, seine Silhouette umlodert vom zuckenden Schein des Kaminfeuers. Der Gedanke trieb ihr einen erregenden Schauer über den Rücken, unbehaglich rutschte sie in dem Sessel hin und her.

Die Nachtstunden schleppten sich dahin, die Monotonie lediglich unterbrochen von den wiederholten Kontrollbesuchen der Schwestern an Rayburns Krankenbett. Wenn Camille nicht friedlich in ihrem Sessel saß, stand sie gedankenvoll am Fenster. Als das erste Tageslicht in den Raum drang, schloss sie die Jalousien vor den Fenstern, und das Krankenzimmer war erneut in Dunkel getaucht. Für sie hätte diese Nacht nie zu Ende gehen müssen.

Etwa eine Stunde nach Sonnenaufgang schlenderte sie in das kleine Bad. Sie schloss behutsam die Tür hinter sich, bevor sie das Licht einschaltete, und löschte es, ehe sie wieder hinausging. Als sie durch den Raum zu dem Sessel huschte und dabei Zacks schmales Bett passierte, schoss seine Hand unter der Decke hervor und umschlang blitzartig ihr Knie. Sie schlug die Hand vor den Mund, um nicht entsetzt aufzuschreien, taumelte gegen sein Bett und fiel auf ihn.

Sie rappelte sich auf und starrte ihm wütend in das schwach erleuchtete Gesicht. »Gute Güte, musstest du mich so erschrecken!«, fauchte sie. »Du kannst wirklich froh sein, dass ich nicht das ganze Krankenhaus zusammengebrüllt habe. Und wie hättest du das dann den Leuten erklärt, na?« Statt einer Antwort zuckte er nur die Schultern und verzog die Lippen zu einem breiten Grinsen. »Lass mich los«, zischte sie, als er, davon völlig unbeeindruckt, die Arme um ihre Taille schlang.

»Nein.«

»Doch!«

»Nein!«

»Zack, bitte. Was, wenn jemand hereinkommt?«

»Inzwischen kenne ich die Tagesroutine in diesem Krankenhaus. Wir haben Zeit genug, um dort weiterzumachen, wo wir gestern Abend aufgehört haben.« Er zog sie auf sich, worauf Camille verzeifelt an ihrem Rocksaum zerrte, der ihr bis zu den Schenkeln hochgerutscht war. Ihr unnatürliches Herzjagen führte sie auf den Umstand zurück, dass er sie erschreckt hatte, und nicht etwa darauf, dass sie auf ihm lag, zwischen ihren Körpern nur ein dünnes Laken, und Zack lediglich mit einem winzigen Slip bekleidet.

»Zack, nicht…« Ihr Protest wurde von einem schroffen Kuss unterdrückt. Seine Arme umschlossen mit stählerner Härte ihren Rücken. Camille setzte sich zur Wehr. Sie rappelte sich auf, stützte sich auf Händen und Knien ab, um ihn nicht berühren zu müssen.

Seine Lippen waren allerdings verheißungsvoll, und die Glut seines Kusses ließ Camille dahinschmelzen. Seine forschende Zunge bewirkte, dass ihr Blut wie flüssige Lava durch die Venen pulsierte, ihr Widerstand brach, der Verstand aussetzte. Leise stöhnend sank sie willenlos an seine Brust. Er lockerte seinen Eisengriff und begann, ihren Rücken mit einer Zärtlichkeit zu massieren, die weitaus fesselnder war als seine brutale Umklammerung zuvor.

»Hab ich dir eigentlich schon gesagt, was für einen süßen Hintern du hast?«, fragte er an ihren Lippen, während seine Hände unter ihrem Rock besagtes Objekt seiner Begierde streichelten. Seine sanften Hände auf ihrer seidigen Strumpfhose waren gefährlich erregend.

»Nein, hast du nicht! Sonst hätte ich dir bestimmt eine runtergehauen«, gab sie wenig überzeugt zurück. Er küsste sie erneut, und ihre Sinne versanken in einem Ozean der Lust.

»Zack, bitte küss mich nicht so«, flehte sie, als sich seine Lippen schließlich von ihren lösten, um die erogene Zone hinter ihrem Ohr zu erforschen.

»Tut mir echt Leid«, kicherte er. »Anders kann ich nun mal nicht küssen.«

»Du weißt genau, was ich meine«, konterte sie und wollte sich über ihm aufrichten. Geistesgegenwärtig nutzte er die Gelegenheit, rollte sie blitzschnell auf den Rücken und beugte sich, auf Arme und Knie gestützt, dicht über sie. Das Laken war ihm von den Hüften gerutscht, seine behaarte Brust auf einer Höhe mit ihrem puterroten Gesicht. Das Goldkreuz baumelte an der Kette vor ihren Augen. Camille hielt den Atem an. Er strich ihr die wirren Locken zurück und sagte leise lachend: »Wenn ich das richtig in Erinnerung habe, war unsere erste gemeinsame Spielwiese ein ganzes Stück breiter als diese Pritsche hier.«

Sie entwand sich ihm und sprang fluchtartig aus dem Bett. »Du weißt genau, dass ich nicht darüber sprechen will«, sagte sie heftig. Hastig spähte sie zu Rayburns Bett, ob sie ihn etwa aufgeweckt hätte. Gottlob schlief er seelenruhig weiter. »Jedes Mal, wenn du Utah erwähnst, zeigt mir das wieder, wie unsensibel du bist. Ich hatte dich doch gebeten, nie mehr von Snow Bird anzufangen.« Erfolglos versuchte sie, mit fahrigen Fingern ihre Kleidung zu ordnen.

»Ich tue noch lange nicht immer, was du möchtest, was?«, flüsterte er rau, indem er aus dem Bett sprang und neben sie trat. »Ich möchte es hier und jetzt wissen, Camille. War die Nacht mit mir im Snow Bird Resort so schrecklich für dich? Du stellst es ja fast so dar, als ob ich dich vergewaltigt hätte. Aber das stimmt nicht, Camille. Hast du dich etwa zur Wehr gesetzt gegen mich? Du hast weder geschrien noch getreten oder gebissen… na ja, vielleicht ein bisschen geknabbert«, versetzte er mit einem satanischen Glitzern in den Augen und rieb sich eine rote Stelle auf der Schulter. Camille schwante, was er damit andeuten wollte – sie war baff.

Sie stampfte mit dem Fuß auf. »Du bist abscheulich. Du… du… du Schuft.« Mit einem Stoßseufzer drehte sie den Kopf weg. »Und ich rede keinen Ton mehr mit dir, wenn du nicht endlich deine Hose anziehst.« Wie sie das verräterische Zittern in ihrer Stimme verabscheute!

Seine einzige Reaktion war: »Ach, zum Teufel.« Er tastete in der Dunkelheit nach seiner Jeans, fand sie endlich und stieg hinein. Hastig zog er den Reißverschluß hoch.

»Ist es so besser?« Er machte sich bloß lustig über ihre Schamhaftigkeit.

»Ja, danke«, sagte sie spitz.

»Keine Ursache«, antwortete er allen Ernstes, und Camille hätte ihn für seine Coolness würgen mögen.

»Ich möchte wissen, wieso du klammheimlich abgehauen bist. Sag es mir *jetzt*!« Sein Befehlston war unmissverständlich. Der Spaß schien ihm wohl endgültig vergangen.

»Ich… ich fühlte mich… beschämt, gedemütigt. Ich war mit einem völlig Fremden im Bett, und du hast mir… Es ist das Einzige, was eine Frau… Es hätte dem Mann zugestanden, den ich einmal heirate.« Mittlerweile schluchzte sie haltlos. »Was, wenn ich schwanger geworden wäre?« Aus seinem Gesicht wich schlagartig sämtliche Farbe. Er stöhnte: »Oh Gott…« Hastig beruhigte sie ihn. »Nein, nein, aber theoretisch hätte es ja passieren können. Ich hatte nicht… verhütet. Ich war noch nie… du nahmst…«

»Es war bestimmt nicht meine Absicht, Camille. Aber ich wusste doch nicht, dass du noch nie mit einem Mann zusammen warst. Hättest du etwas gesagt, hätte ich dich in

Ruhe gelassen.« Er fuhr sich mit einer Hand durchs Haar, mit der anderen rieb er sich nachdenklich den Nacken. »Nein, vermutlich nicht«, räumte er seufzend ein. Dann aufgebracht: »Herrgott, ich weiß nicht, was ich getan hätte, und jede Spekulation ist müßig. Es ist eben passiert. Daran lässt sich nichts mehr ändern. Offen gestanden bereue ich es auch nicht.«

»Das ist der Unterschied zwischen Männern und Frauen, Zack. Zumindest bei mir. Für dich war es nur eine kleine Affäre. Ich dagegen habe mich selbst aufgegeben. Sobald ich daran denke, fühle ich mich billig und benutzt. Du glaubst doch nicht, dass ein anständiger Mann mit mir länger zu tun haben will. Ich habe meine Selbstachtung verloren, wie kann ich da erwarten, dass mich jemand anderes respektiert?«

»Aufgegeben? Billig? Benutzt?« Seine Lautstärke schwoll mit jedem Wort an. »Na, herzlichen Dank. Ich fand meine Verführungskünste eigentlich nie so sadistisch, als dass meine Partnerin dabei ihre Selbstachtung eingebüßt hätte.«

Hektisch streifte sich Zack die restlichen Sachen über, seine Haare strähnig-wirr. Er war wütend und musste sich beherrschen, um nicht laut loszubrüllen. Fertig angekleidet baute er sich vor ihr auf und packte sie bei den Schultern. »Wenn du diesen *Traumtypen* irgendwann findest und ihm tränenreich schilderst, dass du deine Unschuld an einen brutalen, sexbesessenen Irren verloren hast, dann erklär ihm bitte auch das hier.« Er riss Camille an sich. Es war ein gieriger, fordernder Kuss, der jede Wärme und Zärtlichkeit vermissen ließ. Er saugte sich hungrig an ihren Lippen fest, während seine Hände schamlos ihren Körper stimulierten, dann schob er sie eiskalt von sich und strebte zur Tür. Just in diesem Augenblick steuerte die Krankenschwester, die ihm am Abend mit der Spritze zu Leibe gerückt war, mit

Rayburns Frühstückstablett und der morgendlichen Medikation ins Zimmer.

»Grundgütiger! Haben Sie denn nie frei?«, wetterte Zack, als er an ihrer massigen Fülle vorbeieilte, wobei ihr fast das Tablett entglitten wäre.

Unter den skeptischen Blicken der Schwester nahm Camille hastig Tasche und Mantel auf und flüchtete. Sie wollte später noch einmal bei Rayburn vorbeischauen.

8

Nach der denkwürdigen Szene in der Klinik war Camille im Umgang mit Zack noch unsicherer als zuvor. Er hatte es noch jedes Mal geschafft, sie aus der Reserve zu locken, sie für sich einzunehmen und dann tief zu demütigen. Deshalb hielt sie sich von ihm möglichst fern. Er durfte ruhig merken, was er sich da eingebrockt hatte!

Sie sprachen nur das Nötigste miteinander und wenn, dann höflich-distanziert wie zwei Fremde. Stillschweigend waren sie dazu übergegangen, einander bei der Nachtwache in Rayburns Krankenzimmer abzuwechseln. Zu diesem Zweck stand das Gästebett immer frisch bezogen für Camille oder Zack bereit.

Nach einer weiteren Woche fand Zack schließlich, dass Rayburn so weit genesen wäre, dass er allein bleiben könne. Mittlerweile machte sein Vater kurze Spaziergänge durch die Krankenhausflure, für gewöhnlich begleitet von einer attraktiven Schwester, zumal sich alle um den weißhaarigen Südstaaten-Gentleman rissen.

Camille besuchte Rayburn weiterhin jeden Tag, obwohl die Umgestaltung des Hauses sie stark beanspruchte. Selbst die Profis unter den von ihr engagierten Handwerkern hatten unzählige Fragen an sie. Häufig wollten sie auch Camilles Rat oder ihre Zustimmung einholen. Zwar fand sie diese dauernde Kontrollfunktion nervenaufreibend, aber besser einmal zu viel als einmal zu wenig gefragt und dann kostbare Stunden für Nachbesserungen verplempert.

Diese letzten Phasen der Umgestaltung gaben bereits einen klaren Eindruck davon, wie schön das Haus nach Fertigstellung sein würde. Camille war zufrieden mit sämtlichen ausgewählten Materialien und gespannt darauf, was Rayburn wohl zu den Früchten ihrer gemeinsamen Planung sagen würde. Zacks unverständliches Geknurre interpretierte sie als Zustimmung dazu, dass sie seinen Geschmack getroffen hatte. Sie war sicher, dass sie ihren Auftrag in Bridal Wreath spitzenmäßig erledigt hatte, und gratulierte sich heimlich für ihren hervorragenden Geschmack.

Dann platzte die Bombe.

Eines frühen Nachmittags bemerkte sie Zack in der weitläufigen Halle. Die Hände in die Hüften gestemmt, stand er breitbeinig in seinen abgewetzten Stiefeln da und schaute in das Speisezimmer. Offenbar war er erst kurz zuvor von der Plantage zurückgekehrt, denn er trug noch seine schmutzgesprenkelte Jeans und die alte Jeansjacke. In einer Hand hielt er einen verbeulten Cowboyhut. Unwillkürlich wurde Camille wieder an ihren ersten Tag in Bridal Wreath erinnert, als er ihr in demselben Outfit begegnet war. Augenblicklich beschlich sie ein merkwürdiges Gefühl.

»Miss Jameson«, sagte er schroff, als sie näher kam. »Was zum Teufel soll das da darstellen?«

Camille schrumpfte förmlich in sich zusammen, als er sie mit seinen stechend blauen Augen fixierte, und spähte zum Esszimmer. Worauf wollte er bloß hinaus? Sie sah, dass die Maler die erste Zimmerwand fast fertig gestrichen hatten.

»Sie streichen die Wände«, antwortete sie schlicht. »Wir hatten doch beschlossen, keine Tapeten zu kleben. Die alten wurden schon vor Wochen …«

»Ich weiß, was sie da machen. Und mir ist durchaus gewärtig, dass die alte Tapete entfernt wurde.« Er redete so geduldig und gönnerhaft auf sie ein, als hätte er eine Geistesgestörte vor sich, der nicht mehr zu helfen war. »Ich spreche von dieser unsäglichen Farbe, die da gerade auf meine Wände geschmiert wird!«

Camille hatte das tiefe Jagdgrün ausgesucht, nachdem sie exakt diese Farbe im Esszimmerteppich entdeckt hatte. Der kostbare Aubusson-Teppich war ein Original und noch immer wunderschön. Sie wollte ihn im Raum belassen, der Innenausstattung aber trotzdem einen modernen Touch geben. Die Sitzkissen der Esszimmerstühle sollten neu aufgepolstert werden, in einem hellen beige-pfirsichfarbenen Ton, der ausgezeichnet zu dem dunklen Grün passte. Die Farbstellung war durchaus gängig und harmonierte hervorragend mit der Kolonialarchitektur des Hauses.

Sie erwiderte Zacks vernichtendes Starren und sagte so beiläufig wie eben möglich: »Die Farbe heißt Jagd ...«

»Ist mir schnurzegal, wie sie heißt. Ich finde sie abscheulich. Da kommt man sich ja vor, als würde man in einem Abwasserkanal essen. Ich hab weiß Gott schon appetitlichere Grüntöne gesehen als den da!« Hektisch gestikulierte er mit einer Hand. Dabei ließ er unbeabsichtigt seinen Hut los, der daraufhin quer durch das Zimmer segelte und in einen offenen Eimer grüne Farbe klatschte. Zack fluchte wie ein Kesselflicker. Camille hätte laut losprusten mögen, als sie zusah, wie der Hut allmählich im Farbeimer versank, doch blieb ihr das Lachen im Hals stecken, als sie sein aufgebrachtes Gesicht wahrnahm.

Sie schluckte und erklärte ihm mit eisern kontrollierter Stimme: »Zack, es wirkt bei weitem nicht mehr so dunkel, wenn die Holzpaneele weiß gestrichen sind. Die schweren Übergardinen kommen weg, dafür habe ich schmale Schals in derselben Farbe wie die Sitzpolster nähen lassen und zarte weiße Gardinen als Dekoration für die Fenster. Es wird wunderschön, du wirst sehen. Das Grün ist eine sehr beliebte, angenehme Farbe.«

»An Heiligabend vielleicht. Und was ist mit den restlichen dreihundertvierundsechzig Tagen?«

Sein Sarkasmus blieb nicht ohne Wirkung. Inzwischen hatten die Maler ihre Pinsel weggelegt und lauschten der Auseinandersetzung mit sichtlichem Interesse. Simon und Dearly waren aus der Küche gekommen und standen in der Halle, Dearly rang nervös die Hände. Die Schneiderin, die die Dekoration für den Salon nähen sollte, hielt mit dem Ausmessen der Fenster inne und verfolgte die Szene. Falls Zack sie vor allen Leuten bloßstellen wollte und sich in ganz Natchez herumsprechen sollte, dass die von ihm engagierte Innenarchitektin einen schlechten Geschmack hatte und ihr Handwerk nicht verstand, dann war er auf dem richtigen Weg. Camille versuchte es noch einmal mit sachlichen Argumenten.

»Man kann den Raum auf vielfältige Weise verschönern, im Frühling beispielsweise mit pastellfarbenen Sträußen, im Winter passt Weiß besonders gut, und im Herbst finde ich goldgelbe und kupferrote Astern...«

»Das ist ja alles gut und schön, Fakt ist jedoch, dass es mir nicht gefällt. Ich will, dass das geändert wird!« Nach diesem schroffen Einwand drehte er sich auf dem Absatz um und stapfte durch die Halle.

»Nein, das wird es nicht!«

Die Worte waren heraus, bevor Camille ihre aufbrausende Reaktion kontrollieren konnte. Sie hatte es mit Ruhe und Vernunft versucht, um eine Szene zu vermeiden, aber dieser arrogante Typ blieb hartnäckig. Ihre Wirbelsäule gestrafft, funkelte sie Zack herausfordernd mit wutblitzenden Augen an, als der herumschnellte und sie fixierte.

Seine locker herabhängenden Hände ballten sich zu Fäusten. Seine Kiefer mahlten sekundenlang, bevor er herablassend bemerkte: »Darf ich Sie daran erinnern, Miss Jameson, dass ich für diese Renovierung aufkomme und von daher jede Kritik äußern kann. Und, falls Sie es vergessen haben, dies ist immer noch mein Haus.«

»Das stimmt, Mr. Prescott, aber ich darf Sie darauf hinweisen, dass es Ihr Vater war, der mich engagiert hat und nicht Sie. Mit seinem Einverständnis habe ich diese Farbe gewählt, und solange er keine Einwände hat, bleibt es so, wie es ist.«

»Das werden wir ja sehen, Miss Jameson.«

»Wie Sie meinen, Mr. Prescott.« Er trat ein paar Schritte auf sie zu, worauf sie abwehrend die Arme hob. »Da Ihnen die derzeitige Gestaltung offensichtlich nicht zusagt und Sie keinerlei Vertrauen in meine Fähigkeiten und mein Geschmacksempfinden zu haben scheinen, mache ich Ihnen einen Vorschlag: Falls Ihr Vater nach Fertigstellung des Raumes Ihrer Meinung ist, werde ich diesen nach Ihren Wünschen ändern – auf meine Kosten.« Lähmendes Schweigen legte sich über den Raum. Zack starrte sie nur mordlustig an. Schließlich bedachte Camille die unschlüssig wartenden Handwerker mit einem eindringlichen Blick, worauf diese die Arbeit kommentarlos wieder aufnahmen. Simon und Dearly zogen sich wohlweislich in die Küche zurück.

Als sie auf dem Weg in die Halle an Zack vorbeirauschte, fasste er sie am Arm. »Im Übrigen bist du mir noch einen neuen Hut schuldig.«

»Geh zum Teufel, Cowboy«, erwiderte sie zuckersüß, ihre Stimme troff vor Sarkasmus. Sie riss sich von ihm los und stürmte durch die Halle.

Als er sie ein paar Tage später bat, ihn am Nachmittag in die Klinik zu begleiten, war Camille völlig baff. Es war ungefähr zwei Wochen her, dass sie in Rayburns Krankenzimmer über Snow Bird gestritten hatten und Zack sie verletzend angegangen war. Seit der hitzigen Diskussion über die Gestaltung des Esszimmers ein paar Tage zuvor hatten sie nicht mehr miteinander geredet, waren sich vielmehr wie Hund und Katze aus dem Weg gegangen.

Bestimmt hatte er ihre Verblüffung bemerkt, denn er sagte hastig: »Es war nicht meine Idee. Dad möchte, dass wir ihn heute Nachmittag gemeinsam besuchen. Ich hab keine Ahnung weshalb.«

Das war beim Mittagessen, in dem kleinen Frühstücksraum neben der Küche. Dearly hatte ihren köstlichen Geflügelsalat gezaubert. Danach schwieg er. Als er vom Tisch aufstand, erkundigte er sich beiläufig: »Wann kannst du fertig sein?«

»In einer halben Stunde.«

»Gut.« Er nickte knapp und verließ den Raum.

Tränen der Wut und Empörung brannten in ihren Augen, und sie wischte sie hastig weg, bevor Dearly, die den Tisch abräumte, etwas merkte. In ein paar Wochen wären die Umbauarbeiten beendet, und sie könnte Zack ein für alle Mal aus ihrem Leben streichen. Nie wieder würde er sie kränken und lächerlich machen. Wieso war sie deshalb nicht erleichtert? Warum in aller Welt frustrierte sie das nur noch mehr?

»Wann fahren Sie ins Krankenhaus, Camille?«

Dearlys Stimme riss Camille aus ihren brütenden Überlegungen. »Was? Ach so. In einer knappen halben Stunde, schätze ich«, antwortete sie abwesend.

»Dann sind Sie gegen zwei Uhr da, nicht?«, bohrte Dearly.

»Hmm … schätze mal, ja. Wieso?«

»Ach, nichts Besonderes. Ich müsste heute Nachmittag

ein paar Einkäufe machen und wollte Sie nicht allein lassen, falls Sie mich brauchen.«

Zu abgelenkt von ihren eigenen Befindlichkeiten, ging Camille über das seltsame Verhalten der Haushälterin hinweg. Sie hatte genug eigene Probleme und momentan nicht das Bedürfnis, auf Dearlys Verschrobenheiten näher einzugehen.

Sie lief über die Terrasse zum Witwendomizil und zog sich dort um. Die Designerjeans war frisch gereinigt, knalleng und umschmeichelte ihre langen Beine. Sie schlüpfte in eine türkisseidene Bluse mit langen, gerafften Ärmeln und schob einen schmalen, goldfarbenen Gürtel durch die Schlaufen der Hose. Rasch bürstete sie sich die Haare. Die Luftfeuchtigkeit war zum Glück nicht so hoch wie sonst, daher wellten sie sich weich um ihre Schultern, umkringelten vorwitzig ihr Gesicht. Fieberhaft versuchte sie sich einzureden, dass der gemeinsame Krankenhausbesuch mit Zack völlig nichtssagend sei, trotzdem legte sie großen Wert auf ihr Make-up und besprühte sich sogar mit einem holzig-fruchtigen Duft, passend zu der spätherbstlichen Stimmung. Schließlich warf sie sich einen weichen, braunen Lederblazer um die Schultern und war fertig.

Zack wartete bereits neben seinem dunkelblauen Lincoln, als sie die Verandastufen hinunterkam. Er ging zur Beifahrerseite und hielt ihr die Tür auf. Schweigend fuhren sie zum Krankenhaus. Sie versuchte sich abzulenken, indem sie aus dem Fenster schaute, gleichwohl war sie sich seiner Nähe intensiv bewusst. Er trug ein beigefarbenes Freizeitsakko über einem Sporthemd mit offenem Kragen und dazu Jeans, genau wie Camille. Der schlanke europäische Schnitt betonte seine schmalen Hüften und die langen, trainierten Beine. Heute hatte er auf den Cowboyhut verzichtet, und seine Haare fielen ihm in leichten Wellen in die aristokratisch hohe Stirn. Sein Profil war nahezu vollkommen, sinnierte Camille, während sie ihn heimlich beobachtete. Als sie unwillkürlich aufseufzte, drehte er sich spontan zu ihr um und ertappte sie bei ihrer kritischen Inspektion. Bevor sie hastig wegsehen konnte, gewahrte sie noch das amüsierte Funkeln in seinen azurblauen Augen.

»Hast du Rick O'Malley in letzter Zeit noch mal gesehen?« Zacks Frage klang beiläufig, traf Camille aber völlig unvorbereitet.

»Ich bin heute Abend mit ihm verabredet.« Camille hatte Rick nach dem Footballspiel kaum noch zu Gesicht bekommen. Seine Tätigkeit in Bridal Wreath war beendet, und wenn noch etwas nachzubessern war, erledigte das sein Vater. Rick hatte sie Anfang der Woche angerufen und sich besorgt nach Rayburns Gesundheitszustand erkundigt. Im Verlauf des Gesprächs hatte er sie gefragt, ob sie nicht Lust hätte, diesen Samstag mit ihm ins Kino zu gehen. Sie hatte zugesagt, weil sie ihn wirklich nett fand, nicht zuletzt aber auch, weil die Spannung in Bridal Wreath unerträglich geworden war und sie ein bisschen Zerstreuung dringend nötig hatte.

»Ich hab Rick immer gern gemocht«, fuhr Zack fort. »Er ist ein netter Typ. Verschwiegen.« Letzteres sagte er mit Nachdruck und warf ihr einen vielsagenden Blick zu. Dann setzte er auftrumpfend hinzu: »Es steht dir natürlich frei, ihm auf den Kopf zuzusagen, dass er ein Verhältnis mit einer verheirateten Frau hat. Wäre nicht uninteressant, wie er sich dazu äußert.« Camilles Kopf schnellte herum, sie sah ihn entgeistert an. »Schau mich nicht so an. Das weiß hier jeder. Die Sache läuft schon seit Jahren.« Er fuhr in eine Parkbucht, bremste abrupt und sprang aus dem Wagen, bevor Camille auf diese niederschmetternde und unglaubliche Neuigkeit reagieren konnte.

Sie fuhren mit dem Aufzug in den vierten Stock. Sobald sie wieder hinaustraten und den Gang durchquerten, bemerkte Camille die spannungsgeladene Atmosphäre, die sie umfing. Als sie mit Zack das Schwesternzimmer passierte, mussten sich einige Pflegekräfte ein Kichern verkneifen, andere tuschelten heimlich miteinander wie auf einem Abschlussball. Camille spähte fragend zu Zack, doch der zuckte lediglich mit den Achseln und ging energischen Schrittes weiter.

Vor Rayburns Zimmer blieb er stehen und hielt ihr die Tür auf. Nach einem Schritt ins Innere blieb Camille so abrupt stehen, dass Zack, der hinter ihr ging, geradewegs auf sie prallte.

Camille konnte es nicht fassen! Der ganze Raum war voller Blumen – nicht nur die Sträuße, die Rayburn von Freunden und Bekannten mitgebracht bekommen hatte, nein, ringsum standen riesige Körbe mit Rosen, Chrysanthemen und Orchideen, gebunden mit seltenen Gräsern und Farnen. Kerzen in sämtlichen Größen schimmerten in kunstvoll verzierten Messinghaltern und Kristallgläsern. Das Krankenhausbett war verschwunden, stattdessen schmückte ein weiß lackierter, verschnörkelter Eisenbogen das Zimmer, umkränzt mit einer Blumengirlande.

Unter diesem Bogen stand Rayburn, feierlich in blauem Seidenpyjama mit Veloursmorgenmantel, an seinem Arm eine aparte, kleine Frau. Ihr Gesicht legte sich in unzählige Lachfältchen, als Camille eintrat.

»Mutter!«, hauchte die junge Innenarchitektin rau.

Auf der anderen Seite ihrer Mutter stand ein Mann, in dem Camille den Geistlichen der Prescotts wiedererkannte, und daneben Dr. Daniels, der ungeheuer zufrieden mit sich schien. Weitere Ärzte und Schwestern drängten sich in dem Raum, unter ihnen auch Schwester Granitschädel, wie Zack sie spaßeshalber bezeichnete. Alle grinsten fröhlich zu Camille und Zack. Er spähte über Camilles Schulter, offenbar genauso verblüfft über das Schauspiel wie sie. Jemand schniefte leise in ein Taschentuch, und als Camille sich umdrehte, erspähte sie Dearly neben einem strahlenden Simon, einen Arm fürsorglich um die fülligen Schultern seiner Frau gelegt.

»Was zum …«, brummelte Zack an Camilles Ohr. Im selben Augenblick lief Martha Jameson zu ihrer Tochter und umarmte sie liebevoll.

»Camille, Schätzchen, du siehst bezaubernd aus. Ich bin ja so glücklich für dich. Als Rayburn mich anrief und mir erzählte, dass es bei dir und Zack Liebe auf den ersten Blick war, fiel ich aus allen Wolken! Ich wollte dich gleich anrufen und alles über das junge Glück wissen, aber er bat mich zu warten, damit er diese kleine Zusammenkunft arrangieren konnte. Also das ist Zack!« Sie schob Camille beiseite, nahm Zacks Hände in die ihren und musterte ihn anerkennend. »Er ist genau so attraktiv, wie ich ihn mir vorgestellt habe. Du warst immer schon wählerisch bei Männern, Camille, da war mir klar, dass er blendend aussieht. Offen gestanden hab ich mir schon Sorgen gemacht, dass du vielleicht nie deinen ›Traummann‹ findest!

Zack, ich bin Martha Jameson. Ich habe volles Vertrauen zu dir, dass du gut auf meine Tochter aufpasst. Natürlich war ich anfangs skeptisch wegen des Altersunterschieds und weil ihr euch erst so kurz kennt, aber Rayburn hat mich eurer tiefen Liebe versichert. Wenn du auch nur ein bisschen nach deinem Vater geraten bist, dann bist du bestimmt ein vollendeter Ehemann. Bitte, nenn mich doch Martha.«

Sie schüttelten sich die Hände, und Martha küsste ihn

auf beide Wangen. Camille sah seinem entgeisterten Gesicht an, dass er völlig baff war.

»Und jetzt kommt, meine Lieben, keine falsche Scham. Ihr werdet sehnsüchtig erwartet.« Martha hakte sich bei Camille und Zack unter und zerrte sie förmlich in den Raum, bis sie vor Rayburn standen. Dessen Augen unter den schneeweißen Brauen funkelten spitzbübisch.

»Was zum Teufel soll das Ganze?« Camille hörte, wie Zack seinem Vater diese Frage ins Ohr zischte, als er ihn umarmte.

Rayburns Antwort war weniger vertraulich. Im Gegenteil, er trompetete so lautstark, dass ihn alle hören konnten. »Junge, ich mochte es nicht mehr mitansehen, dass du die Hochzeit mit Camille wegen mir noch länger aufschiebst. Ich weiß, ihr nehmt das Opfer bereitwillig auf euch, aber mich plagten solche Schuldgefühle, dass ich die Sache in die Hand genommen und diese Überraschungsheirat für euch geplant habe.«

Camille fühlte, wie ihr vor Verlegenheit das Blut in den Kopf schoss; ihre Ohren rauschten, und sie wäre auf der Stelle zusammengebrochen, wäre Zack nicht zu ihr getreten und hätte sie gestützt. Er wirkte sichtlich erschüttert.

»So hab ich mir deine Hochzeit zwar nicht unbedingt erträumt, Liebes«, meinte Martha schmunzelnd, »aber es ist mal was anderes. Davon könnt ihr noch euren Kindern und Enkelkindern erzählen. Und du siehst in Jeans genauso bezaubernd aus wie in einem weißen, langen Brautkleid. Zack macht es bestimmt nichts aus.« Martha streichelte Camille zärtlich übers Haar, während sie munter drauflosplauderte.

Ich träume, begehrte Camille innerlich auf. *Gleich werde ich wach, und dann lache ich mich schief über diesen irrwitzigen Traum. Oder Albtraum.* Sie wagte nicht, zu Zack zu blicken. War er auch in diesem Traum? Wessen

Traum war das eigentlich, seiner oder ihrer? Angestrengt versuchte sie, einen hysterischen Lachkrampf zu unterdrücken, der sich verräterisch glucksend in ihrer Kehle ankündigte.

»Ich weiß nicht, was…«, begann Zack, doch Rayburn schnitt ihm kurzerhand das Wort ab.

»Sieh mal, mein Junge, an jenem Morgen vor ein paar Wochen, als du mit Camille über Utah gesprochen hast, lag ich wach in meinem Bett. Ich hab mich nur schlafend gestellt.« Er hielt kurz inne, damit Camille und Zack jene schicksalhaften Worte verdauen konnten, und fuhr dann fort. »Ihr habt davon geschwärmt, wie schön ihr euch Flitterwochen im Snow Bird Resort vorstellen könntet.« Camille unterdrückte ein Stöhnen. »Eurer Unterhaltung entnahm ich, wie sehr ihr es im Nachhinein bereut, dass ihr nicht vom Fleck weg geheiratet habt. Die Liebe geht gelegentlich seltsame Wege. Manchmal kommt sie über Nacht.« Wieder machte Rayburn eine Pause. Sie sollten ruhig wissen, dass er jedes Wort mitgehört und vollstes Verständnis für das hatte, was zwei Jahre zuvor im Snow Bird Resort geschehen war. Gleichwohl beließ er es bei indirekten Andeutungen. Keiner außer den beiden Beteiligten erfasste die wahre Bedeutung des Gesagten.

»Du bist ein verantwortungsbewusster Mensch, Zack, und du hast immer versucht, die richtige Entscheidung zu treffen. Es kommt gar nicht in Frage, dass dein Pflichtgefühl mir gegenüber und meine Krankheit dich daran hindern, bei Camille das einzig Richtige zu tun. Ich könnte nicht mit dem belastenden Wissen leben, eurem Glück im Wege zu stehen.«

Seine Botschaft war eindeutig. Rayburn wusste, dass Camille ihre Unschuld an Zack verloren hatte, und jetzt erwartete er, dass sein Sohn sich wie ein achtbarer Südstaaten-Gentleman verhielt und das arme, entehrte Mädchen heiratete. Der liebenswürdige, rücksichtsvolle, nette Herr, den die Leute in Rayburn sahen, war in Wirklichkeit ein energischer, durchsetzungsfähiger, harter Bursche. Er hatte einen eisernen Willen, und zum ersten Mal erlebte Camille, wie er diesen einsetzte. In die für gewöhnlich freundlichen blauen Augen unter den buschigen Weihnachtsmann-Brauen trat ein stählernes Glitzern. Sollte sein Sohn es doch wagen, sich seinen Plänen zu widersetzen!

Rayburn nickte freundlich zu Camille, dann fixierte er gefährlich lange seinen Sohn. Als er merkte, dass Zack offenbar keine Einwände hatte, rieb er sich voller Elan die Hände. »Nun, dann fangen wir an. Wir wollen den Pfarrer doch nicht warten lassen. Er hat heute Nachmittag noch ein Golfspiel.«

Alle strahlten, als die Hauptbeteiligten ihre Plätze einnahmen. Zack und Camille stellten sich unter dem geschmückten Hochzeitsbogen vor den Geistlichen hin, nachdem ihre Mutter ihr rasch noch einen Brautstrauß in die kalten, klammen Finger gedrückt hatte. Rayburn und Martha traten neben ihre Kinder.

»Oh, Zachary, das hätte ich fast vergessen. Hier, der Ring deiner Mutter. Simon hat ihn mitgebracht. Bestimmt hätte sie Camille sehr gemocht und sich gewünscht, dass sie diesen Ring bekommt. Camille, wenn du lieber einen anderen möchtest, schenkt Zack dir bestimmt einen, aber bitte, tu einem alten Mann den Gefallen und trag diesen während der Zeremonie.«

Camille betrachtete den breiten Goldreif, der auf seiner zupackenden Handfläche lag, und musste sich ein Schluchzen versagen. »Ich … ich kann mir keinen schöneren Ring vorstellen. Danke.«

Froh und erleichtert über ihre Antwort räusperte er sich,

bevor er gerührt fortfuhr. »Camille, du kennst Reverend Collins bereits vom Sonntagsgottesdienst.«

»Ja. Hallo, Reverend Collins«, murmelte sie.

»Hallo, Camille. Als wir uns kennen lernten, hatte ich wahrhaftig keine Ahnung, dass ich derjenige wäre, der Sie traut! Hallo, Zack.«

»Reverend Collins.«

»Nervös?«, erkundigte sich der Geistliche mitfühlend.

»Nein«, antwortete Zack kurz.

»Ah, gut. Dann fangen wir an. Das mit den Unterschriften im Familienstammbuch erledigen wir nach der Trauung.«

Er begann mit der Zeremonie, und innerhalb von Minuten wurden Camille Leanne Jameson und Zachary Benson Prescott Mann und Frau. Jetzt war sie mit dem Mann ihrer Träume verheiratet, aber um welchen Preis? Er wollte sie nicht, würde sie sein Leben lang verachten und verschmähen. Zack war in die Ehefalle getappt, mit ihr, die ihm nicht mehr bedeutete als ein Abenteuer für eine Nacht. Was war mit Erica Hazelett? Zack war doch in sie verliebt, oder? Aber sie, Camille, hätte die Trauung selbst dann nicht verhindern können, wenn sie laut herausposaunt hätte, dass er eine andere hatte. Ebenso wenig hätte Zack vor dieser bizarren Versammlung einen Rückzieher machen können. Er war zu der Heirat genötigt worden, und das würde er ihr nie verzeihen.

Camille, die sich mechanisch, schlafwandlerisch bewegte, hatte den Eheschwur wie eine aufgezogene Puppe nachgesprochen. Zacks Stimme war klar und deutlich gewesen. Zumindest gab er seinen tiefen Groll auf sie vor den Anwesenden nicht zu erkennen. Aber was, wenn sie erst einmal allein wären?

»Sie dürfen die Braut jetzt küssen, Zack«, erklärte der Geistliche.

Es war vorbei, und sie schaute Zack an, das erste Mal wieder, seit sie den Raum völlig ahnungslos betreten hatten. Wie viel war in der kurzen Zeitspanne von wenigen Minuten passiert! Ihre gesamte Lebensperspektive hatte sich verändert.

Schweren Herzens hob sie die Lider und gewahrte seine blauen tiefen Augen. Sie hatte weder mit dem zärtlichen Blick gerechnet, mit dem er sie bedachte, noch mit dem leichten Lächeln, das seine aristokratischen Lippen umspielte. Völlig entnervt verlor sie die Fassung, ihr Mund bebte unkontrolliert, heiße Tränen schossen ihr in die Augen. Jetzt tat er auch noch so, als wäre er in sie verliebt! Warum konnte seine Liebe nicht echt sein? *Wieso liebt er mich nicht, obwohl ich so tief für ihn empfinde?*

Zack hatte wohl gemerkt, dass sie den Tränen nahe war, denn er küsste Camille kurz entschlossen. Zunächst war es wie ein sanfter Hauch, und ihre Lippen berührten sich kaum, aber dann schlang er besitzergreifend die Arme um sie und presste seinen Mund innig auf ihren.

Als sie sich voneinander lösten, gab es herzlichen Applaus. Die Gäste begannen angeregt miteinander zu plaudern. Ein Partyservice rollte einen langen Tisch mit Hochzeitskuchen und Champagner herein.

Camille ließ sich von den Anwesenden beglückwünschen und bedankte sich höflich. Sie stellte ihre Mutter den wenigen Menschen vor, die sie selber schon kannte, und fütterte Zack mit dem ersten Bissen Hochzeitstorte. Er machte den ganzen Unsinn bereitwillig mit, als wäre alles in bester Ordnung mit ihnen.

Bevor er zum Golfplatz fuhr, nahm Reverend Collins die beiden beiseite und ließ sie den Trauschein unterzeichnen, den ein Freund von Rayburn für sie beglaubigt hatte. »Ich weiß, dass Sie beide letzte Woche hier im Krankenhaus

Blut gespendet haben. Dr. Daniels hat in weiser Voraussicht alles für Sie überprüfen lassen. Meine herzlichen Glückwünsche, Zack. Sie haben eine wunderhübsche Braut. Ich bin gespannt, ob ich demnächst viele kleine Prescotts taufen darf.« Ein Glück, dass Zacks Arm fest um ihre Taille geschlungen war, sonst wäre sie bestimmt in Ohnmacht gefallen.

Camille war tieftraurig, als sie hörte, dass ihre Mutter schon am Abend wieder nach Atlanta zurückmusste. »Ich bin nur für deinen schönsten Tag hergekommen, Kleines. Den wollte ich auf gar keinen Fall verpassen, aber ich muss wirklich wieder zurück. Schon vergessen, dass wir ein kleines Familienunternehmen führen? Und zudem, wer braucht in der Hochzeitsnacht schon seine Mutter?

Zack, ich rechne fest damit, dass ihr mich gemeinsam besucht, sobald Rayburn wieder gesund ist. Ich möchte eine Party geben und meinen frisch gebackenen Schwiegersohn unseren sämtlichen Freunden vorstellen. Rayburn hat mich über die Weihnachtsfeiertage nach Bridal Wreath eingeladen. Also sehen wir uns bald wieder.«

Dr. Daniels hatte ihre Mutter vom Flughafen abgeholt und wollte sie auch wieder hinbringen, rechtzeitig zum Rückflug nach Atlanta. Bevor sie sich verabschiedeten, winkte der Mediziner sämtliche Gäste aus Rayburns Krankenzimmer, mit der Begründung, die Party sei vorbei und dies immer noch eine Klinik mit schwer kranken Patienten. Der Mann vom Partyservice packte seine Utensilien zusammen und versprach Camille, ihr die herrlichen Blumen nach Bridal Wreath bringen zu lassen, damit sie sich dort daran erfreuen könne. Das Krankenhausbett wurde wieder hereingerollt, und Schwester Granitschädel scheuchte alle aus dem Zimmer. Dann half sie Rayburn wieder in sein Bett.

Camille umarmte ihre Mutter ein letztes Mal zum Abschied und küsste sie auf die Wange. »Liebes, ich wünsche mir für dich, dass du genauso glücklich wirst wie ich in meiner Ehe. Ich finde, Zack passt hervorragend zu dir. Und jetzt macht viele süße Babys für Rayburn und mich«, raunte Martha Jameson ihrer Tochter ins Ohr.

»Dafür wird der junge Prescott schon sorgen, jede Wette, Mrs. Jameson.« Dr. Daniels zwinkerte verschwörerisch zu Camille und boxte Zack scherzhaft in den Bauch. »Aber jetzt müssen wir los, sonst verpassen Sie noch Ihren Flieger.«

Die beiden verschwanden angeregt plaudernd im Gang, und Camille stand allein gelassen mit ihrem Ehemann da. Ehemann! Allein das Wort jagte ihr einen eisigen Schauer über den Rücken, versetzte sie in Panik. Unvermittelt befiel sie der verrückte Wunsch, ihrer Mutter hinterherzulaufen und sich Schutz suchend an sie zu klammern.

Als ahnte er ihre Gedanken, fasste Zack ihren Ellbogen und führte sie zurück in Rayburns Zimmer. »Ich muss mit meinem Vater sprechen«, knirschte er, allerdings mit einem gezwungenen Lächeln, zur Beruhigung von Schwestern und Ärzten, die inzwischen wieder ihrer Tätigkeit nachgingen und im Vorbeigehen gelegentlich einen verstohlenen Blick auf das junge Paar warfen.

Sie erreichten die Tür von Rayburns Krankenzimmer und trafen auf Schwester Granitschädel, die eben herausspurtete. »Wo möchten Sie denn noch hin?«, erkundigte sie sich höflich-herablassend.

»Wir wollen noch kurz zu meinem Vater. Dagegen haben Sie doch sicher nichts einzuwenden.« Die harten Linien um seinen Mund signalisierten Camille, dass Zack sich mühsam kontrollierte.

»Es tut mir Leid, Mr. Prescott, aber Ihr Vater hat mich

ausdrücklich gebeten, niemanden zu ihm zu lassen. Er ist sehr erschöpft, der heutige Nachmittag war doch recht anstrengend für ihn. Ich habe ihm eine Spritze gegeben, damit er schläft, und vermutlich ist er bereits eingedöst. Ich darf unter gar keinen Umständen billigen, dass Sie noch einmal hineingehen und seine Ruhe stören.«

Wutschnaubend stieß Zack den Atem aus. »Also gut, dann eben morgen früh als Allererstes. Wir werden pünktlich hier sein.«

Er schnellte herum, packte Camille am Arm und schob sie zum Aufzug. Schweigend verfolgten sie die Leuchtanzeige über der Tür, bis der Lift schließlich in ihrem Stockwerk stoppte. Wie gebannt starrten sie auf die Aufzugtüren, die sich leise surrend öffneten. Dann stiegen sie in die Kabine, und Mr. und Mrs. Zachary Prescott fuhren ins Parterre, schweigend, distanziert, ohne Zärtlichkeiten auszutauschen. Ja, sie sahen einander nicht einmal an.

9

»Es ist noch ein bisschen früh fürs Abendessen. Hast du heute Nachmittag noch irgendwelche Pläne?«

Noch jedes Mal irritiert von Zacks unvorhersehbaren Launen, fuhr Camille bei seiner Frage erschrocken zusammen. Er steuerte gerade den Wagen vom Krankenhausparkplatz. Soweit sie das einzuschätzen vermochte, klang seine Stimme kontrolliert und überhaupt nicht ärgerlich.

»Ich … äh … ich wollte noch ein paar Besorgungen machen in der Mall. Ich brauche so einiges, aber …«

»Dann gehen wir eben einkaufen. Dearly hat mich gebeten, dich zum Essen auszuführen. Sie und Simon sind zu Hause schwer damit beschäftigt, deine Sachen ins Haupthaus zu transportieren.«

Seine Mundwinkel verzogen sich zu einem matten Grinsen, und er spähte zu ihr herüber, um sich zu vergewissern, ob seine Andeutung Wirkung zeigte. Und ob. Camille schluckte betreten und nickte schwach, während sie nervös den ungewohnten Goldring am Finger drehte.

Er stellte den Lincoln auf einem der weitläufigen Parkdecks ab, dann schlenderten sie durch die hochmoderne Einkaufspassage, die so gar nicht zu dem historischen Flair von Natchez passen wollte. Das schien die Bürger jedoch nicht zu stören, denn die Mall war voller Besucher. Zack hakte sich bei Camille unter, während sie sich den Weg durch die Menschenmassen bahnten. Welches frisch vermählte Paar wäre schon auf die Schnapsidee gekommen, wenige Stunden nach der Hochzeit bei diesem Hochbetrieb zu shoppen?

Camille blieb plötzlich stehen, da sie ein anderes Paar bemerkte, das in ihre Richtung kam. Sie rief »Rick!« und schlug die Hände vors Gesicht, zumal ihr siedendheiß einfiel, dass sie am Abend ein Date mit ihm hatte! Inzwischen war sie eine verheiratete Frau!

Er schien ähnlich bestürzt wie sie. Hatte die kleine, schwarzhaarige junge Frau neben ihm etwa damit zu tun, dass er schlagartig verlegen wirkte? Das Mädchen hatte ein hübsches Gesicht mit riesigen, braunen Augen, die mit ihrem feuchten Schimmer genauso melancholisch anmuteten wie gelegentlich die von Rick.

»Hallo, Rick, Laura.« Camille fiel ein Stein vom Herzen, dass Zack die Situation rettete. »Laura Wimberly, ich möchte dir Camille vorstellen, meine Frau. Wir haben heute Nachmittag geheiratet. Ihr gehört zu den Ersten, die uns gratulieren dürfen.«

Für Augenblicke folgte betretenes Schweigen. Rick fixierte Zack fassungslos, als wären diesem plötzlich zwei Köpfe gewachsen, dann blickte er zu Camille, die entschuldigend lächelte.

»Na, das ist aber eine tolle Überraschung!«, sagte Rick vergnügt. Camille hatte den Eindruck, dass er sich ehrlich freute. »Zack, meinen Glückwunsch. Camille, alles Gute. Einen besseren Mann als Zack Prescott konntest du gar nicht finden. Ganz im Ernst.«

»Danke, Rick.«

»Mrs. Prescott. Rick hat mir so viel von Ihnen erzählt. Schön, dass ich Sie endlich kennen lerne. Ich hoffe, Sie und Zack werden sehr glücklich miteinander.« Laura Wimberlys Stimme klang sanft und melodiös. Sie strahlte Camille und Zack aufrichtig begeistert an, dass es Camille das Herz zusammenzog. War das die verheiratete Frau, mit der Rick, wie Zack erzählte, ein Verhältnis hatte? Irgendwie passte das hässliche Bild des Ehebruchs gar nicht auf diese beiden netten jungen Menschen.

»Wie geht es Ihrem Mann, Laura?« Zacks Frage klang ruhig und sachlich und voller … was? Mitgefühl?

»Es geht ihm nicht besonders gut. Ich … er brauchte ein paar Sachen, deshalb habe ich Rick getr … er bot an, mich herzufahren«, stammelte sie matt und senkte den Kopf, um niemanden direkt anschauen zu müssen.

Ricks Arm glitt um ihre Schultern, und sie lehnte sich erleichtert an ihn. »Schätze, wir widmen uns besser wieder unseren Einkäufen. Ihr … Mr. Wimberly erwartet sie bald zurück. Noch einmal alles Gute, Zack. Camille.« Rick nickte den beiden zu, und nachdem Laura ein schüchternes »Auf Wiedersehen« gehaucht hatte, gingen beide Paare wieder ihrer Wege.

Zack schob Camille aus dem Hauptpassantenstrom in eine Ecke, wo eine leere Bank stand. Dort setzte er sich neben sie. Die Ellbogen auf die Knie gestützt, beugte er sich zu ihr vor und betrachtete gedankenvoll seine Hände.

Schließlich räusperte er sich. »Offen gestanden schäme ich mich, Camille. Ich muss dir die Situation genauer darlegen. Vorhin hab ich dir gesagt, dass Rick ein Verhältnis mit einer verheirateten Frau hat. Ich hab es bewusst so formuliert, dass es einen hässlichen Beigeschmack hatte. Aber das war unfair gegenüber Rick und Laura.« Er seufzte und rieb sich die Handflächen am Stoff seiner Jeans. »Zum einen bezweifle ich, dass Rick O'Malley mit der Frau eines anderen schlafen würde, selbst wenn er sie noch so sehr liebte. Und zweitens würde Laura niemals fremdgehen.«

Camille fühlte sich unbehaglich. Es war noch nie passiert, dass Zack sich bei ihr für irgendetwas entschuldigt hatte. Das war eine neue Seite an ihm. »Erzähl mir von den beiden. Es sei denn, es ginge mich nichts an.«

»Unsinn, die ganze Stadt redet darüber.« Er nahm einen tiefen Atemzug und starrte brütend vor sich hin, während er erzählte. »Rick und Laura kennen sich schon seit dem Gymnasium, es war eine jener Romanzen, die nie enden. Beide sind nie mit jemand anderem ausgegangen. Sie waren unzertrennlich. Wir gingen alle davon aus, dass sie nach der Abschlussprüfung heiraten würden. Lauras Familie war… na ja, mir fällt nichts Nettes ein, um sie zu beschreiben. Sagen wir mal unterste Schublade. Es grenzt an ein Wunder, dass Laura sich so positiv entwickelt hat. Aber wie dem auch sei, ihr alter Herr hat sie an Jesse Wimberly verschachert. Man munkelt, dass der alte Knacker ihrem Vater tausend Dollar für sie gegeben hat.« Auf Camilles entsetztes Japsen fuhr Zack fort: »Ja, unfassbar, nicht wahr? Und das am Ende des zwanzigsten Jahrhunderts! Dieser Wimberly war früher mal Fallensteller. Ein wirklich unsäglicher Typ – altersmäßig könnte er glatt ihr Vater sein. Sie hat es nicht leicht mit ihm. Es kursieren alle möglichen Geschichten, wie er sie angeblich behandelt. Er ist noch schlimmer, als ihre Familie es war.

Nach dieser Zwangsheirat trat Rick in die Army ein und ging als Freiwilliger nach Vietnam. Er wollte nicht mehr leben, kämpfte an vorderster Front. Stattdessen bekam er jede Mengen Medaillen für seine Tapferkeit – oder Dummheit. Tja, trotz allem hat er überlebt und kehrte schließlich nach Hause zurück. Ich denke, den Rest kannst du dir selber zusammenreimen.«

»Aber warum verlässt sie Wimberly nicht einfach? Sie und Rick gehören doch zusammen!«

Zack war irritiert über ihre Heftigkeit, antwortete aber seelenruhig: »Der alte Wimberly ist krank. Sie würde ihn nie verlassen, ganz egal, was er ihr angetan hat. Zudem weiß sie, dass Rick sehr religiös ist. Sie würde ihm niemals zumuten, dass er die Schuld dafür auf sich lädt, einem anderen Mann die Frau ausgespannt zu haben, auch wenn sie sich problemlos scheiden lassen könnte. Sie motiviert Rick sogar dazu, andere Frauen zu treffen, und das tut er auch gelegentlich, aber sein Herz gehört nun mal Laura. Die beiden können nur hoffen, dass der alte Knochen endlich abdankt. Soweit ich weiß, ist er mittlerweile bettlägerig.«

»Schrecklich, so denken zu müssen, aber ich kann es gut nachvollziehen. Die beiden schienen so sehr verliebt ineinander.«

»Und, ärgerlich? Hattest du was für ihn ... übrig?«

»Oh Zack!« Sie war empört. »Natürlich nicht! Ich mochte ihn, zumal er ungemein witzig ist. Aber trotz seiner Lockerheit hab ich gemerkt, dass er irgendwie bedrückt wirkt.«

»Ja. Ich glaube, er versucht das zu kompensieren, indem er den Clown spielt.«

»Es ist ungeheuer tragisch«, seufzte Camille. Insgeheim war sie eifersüchtig darauf, dass Rick Laura ganz offensichtlich liebte. Zack würde sie, Camille, niemals so warmherzig und liebevoll anschauen.

»Darf ich davon ausgehen, dass dein Date mit Rick heute Abend geplatzt ist?«, fragte Zack leichthin, und Camille musste lachen.

»Schätze mal, ja«, antwortete sie, während sie durch die breiten, hell erleuchteten Einkaufsarkaden schlenderten.

»Was war es noch gleich, was du besorgen wolltest, Camille?«

Grundgütiger, sie hatte keine Ahnung, weshalb sie unbedingt in die Mall wollte. Der Nachmittag war einfach zu stressig gewesen. »Ähm ... ich ... ein paar neue Klamotten«, stammelte sie.

»Okay.« Er fasste ihren Arm und schob sie in eine der nobelsten Damenboutiquen in der Mall. Als sie aufzubegehren begann, erinnerte er sie freundlich: »Camille, du bist nicht mehr von deinem Einkommen abhängig. Wenn *ich* finde, dass du es dir leisten kannst, dann kannst du es dir leisten.«

Unterstützt von der stilsicheren Beratung einer erfahrenen Verkäuferin probierte Camille mehrere sportlich-elegante Kombinationen an. Die Dame schob sie immer wieder neu gestylt aus der Umkleidekabine, so dass Zack sie in jedem Modell kritisch in Augenschein nehmen konnte. Schließlich entschied sie sich für einen dunkelblauen Blazer aus Schurwolle, einen wollweißen Rock und ein helles Shirt aus Seidencrêpe.

»Ich denke, das nehme ich, Zack. Es ist vielseitig kombinierbar und angenehm zu tragen.« Sie war schockiert gewesen, als sie die Preisschildchen gelesen hatte, die sie sich vorsichtshalber heimlich angesehen hatte.

Er nickte zustimmend, fragte jedoch: »Hat dir denn der maisgelbe Rock mit dem passenden Pullover nicht gefallen?«

»Doch, der war sehr schick, aber …«

»Und der grüne Hosenanzug mit dieser schimmernden … Seiden …? … bluse?«

»Na ja, der hat mir auch gefallen, aber …«

»Haben dir die Sachen gepasst?«

»Sie sind wie für sie gemacht. Größe 38 passt perfekt«, warf die Verkaufsberaterin ein, die einen größeren Einkauf witterte.

»Dann nehmen wir alles«, entschied Zack, Camilles verblüffte Miene ignorierend. »Packen Sie die Sachen ein und liefern Sie sie nach Bridal Wreath.«

»Ja, natürlich. Sie sind doch Mr. Prescott, nicht? Ich habe in den Gesellschaftsspalten über Sie gelesen!«

Leicht betreten erwiderte Zack: »Das ist meine Frau…«

»Ach, dann haben Sie und Mrs. Hazelett endlich geheiratet!«

Camille errötete bis zu den Haarwurzeln. Zacks Gesicht verzog sich vor Ärger, als er der Frau mit kühler Arroganz erklärte: »Nein. Meine Frau heißt mit ihrem Mädchennamen Jameson und stammt aus Atlanta. Wir erwarten die Sachen bis spätestens Montagmorgen, sonst treten wir von dem Kauf zurück.«

Entsetzt über ihr fatales Missgeschick, wirkte die Verkäuferin sichtlich bemüht, einzulenken. »Aber gewiss, Mr. Prescott. Ich… wir… ich freue mich sehr, dass Ihre bezaubernde Gattin in meinem Geschäft einkauft. Sie hat einen exzellenten Geschmack. Wir legen die Rechnung zu den Kleidungsstücken. Sie können dann nachträglich überweisen.«

»Ich danke Ihnen. Camille, ich warte draußen auf dich, bis du fertig bist.«

Nachdem sie umgezogen war und sich noch einmal bei der bestürzten Verkäuferin bedankt hatte, verließ sie das Geschäft und erspähte Zack neben einem der Springbrunnen inmitten der Mall. Einen Fuß auf den niedrigen Beckenrand gestemmt, die Hände um das angewinkelte Knie geschlungen, plauderte und lachte er mit zwei jungen Mädchen. Die eine, auffällig blond, trug ein knallenges, pinkfarbenes T-Shirt, unter dem sich schamlos ihr Riesenbusen abzeichnete. Eine heiße Röte flutete über Camilles Wangen – vor Eifersucht. Ganz offensichtlich sprang Zack auf die optischen Reize der jungen Frau an. Als er Camille aus den Augenwinkeln bemerkte, winkte er den Mädchen zum Abschied und schlenderte zu ihr. Er hakte sich bei ihr unter.

Sie waren kaum ein paar Schritte gegangen, als Camille fauchte: »Wie ich sehe, hast du dich während der Wartezeit gut amüsiert. Ich hab nie kapiert, was Männer an solchen Flittchen so toll finden.«

Er warf den Kopf zurück und lachte schallend, dabei kniff er sie scherzhaft in den Arm. »Eifersüchtig? Jetzt schon? Wir sind erst ein paar Stunden verheiratet, und du klingst wie eine rabiate Ehefrau.«

Seine Belustigung machte sie nur noch wütender. »Wenn du unbedingt flirten musst, dann könntest du dir wenigstens jemanden suchen, der altersmäßig besser zu dir passt! Das waren ja noch halbe Kinder!«

Er lachte noch lauter. »Ich kenne die beiden Frauen seit Ewigkeiten, und die mit dem Atombusen ist älter als du, Herzchen.«

»Oha«, erwiderte Camille. Verlegen wich sie seinem Blick aus. In seinen Augen blitzte der Schalk.

Inzwischen war es dunkel geworden, und als sie den Parkplatz auf dem Weg zum Auto überquerten, knurrte Camilles Magen vor Hunger.

»Schätze, wir gehen was essen, bevor du mir noch zusammenbrichst«, schmunzelte Zack. Er griff in ihre Jacke und legte die Hand direkt unterhalb ihrer Brüste auf ihren Bauch. Camille blieb abrupt stehen, da seine Finger gefährlich sanft über ihre Seidenbluse glitten. Er hatte den anderen Arm um ihre Schultern geschlungen, und als sie plötzlich verharrten, zog er sie enger an sich. »Wenn wir uns hier nicht in aller Öffentlichkeit befänden, würde ich dich noch an ganz anderen Stellen streicheln, Camille. Du machst mich total an.« Er flüsterte an ihrem Ohr, hauchte einen federnden Kuss darauf, bevor er die Hand wegzog und sie das restliche Stück zum Wagen scheuchte. Sie kauerte sich auf den Beifahrersitz. Ihre Beine schienen die Konsistenz von Wackelpudding angenommen zu haben.

Das Restaurant, das Zack für ihr gemeinsames Dinner

ausgesucht hatte, hieß The Side Track. Es war ein umgebautes Bahnhofsgebäude, das an einem stillgelegten Schienenstrang stand. Sie gönnten sich ein ausgedehntes Menü, als Vorspeise gebackene Zucchinistreifen mit Kräutern und Parmesan überbacken, zum Hauptgericht saftige Steaks mit Backkartoffeln. Zack bestellte Wein dazu, und Camille wurde angenehm warm von dem Essen, dem Wein und dem Mann – ihrem Mann, der ihr am Tisch gegenübersaß. Nachher überredete er sie noch zu einem Eisbecher mit Likör und Mandelkrokant.

»Wenn ich weiter so viel futtere, passe ich nicht mehr in die neuen Kleider«, drohte sie schelmisch, nachdem der Kellner ihr das Dessert serviert hatte.

Lässig auf seinem Stuhl zurückgelehnt, schenkte Zack ihr ein warmherziges Lächeln, während er genüsslich seinen Kaffee schlürfte. Sein Lächeln erwidernd, meinte sie gedehnt: »Zack, ich möchte dir für die Sachen danken. Sie sind wirklich superschick. Aber du brauchst mir doch nicht …«

»Camille, vergiss nicht, du bist mit mir verheiratet. Ich gebe zu, unsere Trauung war ein bisschen ungewöhnlich, aber das ändert nichts an den Tatsachen. Alles, was ich an materiellen Gütern besitze, gehört jetzt auch dir. Ich möchte, dass du das weißt und Gebrauch davon machst.« Er beugte sich vor, die Ellbogen auf die Tischplatte gestützt. Er senkte die Stimme, während seine strahlend blauen Augen ihr Gesicht im Kerzenschein zärtlich maßen. »Camille, ich möchte, dass du weißt …«

»Das ist ja ganz was Neues. Seit wann gehst du mit deinen Angestellten zum Essen aus, Zack?«

Camille und Zack drehten sich zeitgleich um und bemerkten Erica Hazelett neben ihrem Tisch. Das junge Ehepaar war so entrückt gewesen, dass es sie gar nicht hatte hereinkommen sehen. Die Witwe Hazelett stand in ihrer einstudierten Modelpose neben ihnen, ihre gertenschlanke Figur umschmeichelt von einem weichen, blauen Strickkleid, das die eisblauen Augen noch kälter wirken ließ. Besitzergreifend legte sie Zack eine Hand auf die Schulter, worauf Camille innerlich kochte. Von wegen seine Angestellte, pah!

»Hallo, Erica.« Zack stand nicht auf für sie, sondern blickte ihr offen ins Gesicht, das im schimmernden Kerzenschein wunderschön aussah. Camille beobachtete die beiden, und ihr Herz sank ins Bodenlose. Wieso musste diese Frau ausgerechnet jetzt hier hereinschneien und Zack daran erinnern, dass er sich zu einer Heirat hatte nötigen lassen, obwohl die lustige Witwe doch zweifellos seine Traumfrau war? Und was hatte er ihr sagen wollen, als Erica ihn schnöde unterbrochen hatte? Sie hatte wohl ein Händchen dafür, immer im falschen Augenblick auf der Bildfläche aufzutauchen.

»Ich glaube, du kennst Camille bereits«, sagte Zack, während Erica mit ihrer Hand gelassen über seine Schulterblätter streichelte.

»Ja. Hi, Camille«, sagte sie nicht sonderlich begeistert.

»Hallo, Erica«, gab Camille zurück.

In diesem Augenblick trat ein durchschnittlich aussehender Mann mittleren Alters neben Erica, und sie stellte ihn als Geschäftspartner ihres verstorbenen Ehemannes vor, der in Natchez sei, um sich in einigen wichtigen Unternehmensbelangen mit ihr auszutauschen. Camille verstand seinen Namen nicht richtig, zumal Erica ihren unscheinbaren Begleiter eher beiläufig vorstellte.

»Zack, du hast meine Frage noch nicht beantwortet. Seit wann gehst du mit deinen Angestellten zum Essen aus?« Ihr hübsches Gesicht verzog sich zu einem spöttischen

Lächeln, als sie Camille mit einem herablassenden Blick musterte.

»Camille ist nicht mehr nur unsere Innenarchitektin, Erica. Sie ist meine Frau. Wir haben heute Nachmittag geheiratet.« Zacks Stimme war völlig emotionslos, und Camille empfand plötzlich Mitgefühl für ihn. Es war bestimmt höllisch für ihn, mit einer ungewollten Heirat gestraft zu werden und die Gattin dann auch noch der geliebten Frau vorstellen zu müssen!

Ericas Augen bohrten sich wie zwei Eiszapfen in Zacks Pupillen. »Du machst wohl Witze«, ätzte sie.

»Nein, es ist mein voller Ernst«, konterte Zack.

Erica zog abrupt die Hand von Zacks Schulter, als hätte sie sich verbrannt. Abermals glitt ihr frostiger Blick hasserfüllt zu Camille. Camille fühlte es fast körperlich, von Ericas Augen wie von glühenden Nadelspitzen gemustert zu werden, und sie hätte sich dafür ohrfeigen können, dass sie kaum merklich zusammenzuckte.

Dann drehte Erica sich spontan zu Zack um und erkundigte sich abschätzig barsch: »Wieso? Hast du etwa nicht aufgepasst und sie geschwängert?«

Camille entfuhr ein gedämpfter Aufschrei, eine Mischung aus Wut und Protest. Sie sprang auf, griff nach Tasche und Jacke. Zu ihrer Verblüffung erhob Zack sich ebenfalls. Er umrundete den Tisch und fasste ihren Arm. Im Vorbeigehen streiften sie Erica und deren Begleiter, der die gesamte Szene schweigend verfolgt hatte, seine Lippen fassungslos geöffnet über Ericas taktloses Verhalten und ihren Mangel an Feingefühl.

Das junge Paar rauschte an ihnen vorüber, da packte Erica Zack am Ellbogen und zwang ihn, sie anzusehen. Da er Camille fest untergehakt hielt, blieb ihr keine andere Wahl als ebenfalls stehen zu bleiben.

»Verdammt noch mal, findest du das eigentlich gut, wie du dich verhältst, Zack? Du hast sie bestimmt nicht aus Liebe geheiratet, zumal du ja mich liebst. Diese Heirat ändert doch nichts zwischen uns, oder? Du empfindest doch nicht anders für mich als früher, hm?« Ericas Stimme klang kühl und kontrolliert, dennoch nahm Camille einen flehenden Unterton wahr.

Zack musterte Erica für einen langen Augenblick, unterdes jaulte Camille innerlich auf. Sie wollte lieber sterben als seine Antwort hören. Schließlich sagte er: »Nein, Erica, diese Heirat ändert nichts an meinen Gefühlen für dich.« Darauf drehte er sich abrupt um und zerrte Camille förmlich zu seinem Wagen.

Sie war fertig mit der Welt, ihr Herz und ihr Stolz ein einziger Scherbenhaufen. Ein zentnerschweres Gewicht lastete auf ihren Lungen, presste ihr die Luft ab. Sie hatte danebengestanden, als ihr Ehemann nur wenige Stunden nach der Hochzeit einer anderen Frau seine Liebe geschworen hatte. Wieso hatte sie die Trauungszeremonie am Nachmittag nicht boykottiert? Sicher, Rayburn schätzte sie sehr, aber er wollte ganz bestimmt nicht, dass sein Sohn und sie in einer Ehe landeten, die weder von gegenseitiger Liebe noch von Verständnis geprägt war. Und warum hatte Zack die Farce nicht beendet, bevor sich das Ganze zuspitzte? Sie hätte sich in den Erdboden geschämt, sicher, aber war der jetzige Zustand denn besser? Konnte sie die ständige Kränkung durchstehen, die sie durch das Wissen erlitt, dass ihr Mann Erica Hazelett liebte, aber mit Camille Prescott, geborene Jameson, in einer Zwangsehe leben musste?

Das Allerschlimmste war, dass sie ihn liebte. Mit jeder Faser ihres Herzens sehnte sie sich danach, dass er ihre Empfindungen erwiderte, obwohl sie wusste, dass es ein Wunschtraum bleiben würde. Er würde ihr zeitlebens vorwerfen, dass sie ihn in die Ehefalle gelockt, zu einer nicht gewollten Heirat gedrängt hätte.

Als sie durch die dunklen Straßen von Natchez in Richtung Bridal Wreath fuhren, schob sie sich die geballte Faust in den Mund, um die Schluchzer zu dämpfen, die in ihrer Kehle aufstiegen. Sie hatte keine blasse Ahnung, was sie in ihrem neuen Zuhause und mit diesem Fremden, der jetzt ihr Ehemann war, erwartete.

10

Camille versuchte ungeschickt, die Schulterbänder ihres Nachthemds zu knoten. Ihre Finger zitterten so sehr, dass es nahezu unmöglich war. Sie stand vor einer Frisierkommode, die sie noch nie gesehen hatte, und schaute durch den Kristallspiegel in einen Raum, in dem sie noch nie gewesen war. Sie wusste nur, dass sie jetzt zu einem Mann gehörte, der ihr ein einziges Rätsel war.

Nachdem Zack den Wagen in der Garage von Bridal Wreath abgestellt hatte, hatte er sich zu ihr umgedreht und völlig emotionslos gesagt: »Dearly und Simon sind hellauf begeistert über dies alles. Sie mögen dich und nehmen dich als neues Mitglied unserer Familie an. Sie wissen nichts von dem, was mein Vater mitbekommen hat. Für die beiden sind wir ein glücklich verliebtes Paar. Sie glauben, dass wir unsere Liebe versteckt gehalten haben und sie jetzt endlich öffentlich zeigen. Ich möchte nicht, dass sie enttäuscht werden. Sei keine Spielverderberin.«

Er geleitete sie ins Haus, wo Dearly und Simon sie sehr herzlich beglückwünschten. Camille fand es widerwärtig, den älteren Leuten wie auch allen anderen etwas vorzumachen, aber ihr waren die Hände gebunden, genau wie Zack, der den dramatischen Lauf der Ereignisse nicht hatte stoppen können. Die Haushälterin versicherte ihr, dass ihre sämtlichen Sachen in Zacks Räume gebracht worden seien, dass sie aber alles noch nach Herzenslust umarrangieren könne. Dearly schenkte ihr und Zack ein gefühlvolles Lächeln, Simons dunkle Augen glänzten mit seinen strahlend weißen Zähnen um die Wette. Impulsiv lief Camille zu ihnen und umarmte sie. Die beiden naiven, alten Menschen, die keine Ahnung von der eigentlichen Situation hatten, schienen Camille der einzige Halt, an den sie sich klammern konnte.

Zack begleitete sie nach oben, nachdem die Mitchells sich in ihr eigenes Apartment über der Garage zurückgezogen hatten. Er öffnete die Tür zu seinem Schlafzimmer und bedeutete ihr einzutreten. Zu ihrer Verblüffung folgte er ihr nicht. Stattdessen sagte er: »Ich bin gleich zurück.« Er drehte sich um und ging erneut die Treppe hinunter.

Der Raum war sehr maskulin mit seinen schweren Möbeln aus massivem Holz. Camille gefiel der wuchtige Kamin, der sich an einer Wand erstreckte und in dem ein munteres Feuer prasselte. Sicherlich war er an denselben Schornstein angeschlossen wie der Kamin im Salon, schloss sie, während sie im Geiste die Baupläne durchging. Trotz der vielen duftenden Blumengestecke, die der Partyservice bereits hergebracht und hübsch im Raum arrangiert hatte, hing Zacks herbes Eau de Cologne sinnlich erregend in der Luft.

Das riesige Bett dominierte eine weitere Wand. Ein klassisches Kopfteil fehlte, stattdessen war es mit Bücherregalen überbaut. Zwischen den gut gefüllten Borden waren wunderschöne, edel in Messing gerahmte Grafiken angebracht. Der Bettüberwurf, der bereits zurückgeschlagen war, hatte ein Streifenmuster in Braun-, Beige- und Blautönen. Zack hatte wirklich einen guten Geschmack.

Als sie zum Schrank ging und ihn öffnete, stellte sie fest, dass ihre Kleidung neben Zacks Garderobe hing. Mehrere Cowboyhüte lagen ordentlich einsortiert in den dafür vorgesehenen Fächern. Auf einem Brett standen Schuhe und

Stiefel aufgereiht. Hosen, Hemden, Sportsakkos, Anzüge, Jeans und dergleichen hingen fein säuberlich getrennt voneinander. *Man kann Zack sicher nicht nachsagen, dass er unordentlich ist,* sinnierte Camille.

Nachdem sie diverse Schubladen mit Socken, Taschentüchern und Herrenunterwäsche herausgezogen hatte, fand sie ihre Dessous akkurat gefaltet in separaten Schubfächern.

Neugierig betrat sie das geräumige Bad und schaute sich um. Es war überaus modern mit einer maskulinen Note, weiche, braun-beige gestreifte Handtücher hingen an blank polierten Messingringen. Ein tiefes Blau setzte Akzente mit dem flauschigen Teppich, den Kacheln sowie weiteren Gegenständen. In einer Glasschale, neben dem Marmorbecken, lag ein Teil von Zacks Goldschmuck. Ein Hornkamm, eine Bürste, mehrere Flaschen Eau de Cologne und Aftershave-Lotion waren eindeutige Zeichen dafür, dass der Raum von Zack genutzt wurde.

Sie entdeckte ihre eigenen Kosmetikartikel auf der anderen Seite des Waschtischs. Kurz entschlossen goss sie Schaumbad in die große, schokoladenbraune Wanne und ließ Wasser zulaufen. Dann nahm sie ein entspannendes Bad, in der Hoffnung, das warme, wohltuende Wasser würde ihre Bedenken hinsichtlich der nächsten Zukunft lindern.

Als sie nach Haarpflege und Zähneputzen aus dem Bad kam, bemerkte sie das in Geschenkpapier gewickelte Päckchen auf dem Bett. Auf dem Negligé, das in feines Seidenpapier eingeschlagen war, lag ein Kärtchen mit lieben Wünschen von ihrer Mutter.

Und jetzt stand sie vor dem Spiegel, in einem durchschimmernden, grünseidenen Nichts, dessen Schulterschleifen sie krampfhaft zu binden versuchte. Es fiel weich fließend zu Boden und war ungemein offenherzig, bis auf zwei weitere Satinbänder, die Front- und Rückenpartie in der Taille rafften. Camille war schockiert, als sie sich so sah. Von vorn und von hinten betrachtet wirkte das Negligé richtig harmlos, aber die geschlitzten Seiten gewährten erregende Einblicke! Zudem war der Stoff viel transparenter, als sie anfangs vermutet hatte. Vielleicht sollte sie es besser in den Karton zurücklegen und ein anderes, züchtigeres Modell wählen? Nein, ihre Mutter würde sich bestimmt danach erkundigen, wie es ihr gefallen habe, und Camille wollte nicht schon wieder als Lügnerin dastehen! Und überhaupt, wieso war sie eigentlich nervös? Sie hatte keine Ahnung, was Zack so vorschwebte. Erwartete er, dass sie heute Nacht dieses Bett mit ihm teilte, oder würde er sie kurzerhand in den Raum umquartieren, der sich auf der anderen Seite des Badezimmers anschloss?

Bevor sie lange spekulieren konnte, hörte sie Schritte, das Betätigen der Klinke. Sie wirbelte herum und gewahrte Zack im Türrahmen. Der Feuerschein reflektierte auf seinen sonnengesträhnten Haaren und tauchte sein Gesicht in goldenes Licht. Er sah exakt so aus wie in Utah. Unwillkürlich entwich ihr ein leises Stöhnen, das allerdings ziemlich gequält klang. Sekundenlang standen sie schweigend da und fixierten einander durch die Tiefe des Raums, bis Zack schließlich leise fragte: »Bist du fertig im Bad?«

Da sie vor lauter Nervosität kein Wort herausbrachte, nickte sie nur. Er trat vor den Kleiderschrank, zog sein Sakko aus und hängte es ordentlich auf einen Bügel. Als Nächstes löste er den Gürtel und befestigte ihn an einem dafür vorgesehenen Metallhalter in der Schranktür. Er bückte sich, streifte die Schuhe ab und stellte sie mit Schuhspannern versehen auf eines der unteren Regale. Seine Bewegungen waren ohne Hast, mechanisch, kontrolliert. Camille verfolgte unbehaglich, wie er zu einer Kommode steuerte und etwas aus einer Schublade nahm. Daraufhin ging er ins Bad und schloss die Tür hinter sich.

Sie hörte Wasserrauschen, das Öffnen und Zuschnappen von Schubfächern, Kleiderrascheln. Fieberhaft überlegte sie, was sie sagen und wie sie sich verhalten sollte, wenn Zack in den Schlafraum zurückkam. Diese Hochzeit war ein schlechter Witz, eine Parodie. Sie hatten das nicht gewollt und waren unfreiwillig zu der Heirat genötigt worden. Zwar liebte sie Zack von ganzem Herzen und mit allen Sinnen, aber sie wusste, dass er ihre tiefen Gefühle nicht erwiderte. Kurzum, sie war nicht bereit, mit ihm zu schlafen, wenn die Liebe als Motivation fehlte. Sex sollte eine sehr persönliche und intime Offenbarung zwischen zwei Menschen sein, die einander liebten, fand Camille. Das damals in Utah war ein fataler Fehler gewesen, den sie seitdem bereute. Sie weigerte sich strikt, ihm noch einmal in die Falle zu gehen. Seit zwei Jahren schämte sie sich dafür, dass sie ein einziges Mal schwach geworden war und ihren körperlichen Bedürfnissen nachgegeben hatte – und obwohl sie jetzt mit ihm verheiratet war, hatte sie gewiss nicht vor, seinen Verführungskünsten in dieser grotesken Beziehung zu erliegen.

Sie wollte Zack den plausiblen Vorschlag machen, diese Ehe aufrechtzuerhalten – natürlich ohne Intimitäten –, bis Rayburn wieder genesen wäre und die Enttäuschung ihrer Trennung verkraften könnte. Bestimmt war Zack damit einverstanden. Schließlich konnte er es kaum erwarten, wieder zu seiner Erica zu kommen, oder? Die irrige Annahme der Boutiquenverkäuferin, dass Zack Erica Hazelett geheiratet hätte, bedeutete ja immerhin, dass entsprechende Gerüchte kursierten. Auch das würde sie in einem klärenden Gespräch mit Zack anbringen.

Aber was, wenn er andere Vorstellungen von ihrem Zusammenleben hatte? Angenommen, er beharrte auf seinen ehelichen Rechten? Was, wenn er sie vergewaltigte? Nein, nicht Zack. Das war nicht sein Stil. Er war ein rationaler Mensch, der sich von logischen Argumenten überzeugen ließ. Sie könnten weiterhin gute Freunde bleiben, das Beste aus einer verfahrenen Situation machen, und das wär's dann gewesen.

Nachdem sie sich ihre Gesprächstaktik so weit zurechtgelegt hatte, fühlte Camille sich wesentlich besser. Sie durchquerte den Raum, stellte sich vor den Kamin und schaute in die zuckenden Flammen, nicht ahnend, dass sich ihre Silhouette verführerisch gegen den Feuerschein abhob. Dies war das Erste, was Zack wahrnahm, als er aus dem Bad kam und das Licht hinter sich löschte.

Sobald er mit ihr allein im Raum war, lösten sich Camilles Vorsätze in Luft auf. Wohlig erschauernd gewahrte sie, wie Zack hinter sie trat.

Was war denn bloß los mit ihr? Wieso drehte sie sich nicht einfach um, fixierte ihn eindringlich und trug dann rigoros ihre sorgsam überlegte Entscheidung vor? Aber nein, sobald sie den würzigen Moschusduft seiner Seife und seines Eau de Cologne einsog, dazu die männlich-erregende Ausstrahlung, die er verströmte, schmolz sie dahin wie Schnee in der Sonne.

»Ich mag diese Farbe an dir, Camille. Sie passt fantastisch zu deiner ungewöhnlichen Hautfarbe.« Bildete sie sich diesen federnd gehauchten Kuss auf ihrer nackten Schulter nur ein? »Du solltest immer im Sonnenlicht oder im Kaminfeuerschein stehen, das bringt dein Haar besonders toll zur Geltung.« Zärtlich griff er in ihre üppige Lockenmähne, hob sie im Nacken an, und presste Camille einen Kuss auf die sensible Haut. Unwillkürlich aufseufzend schwankte sie zurück und fand Halt an seiner muskelbepackten Brust. Er umschlang ihre Taille mit seinen Armen, rieb den duftigen Stoff ihres Negligés an ihrer Haut, während er ihre Haare, ihren Nacken, die erogene Zone hinter ihrer Ohrmuschel küsste.

»Camille, Camille«, hauchte er, als er mit einer Hand über ihren Bauch streichelte und sie dann an sich schmiegte, so dass sie seine starke Erregung fühlte. Zärtlich umschloss er eine Brust und stöhnte rau an ihrem Ohr, während er diese sensible Region erkundete.

Er drehte sie sanft um, so dass sie ihn ansehen musste und entgeistert auf seine völlig entblößte Brust starrte. Die Pyjamahose hing ihm lässig auf den Hüften. Seine Körperbehaarung verjüngte sich zu einer zartgoldenen Linie, die unter dem Hosenbund verschwand. Das Kreuz seiner Mutter an der goldenen Kette lag eingebettet in dem gekräuselten Flaum. Seine maskuline Aura war so umwerfend, dass ihr Herzschlag für Sekundenbruchteile aussetzte.

Camille traf auf seinen Blick und las darin zügelloses Verlangen. Lust, nichts weiter. Und ganz bestimmt nicht Liebe. Sie war jedoch machtlos gegen ihre tieferen Triebe. Sie hätte ihn einfach von sich stoßen sollen, aber ihre Vernunft war ausgeschaltet. Als sie die Lippen öffnete und wie geplant mit ihrer Diskussion beginnen wollte, versiegelte er ihren Mund mit einem spontanen Kuss. Zack schmeckte köstlich, herb nach Zahncreme und nach Mann. Seine Zunge berührte die ihre, glitt über ihre Lippen, ihre Zähne und erforschte hemmungslos die feuchte Süße ihrer Mundhöhle.

»Ich hab so lange darauf gewartet, dich wieder zu besitzen, Camille. Lass mich nicht noch länger warten«, hauchte er inbrünstig, sein Gesicht an ihre Halsbeuge geschmiegt. Sie spürte, wie seine Hände an den Schulterbändern ihres

Negligés herumspielten. Das Nachthemd glitt zu Boden, ein seidener Hauch auf dem Teppich. Er nahm ihr Gesicht in beide Hände, verlor sich in ihren bernsteinfarbenen Tiefen. Sein Blick verzehrend, glitten seine Hände über ihre perfekten Rundungen, streichelten sie überall.

Ihr Verstand schrie *Nein*, doch ihr Körper war ihm bereits verfallen. Sie erschauerte vor Lust auf ihn, auf die Erfüllung, die er ihr mit jeder erregenden Geste signalisierte. Sämtliche Nervenfasern reagierten auf ihn, vibrierten vor Begehren, steigerten sich in ein emotionales Crescendo. *Aber nicht so! Nicht ohne seine Liebe!* meldete sich ihr Gewissen – vergebens. Sofort verselbständigten sich ihre Arme und umschlangen seinen Nacken.

Zack riss sie an sich. Und Camille erwiderte seine feurigen Küsse mit ungeahnter Leidenschaft. Ihre Brüste pressten sich flach an seine harte Brust, sein goldener Flaum kitzelte erotisierend ihre Spitzen. Zacks Hand streichelte die festen Knospen, dann koste er sie mit seinen Lippen, seine Zunge erregend kreisend um deren dunkle Höfe. Er saugte und leckte, aber sie keuchte nach mehr … unendlich viel mehr.

Er hob den Kopf und stöhnte in ihr Haar: »Oh Camille. Ich halte das nicht mehr aus. Erlöse mich.«

Sie strampelte das aufreizende Nachthemd von ihren Füßen, als er sie hochhob und zum Bett trug. Dort bettete er Camille zärtlich auf die Kissen, bevor er hastig die Pyjamahose von den Lenden streifte.

Er glitt mit seinem ganzen Gewicht auf sie. Forschende Hände, suchende Lippen entzündeten ein glutvolles Feuer ihn ihr. Camille ließ sich begierig von ihm stimulieren, aufgepeitscht von seiner pulsierenden Erregung, die an ihre Scham drängte.

Nun fiel ihr alles wieder ein. Sie hatte versucht zu vergessen, es als bösen Traum, als Hirngespinst abzutun, doch nun, da Zacks lustbebender Körper den ihren bezwang, stürmte es mit einer süßen Macht erneut auf sie ein. Es war wie eine Offenbarung, das jähe Erkennen, Erfüllung zu finden, einander ganz zu gehören, die Schwingungen ihrer Leiber, den Einklang ihrer Seelen, ihre tiefen Gefühle zu entdecken. Diese Erkenntnis hatte das junge, unschuldige Mädchen zwei Jahre zuvor erschreckt, und sie war davor weggelaufen. Diesmal gab es kein Entrinnen. Diesmal kapitulierte Camille. Sie gab sich ihren Emotionen hin, klammerte sich daran und bejahte sie. *Jetzt, jetzt!* stöhnte sie, als beider Körper im Rausch der Sinne miteinander verschmolzen und von den Wogen der Leidenschaft überrollt wurden.

Camille stand vor dem Spiegel und bürstete ihre Haare, dabei musterte sie sich kritisch. Sie sah nicht anders aus als vorher, bis auf die leicht rosigen Wangen, aber die rechnete sie dem wärmenden Kaminfeuer zu und nicht der Erinnerung an den vergangenen Abend in Zacks Bett. Sie hatten beide keinen Hehl aus ihrer Lust gemacht, die schier unstillbar gewesen war. Ihre gemeinsame Nacht in Utah verblasste gegen diese wilde Ekstase.

Sie unterdrückte ein Schluchzen, das in ihrer Kehle aufstieg. Bei Tageslicht erkannte sie, dass sich nichts geändert hatte. Er liebte sie eben nicht. Wieso musste ihr Körper sie so schändlich verraten? Am liebsten hätte sie ihn auf den Mond gewünscht, aber sobald sie an seine Hände und seine Lippen dachte, die ihren Körper verwöhnten, stand sie lichterloh in Flammen, sehnte sich nach seiner Berührung, seinen Zärtlichkeiten und Küssen.

Das Plätschern in der Dusche verstummte, und sie wappnete sich auf den unvermeidlichen Moment, in dem Zack aus dem Bad kam. Er war bereits im Badezimmer verschwunden, als sie noch geschlafen hatte. Davon war sie aufgewacht und hastig aus dem wohlig warmen Bett gesprungen. Sie hatte die Gunst des Augenblicks genutzt und sich rasch in einen flauschigen Morgenmantel gehüllt. Bloß nichts Durchsichtiges oder Aufreizendes, denn ab jetzt bestimmte sie die Spielregeln. Zack durfte sie nicht noch einmal verletzen. Das würde sie nicht überstehen.

Die Badezimmertür sprang auf und Zack kam heraus, ein Handtuch um seine schlanken, sehnigen Hüften gewickelt. Der übrige Mann war nackt, und Camilles Herz beschleunigte sich unvorhergesehenerweise bei seinem Anblick. Mit einem weiteren Handtuch rubbelte er sich die Haare trocken.

»Guten Morgen. Du hättest doch ruhig noch liegen bleiben können.« Gut gelaunt, seine Augen strahlend blau, schlenderte er mit beschwingten Schritten zu ihr und schlang sich das Handtuch um die Schultern. Das feuchte Haar jungenhaft störrisch um seinen Kopf gewellt, lachte er sie entwaffnend an. Wieso konnte er nicht fett und hässlich sein und eine Glatze haben? Das hätte Camille so einiges erleichtert.

»Du siehst heute Morgen umwerfend aus, Camille«, raunte er an ihrem Ohr. Er umschlang ihre Schultern und zog sie an sich. *Nur ja nicht nachgeben*, redete sie sich ins Gewissen, als seine Lippen zärtlich von ihrer Schläfe zu ihrer Wange glitten und schließlich auf ihrem Mund verweilten, um ihn zu einem glutvollen Kuss zu provozieren. Hartnäckig kämpfte sie gegen das aufkeimende Begehren an, ihre Selbstkontrolle schwankte bereits merklich. Seine forschende Zunge stieß auf fest verschlossene Lippen, die sie ihm noch wenige Stunden zuvor bereitwillig und lustvoll geöffnet hatte.

Ihr Widerstand hatte nicht die Spur einer Chance. Seine Hände wurden fordernder, seine Lippen verführerischer. Als sie dagegen protestieren wollte, schlüpfte seine Zunge zwischen ihre Zähne und entfachte erneut das Feuer der Leidenschaft, das Camille krampfhaft zu unterdrücken versuchte.

Sie war entrüstet über seinen Überraschungscoup und wütend auf ihre eigene Unzulänglichkeit, trotzdem stöhnte sie lustvoll, als er eine Hand auf ihren Po legte und sie hemmungslos an seine Erektion schmiegte. Mit der anderen glitt er in die Öffnung ihres Morgenmantels und stimulierte zärtlich ihre Brust, während seine Lippen von ihrem Hals zu der aufreizenden Fülle schweiften. »Du bist fantastisch, Camille. Weich, schön, feminin«, flüsterte er, während er federleichte Küsse auf ihre zarte Haut hauchte. »Dein Körper ist wie für mich gemacht.«

Das war also alles, was ihn interessierte! Lediglich physische Anziehung. Ja, in der Hinsicht hatte die Chemie gestimmt, das musste Camille zugeben. Aber da sollte doch ganz bestimmt mehr sein! Sie liebte Zacks Körper, keine Frage, aber sie liebte noch so vieles andere an diesem Mann. Es tat ihr in der Seele weh, dass er nicht wenigstens ein bisschen in sie verliebt war. *Er liebt eine andere und benutzt mich, um seine sexuelle Lust zu befriedigen. Nein. Nein. Und nochmals nein!* Diese maßlose Kränkung ließ sie sich einfach nicht bieten.

Die brennenden Tränen, die sich seit der grotesken Blitzheirat am Vortag aufgestaut hatten, schossen ihr in die Augen, und sie konnte nichts dagegen tun. Camille erschauerte unwillkürlich, was Zack nicht verborgen blieb. Er hob den Kopf und taxierte sie fürsorglich. Zärtlich glitten seine Finger über ihre Wangen, wischten die Tränen fort.

»Was ist denn, Camille?«, fragte er sanft, obwohl seine

Augen leicht ärgerlich aufblitzten. Seine Kinnmuskulatur zuckte, wie sie es schon öfter bemerkt hatte, wenn er extrem angespannt und nervös war.

Sie senkte die Lider, um seinem stechenden Blick auszuweichen. »Ich… bitte… verführ mich… nicht noch mal. Ich kann das nicht. Es tut mir Leid«, stammelte sie wahrheitsgemäß. Es war eine erschreckende Wahrheit. Mehr Leid, als er sich irgend vorstellen konnte. Es gab für sie nämlich nichts Schöneres, als sich in seine schützende Umarmung zu kuscheln, andererseits verachtete sie diesen Mistkerl zutiefst!

Er ließ sie los und trat einen Schritt zurück. Camille bedeckte schleunigst ihre nackten Brüste, eine Geste, die er mit einem spöttischen Zucken seiner Mundwinkel quittierte.

»Ist der Sex mit mir so schrecklich, dass meine junge Braut sich nach knapp einem Tag Ehe weinend wehren muss, wenn ich sie anfasse?«, fragte er mit kaum verhohlenem Zorn.

Nein! schrie sie innerlich auf. *Wenn du bloß wüsstest, wie ich mich danach sehne!* Laut erwiderte sie mit gepresster Stimme: »Nein Zack, das ist es nicht. Inzwischen müsstest du doch wissen, wie ich auf dich…« Sie stockte, unfähig, den Satz zu beenden, solange er sie vernichtend anstarrte.

»Was dann, Camille? Sag es mir!« Er war unvorstellbar wütend.

Sie rang hilflos die Hände, während sich ihre Zähne an der bebenden Unterlippe festsaugten. *Ich liebe dich. Ich liebe dich.* Warum konnte sie es ihm nicht einfach sagen? Vielleicht nahm er sie dann in die Arme und schwor ihr seine grenzenlose Liebe. Nein, sie konnte es nicht, und er wollte ohnehin nicht. Er hatte einmal eine Frau geliebt.

Dearly hatte ihr davon erzählt. Diese Frau hatte ihn tief verletzt, und er war nicht bereit zu einer neuen Liebesbeziehung. Und wenn … dann bestimmt nur mit Erica. Die hatte er zu allem Überfluss vorübergehend auch vor den Kopf stoßen müssen.

Camille war zutiefst niedergeschlagen. Wenn sie ihre Liebe nicht enthüllen durfte, wie sollte sie Zack dann ihre innere Zerrissenheit erklären? Auf gar keinen Fall, indem er ihre wahren Empfindungen erfuhr. Das wäre zu demütigend für sie, und er würde sie nur mit noch mehr Verachtung strafen.

»Ich … wir … in Snow Bird …«

»Verdammt noch mal, kannst du nicht endlich Gras über diese Sache wachsen lassen? Nimmst du mir das noch immer übel?«, wetterte er so lautstark, dass sie zusammenfuhr. »Wie lange willst du mich noch damit strafen? Reicht es nicht langsam? Wir sind doch jetzt verheiratet. Was muss ich denn noch alles tun zur Wiedergutmachung?«

Strafe! Grundgütiger, diese Ehe war eine Strafe für ihn! Irgendwo, tief in ihrem Herzen hatte sie noch einen Funken Hoffnung gehabt, dass er ihre Ehe vielleicht doch als etwas anderes empfand. Seine Äußerung hatte diese Hoffnung schlagartig zerstört. Sie verspürte ein schmerzhaftes Engegefühl im Brustkorb, tiefe Beschämung bemächtigte sich ihrer. Zack zerrte das Handtuch von den Schultern und warf es auf den nächsten Stuhl. Er knallte die geballte Faust wütend in die andere Handfläche und musterte Camille provozierend.

So arrogant und aufgeblasen, wie er da vor ihr stand, schlug Camilles Beschämung in eiskalte Wut um. Musste er ihr eigentlich ständig zusetzen? Wie immer las sie den stummen Vorwurf in seinen eisigen Augen.

»Wenn du unbedingt auf jemanden sauer sein musst,

dann bestimmt nicht auf mich, Zack. Diese abstruse Situation hast du dir selbst eingebrockt. Du hast mich entjungfert, ohne auch nur einmal daran zu denken …«

»Teufel noch, woher willst du wissen, was ich mir dabei gedacht hab?«, unterbrach er sie. »Du hast keine Ahnung, was ich dachte, stimmt's? Du bist nämlich abgehauen, vergiss das nicht. Ich hatte nie die Spur einer Chance, mich dir mitzuteilen.«

»Dann tu's jetzt. Was dachtest du in der Nacht in Utah, als du seelenruhig und friedlich neben mir eingeschlafen bist?«, ging sie ihn wütend an. Sekundenlang war Zack geplättet über ihren ätzenden Ton, aber er fasste sich rasch wieder und setzte eine unbeteiligte Miene auf.

Er räusperte sich geräuschvoll und fuhr sich mit fahrigen Fingern durch die feuchten Haare, bevor er resigniert antwortete: »Ehrlich gesagt, ich weiß es nicht, was ich mir dabei gedacht hab, Camille.« Ratlos hob er die Schultern. »Ich bin ein erwachsener Mann. Ich war ledig und lernte eine attraktive Frau kennen – ein junges Mädchen. Wir verstanden uns gut und hatten nach ein paar Tagen Sex, der für beide befriedigend war.« Er gestikulierte mit den Händen. »Ich weiß nicht, was du noch von mir hören willst.«

Ich will von dir hören, dass du dich in mich verliebt hast, schniefte sie heimlich. Sie schluckte und fragte: »Das war alles, was dir durch den Kopf gegangen ist?«

»Ja! Verflucht, was denn noch? Ich fand dich ungeheuer intelligent. Und nett und lustig. Ich war gern mit dir zusammen. Dir ist doch wohl klar, was ich noch dachte – und denke, dass du nämlich hübsch und unglaublich sexy bist. Ich mochte deine Haare und die goldenen Pünktchen in deinen Augen.« Seine Stimme klang kehlig rau. »Mir gefielen deine Brüste und dein sinnlicher Mund.« Er trat einen zögernden Schritt auf sie zu, und als sie zurückwich, fuhr er ohne Umschweife fort: »Wenn ich jetzt sagen sollte, dass ich in den paar Tagen eine sagenhaft tolle gemeinsame Zukunft für uns geplant hätte, müsste ich lügen. Jedenfalls hab ich mir nicht schon vorsorglich Namen für unsere ersten Sprößlinge überlegt. Bist du mir deswegen böse, Camille, dass ich dem ältesten Trieb der Natur erlegen bin? Ein Mann und eine Frau lernen einander kennen, fühlen sich zueinander hingezogen und haben Sex miteinander. So was passiert doch ständig.«

Sie senkte den Kopf und maulte: »Aber nicht mir. Mir nicht!« Er reagierte nicht darauf. Bis auf das Knistern der Holzscheite im Kamin war es bedrückend still im Zimmer. Wie von weither drang aus der Küche das Klappern von Geschirr zu ihnen hoch und die undeutlichen Gesprächsfetzen von Dearly und Simon. Tränen rollten unkontrolliert über Camilles Wangen. Es hatte keinen Zweck, sie noch länger zurückzuhalten.

Schließlich begann Zack mit gepresster Stimme: »Das weiß ich doch, Camille. Dass ich der Erste war … der Einzige … du kannst mir glauben, das war eine Überraschung. Das macht dich zu etwas Besonderem für mich. Trotzdem kannst du andere Menschen nicht grundsätzlich kritisieren, hm? Du erwartest doch nicht etwa, dass sich alle nach deinen Moralvorstellungen richten?« Seine Augen blitzten belustigt auf, doch Camille ließ sich nicht irritieren.

»Nein, Zack! Ganz bestimmt nicht«, beteuerte sie. »Denk jetzt bloß nicht, dass ich prüde bin. Ich orientiere mich eben an eigenen Verhaltensnormen. Ich weiß, was für mich richtig und was falsch ist. Und ohne …« Sie verkniff sich das Wort »Liebe« und senkte blitzschnell die Lider, zumal seine Augen auf einmal einen ungemein zärtlichen Ausdruck annahmen.

Flink und geschmeidig trat er zu ihr hin. Seine Stimme

ein raues Flüstern, fragte er sie: »Warum bist du vor mir weggelaufen, Camille?« Mit dem Zeigefinger hob er ihr Kinn an, so dass sie ihn ansehen musste.

Wie würde er wohl reagieren, wenn sie ihm die Wahrheit erzählte? Was würde er tun, wenn sie sagte: »Weil ich schon damals wusste, dass ich in dich verliebt war. Nicht nur mein Körper, auch mein Herz gehörte dir, da war mir klar, dass mir das bei keinem Mann je wieder passieren würde. Ich bekam Panik bei dem Gedanken, dass du mich verlassen könntest. Um mir diese schmerzvolle Erfahrung zu ersparen, bin ich dir zuvorgekommen und Hals über Kopf getürmt.« Nein, ein solches Geständnis brachte Camille nicht über die Lippen. Sie musste sich wenigstens einen letzten Rest Würde bewahren. Sie würde ihm einfach etwas anderes auftischen, es musste nur überzeugend genug klingen.

Sie befeuchtete sich die Lippen und begann: »Ich hab dir doch erklärt, dass es nicht richtig war für mich. Ich hatte Schuldgefühle …«

»Oh nein, nicht noch einmal diese Tour!«, knirschte Zack. »Sind wir wieder bei ›aufgegeben, billig und benutzt‹? Also, ich für meinen Teil will mit so einem albernen, selbstzerstörerischen Mist nichts zu tun haben«, schnaubte er giftig. »Du kannst dir sicher sein, Mrs. Prescott, dass dein Mann dich nicht mehr belästigen wird, und wenn du die einzige Frau auf der ganzen Welt wärst. Ich werde dich künftig nie wieder mit meinen triebhaften, schamlosen und demütigenden Attacken überfallen.«

Camille war sprachlos über seine erbitterte Heftigkeit. Während sie stumm mitten im Raum stand, lief er zum Schrank und schnappte sich ein Paar Jeans, dann stapfte er zur Kommode und riss ein Schubfach heraus. Zack fluchte inbrünstig, als ihm der Inhalt entgegenquoll: Camilles zarte Seidendessous. Schließlich zog er die Schublade auf, die seine Unterwäsche enthielt, holte einen Slip heraus und knallte sie wieder zu.

Bevor er den Raum verließ, blieb er noch kurz stehen und sagte gefährlich ruhig: »Du kannst mit deinen Sachen in das andere Schlafzimmer umziehen. Das hier ist mein Zimmer, und solange du nicht mit mir in einem Bett schlafen willst, kannst du mir gestohlen bleiben.«

Mit einem verächtlichen Schnauben zerrte er das Duschtuch von den Hüften und warf es ihr vor die Füße. Für Sekundenbruchteile stand er völlig nackt vor ihr, ehe er mit seinen Sachen hinausstampfte.

Camille stolperte zum Bett und sank schluchzend in die Kissen, die zu allem Überfluss auch noch nach Zacks Eau de Cologne dufteten.

11

Das gemeinsame Frühstück war ein kleiner Vorgeschmack darauf, was sie ab jetzt jeden Morgen erwartete. Ihre Mienen unversöhnlich, saßen Camille und Zack einander am Tisch gegenüber. Eine aggressive Stimmung hing im Raum. Sie redeten höflich über Belanglosigkeiten. Camille war sonnenklar, dass Dearly und Simon ihr merkwürdiges Verhalten auffiel. Die alten Leute ließen sich von ihnen bestimmt nicht für dumm verkaufen.

Um diese Jahreszeit war auf der Plantage nicht besonders viel zu tun, und die Routinearbeiten hätten Zacks Angestellte spielend allein bewältigen können. Trotzdem fuhr er jeden Tag frühmorgens hin und kehrte spätabends zurück. Auf Camilles höfliche Fragen antwortete er nur das Nötigste, immerhin brachte sie aus ihm heraus, dass er sich die meiste Zeit mit der Pferdezucht beschäftigte. Abends ging er nicht mehr aus, sondern zog sich mit einem Buch in sein Zimmer zurück. Bisweilen sah er sich auch irgendwelche Sendungen in »Rayburns Dschungelparadies« an, wie das neue Apartment seines Vater inzwischen scherzhaft hieß.

Camille zog schleunigst mit ihren Siebensachen in das Nachbarzimmer um, das ebenfalls zu der so genannten Herrschaftssuite gehörte. Es war ein gemütlicher Raum, nicht ganz so groß wie Zacks und ohne Kamin. Die zierlichen Möbel waren aus Rosenholz, ähnlich denen im Witwendomizil.

Ihre Mutter rief häufig an. Einmal erkundigte sie sich, ob

sie Camilles restliche Sachen nach Natchez schicken solle. Camille strengte sich jedes Mal enorm an, gut gelaunt zu klingen und den Eindruck zu vermitteln, dass sie und Zack wahnsinnig glücklich seien. Gleichzeitig wiegelte sie ab, wenn Martha Jameson ihr irgendetwas nachsenden wollte. *Das hier war doch sowieso nur eine Sache auf Zeit, oder? Kam sie damit überhaupt klar? Sie musste, ihr blieb ja gar nichts anderes übrig,* seufzte Camille im Stillen. Zudem erklärte sie ihrer Mutter, dass sie und Zack eine Reise nach Atlanta planten. Dann wollte sie aussortieren, was weggeworfen, verschenkt oder mit nach Natchez genommen werden sollte. Das war zwar gelogen, klang aber plausibel, und Martha schöpfte keinerlei Verdacht, wieso ihre Tochter keine weiteren persönlichen Utensilien in Bridal Wreath haben wollte. Diese wären unnötiger Ballast und Camille bei ihrem geplanten Auszug letztlich nur lästig gewesen.

Während Zack sich die Zeit auf der Plantage vertrieb, arbeitete sie wie eine Besessene weiter an der Hausrenovierung. Camille atmete ein wenig auf, als Rayburns neue Suite fertig eingerichtet war. Der Rest des Hauses stand vor der Vollendung, es fehlten quasi nur noch die gestalterischen Feinheiten. Einige Sitzmöbel mussten noch neu aufgepolstert werden, und Camille konnte mit dem angenehmen Teil beginnen. Sie arrangierte Seidenblumengestecke, hängte Porträts und andere Bilder sowie Spiegel an die Wände, verteilte Accessoires und kümmerte sich liebevoll um jeden einzelnen Raum.

Zack hatte nie wieder erwähnt, dass ihm die Farbgestaltung des Esszimmers nicht gefiel. Inzwischen war der Raum zu einem Schmuckstück geworden, genau wie Camille es prophezeit hatte. Die Kontraste zwischen dem dunklen Grün und den Pastelltönen waren so aufeinander abgestimmt, dass sie geschmackvoll miteinander harmonierten.

Der flüchtige Betrachter sah nur einen stilvoll gestalteten Raum. Aber selbst wenn Zack die Resultate ihrer intensiven Bemühungen bemerkt hätte, so erwähnte er diese mit keinem Wort.

Soweit möglich, war sie dem klassischen Südstaatenstil treu geblieben. Für den Salon wählte sie ein Seidenblumengesteck aus Hartriegelblüten, das Büfett in der Eingangshalle verschönerte eine hohe Kristallvase mit getrockneten Baumwollstängeln, bei deren Arrangement sie gegen die aufsteigenden Tränen ankämpfen musste. Inzwischen liebte sie dieses Haus, und der Gedanke, es wieder verlassen zu müssen, war schmerzvoll. Aber ihr blieb nichts anderes übrig, denn wenn die Renovierung abgeschlossen und Rayburn wieder fit wäre, würde er zwangsläufig von ihren und Zacks Trennungsplänen erfahren.

Jeder Auftrag, den sie bisher angenommen hatte, war für sie reine Routine, ein Projekt wie jedes andere gewesen. Ganz egal, wie zufrieden sie mit dem Endergebnis war oder ob der Kunde ihren Geschmack mit ihr teilte, sie freute sich nach Fertigstellung jedes Mal auf die nächste Herausforderung. Wieso hing sie dann so an Bridal Wreath? Hatte es etwa damit zu tun, dass sie den Besitzer liebte?

Sie spähte durch das Hauptportal in den Park. Zack hatte sie überraschen wollen und Gärtner bestellt, die Bäume und Sträucher gestutzt hatten. Die Blumenbeete waren gejätet, neue Pflanzen eingesetzt. Im Frühling würde der Vorgarten genauso hübsch und gepflegt aussehen wie der von Rayburn betreute hintere Teil. Als Camille vor Monaten in Bridal Wreath angekommen war, hatte das Anwesen heruntergekommen und vernachlässigt gewirkt. Davon war jetzt nichts mehr zu spüren. Seufzend fragte sie sich, ob in diesem wunderschönen Park jemals fröhliche, lachende Kinder spielen würden.

Sie hätte sich so gewünscht, dass es mit ihr und Zack anders gelaufen wäre. Wie schön wäre es, wenn sie glücklich in diesem fantastischen Haus lebten und eine Familie gründen könnten, die die Traditionen fortführte. Aber es sollte eben nicht sein.

Das Zusammenleben mit Zack war wie das mit einem Fremden. Wenn sie einander zufällig ansahen, war sein Blick kalt, abweisend, arrogant. Jedes Mal, wenn er von seinem Schlafraum ins Badezimmer ging, schloss er die Tür hinter sich ab. Sie hörte das Wasserrauschen und stellte sich vor, wie er vor dem Marmorbecken stand und sich rasierte, das Duschtuch lässig um seine Hüften geknotet. Sie hatte keine Ahnung, ob er ihr Make-up, ihre Lockenwickler und die anderen typisch weiblichen Accessoires in seinem Bad überhaupt wahrnahm – er erwähnte sie jedenfalls mit keinem Wort. Nur einmal, als sie in der Badewanne saß, hörte sie, wie er von außen versuchte, die Tür zu öffnen. Selbst als er merkte, dass sie abgeschlossen war, gab er keinen Muckser von sich. Sie vernahm die sich entfernenden Schritte, und er versuchte sich auch nicht wieder an der Tür, solange sie im Bad herumplätscherte.

Die Anspannung im Haus war nahezu greifbar, aber das Schlimmste waren ihre Krankenhausbesuche bei Rayburn. Camille und Zack fuhren gemeinsam hin, für gewöhnlich schwiegen sie die gesamte Strecke über. Sobald sie die Klinik erreichten, setzten sie gut gelaunte Mienen auf, wie die Darsteller in einem antiken Theaterstück ihre Masken. Stillschweigend akzeptierten sie ihre Rollen, indem sie den Außenstehenden das Bild eines glücklichen Ehepaares vorspielten. Sie hatten nie über ihr Versteckspiel gesprochen, zumal beiden klar war, dass Rayburn, um wieder ganz gesund zu werden, keine Aufregung haben durfte.

Gegen Mitte November erzählte Dr. Daniels ihnen, dass

sein Patient Ende der Woche aus der Klinik entlassen werde. Ab da hatte Rayburns Heimkehr nach Bridal Wreath für alle absoluten Vorrang. Selbst Zack verzichtete auf seine täglichen Fahrten zur Plantage und beteiligte sich an den Vorbereitungen. Zusammen mit Simon schleppte er Pflanzen in das künftige Apartment seines Vaters, bis er irgendwann stöhnte, dass sie am besten gleich eine Baumschule eröffneten und damit ihr Geld verdienten. Dearly arbeitete nach Dr. Daniels' strengem Diätplan die Mahlzeiten für Rayburn aus. Sie zerbrach sich den Kopf, wie man dem Patienten das fade, geschmacklose Essen appetitlicher gestalten könnte. Camille war sich plötzlich unsicher, ob ihm die neuen Räumlichkeiten auch gefielen. Sie kümmerte sich um jede Kleinigkeit und stellte die Möbel zigmal um, bis sie endlich zufrieden war.

Ihre Beziehung mit Zack lastete schwer auf ihrer Seele. Dearly und Simon hielten sich wohlweislich mit Kommentaren zurück, obwohl ihnen die Spannungen nicht verborgen blieben. Und sie wussten natürlich auch, dass Camille in das Nachbarzimmer umgezogen war und nicht mit ihrem Mann zusammen schlief. Rayburn, der zukünftig im Parterre wohnte und keine Treppen steigen durfte, würde das gottlob nicht wahrnehmen. Zumindest nicht sofort. Insgeheim fragte sich die junge Frau, wie lange sie es noch fertig brächte, das Schmierenstück, das sie im Krankenhaus aufführten, zu Hause weiterzuspielen? Hand in Hand gingen sie durch die Klinikflure, Zacks Schenkel an ihren geschmiegt. Wenn sie vor Rayburns Krankenbett standen, legte Zack ihr häufig einen Arm um die Schultern oder um die Taille und zog sie eng an sich. Oder er fasste ihre Hand und streichelte mit dem Daumen über ihren Puls. Bevor er die Hand losließ, drückte er seine warmen Lippen sanft auf ihre Fingerkuppen. Einmal hatte er mit seinen Fingern geistesabwesend ihren Arm hinauf- und hinuntergestreichelt, so dass sie unvermittelt wohlig erschauerte. Ein paar Mal hatte er sich zu ihr hinuntergebeugt und ihr einen Kuss auf die Stirn gehaucht, sein Atem heiß auf ihrem weich gelockten Haaransatz.

Camille war sich klar, dass diese Gesten nur den einen Zweck hatten, ihren Schwiegervater zu beruhigen. Folglich machte sie mit, obwohl sie ständig das Gefühl hatte, dass ihr Körper sie verriet. Wie sollte es weitergehen, wenn Rayburn erst wieder zu Hause wäre? Wie lange noch vermochte sie diese kleinen Zärtlichkeiten scheinbar locker wegzustecken? Am liebsten hätte sie sich in Zacks Arme geflüchtet und darum gebettelt, er möge die Sehnsucht ihres Herzens stillen und das lustvolle Verlangen befriedigen, dessen Vorhandensein sie immer geleugnet hatte.

George Daniels hatte es sich nicht nehmen lassen, Rayburn persönlich nach Hause zu fahren. Folglich konnten die Bewohner von Bridal Wreath das Familienoberhaupt vor vertrauter Kulisse begrüßen.

Das junge Paar stand vor dem frisch renovierten Hauptportal und beobachtete, wie die schnittige Limousine über die Allee glitt, deren Belag inzwischen erneuert worden war. Als der Wagen sich näherte, legte Zack besitzergreifend einen Arm um Camilles Taille. Bestimmt bildete sie sich nur ein, dass seine Finger dabei bewusst ihren Busen streiften. Aber wieso blieb ihr dann eigentlich die Luft weg? Und warum zuckte Zack zusammen?

Als Rayburn die Eingangstreppen hochstieg und Dearly kurz an sich drückte, weinte sie vor Rührung in ihr Taschentuch. Dann schüttelte er Simon die Hand und umarmte Camille und Zack gemeinsam.

»Willkommen zu Hause, Dad. Wir sind froh, dass du

wieder bei uns bist.« Zacks Stimme klang etwas belegt, als er dies sagte. Camille schwante, dass er mühsam um Fassung kämpfte. Er liebte seinen Vater sehr. Immerhin wusste sie aus eigener Erfahrung, wie weit diese Liebe ging. Welcher Mann heiratete schon eine Frau, zu der ihn nichts hinzog, nur um seinen Eltern einen Gefallen zu tun?

Allesamt in gespannter Erwartung, führten sie Rayburn ins Haus. Er blieb einen langen Augenblick in der Halle stehen und bestaunte, wie sich das Haus seit Camilles Engagement verwandelt hatte. Gemächlich trottete er von einer Tür zur anderen, steckte den Kopf in die jeweiligen Zimmer und betrachtete verwundert die wiederhergestellte Schönheit des Hauses, an dem er so sehr hing. In seinen Augen schimmerten Tränen, als er sich zu Camille drehte und die Arme ausbreitete. Ohne zu zögern ging sie zu ihm und umarmte den alten Mann herzlich. Über seine Schulter hinweg bemerkte sie zufällig Zacks Blick. Er schien ihr sanfter, die grimmigen Linien um seinen Mund waren weniger tief eingegraben, als sie es seit dem Morgen nach ihrer Hochzeitsnacht waren. Seine Miene wirkte gelöster. Sobald er sich beobachtet fühlte, schüttelte er irritiert den Kopf und sagte hastig: »Dad, Camille hat noch eine weitere Überraschung für dich.« Sein Gesicht nahm unwillkürlich wieder diesen harten Ausdruck an.

»Ich weiß nicht, ob ich heute Vormittag noch fit genug bin für weitere Überraschungen, Camille, es ist … ich …«, stammelte er und kicherte dann verlegen. »Ich muss ganz ehrlich sagen, es ist noch viel schöner geworden, als ich es mir in meinen Träumen ausgemalt habe. Tausend Dank, mein Mädchen.«

Sie errötete über sein Lob. »Denk dran, du warst mit deinem Geschmack auch nicht ganz unbeteiligt, Rayburn.« Er hatte nach der Trauung darauf bestanden, dass sie ihn mit seinem Vornamen anredete. »Komm mit, ich zeig dir, was wir sonst noch so gemacht haben.«

Sie fasste seinen Ellbogen und geleitete Rayburn in den hinteren Teil des Hauses, wo zuvor die Verandablenden angebracht gewesen waren. Die anderen folgten ihnen langsam. Als Rayburn den neuen Wintergarten mit der riesigen Fensterfront gewahrte, die Ausblick auf die herbstliche Landschaft bot, und seine tropischen Pflanzen, schattiert von den einfallenden Lichtreflexen, war er hellauf begeistert. Die neuen Möbel, die mit all den Dingen kombiniert waren, die ihm so sehr am Herzen lagen, sagten ihm ebenfalls zu. Er schlenderte durch das neu angelegte Gewächshaus in sein Schlafzimmer mit dem angrenzenden Bad. Die Umstehenden atmeten erleichtert auf, als er andächtig staunend rief: »Es gefällt mir. Es ist einfach fantastisch!«

Den restlichen Vormittag nutzten sie dazu, es Rayburn in seinen neuen vier Wänden gemütlich zu machen. Noch mehr Pflanzen und Blumen – Geschenke während seines Klinikaufenthalts – wurden angeschleppt, was Zack natürlich überhaupt nicht passte. Dearly und Simon waren immer in Rufweite von Rayburn und erfüllten ihm jeden Wunsch. Bevor Dr. Daniels abfuhr, redete er den beiden ins Gewissen, seinen Patienten nicht zu sehr zu verwöhnen.

Rayburn schien so glücklich, Zack und Camille in seiner Nähe zu haben, dass er sie nicht gehen lassen wollte. Also blieben sie den ganzen Tag bei ihm, bis auf den ausgedehnten Mittagsschlaf, den Zack seinem Vater verordnete.

Später, am Abend, als sie alle vor dem neuen Fernseher saßen und sich einen Spielfilm anschauten, beteuerte Rayburn erneut: »Die neuen Räume gefallen mir ausnehmend gut. Trotzdem könnt ihr mir nichts vormachen, Zack. Mir ist schon klar, dass ich hier unten einquartiert worden bin, damit du und Camille oben ungestört seid.« Er lachte herzhaft, als hätte er einen guten Witz gemacht. Zum Glück war er intensiv mit der komplizierten Fernbedienung beschäftigt, sonst hätte er den vielsagenden Blick zwischen Zack und seiner Frau bemerkt. Dearly und Simon senkten betreten die Lider.

Das Gesicht dicht vor dem Badezimmerspiegel, strich Camille sorgfältig Mascara auf ihre Wimpern. Der Spiegel war noch etwas beschlagen, weil sie gerade geduscht hatte. Da es feuchtwarm im Raum war, trug sie nur einen winzigen Bikinislip.

Als sie eben die Wimperntusche in ihr Kosmetiktäschchen zurücksteckte, wurde die Tür von Zacks Seite her geöffnet, und er betrat das Bad. Völlig entgeistert sahen sie einander an, zumal sie fast auf Tuchfühlung beieinander standen.

Camille schien wie festgeklebt am Boden. Ihr wurde heiß und kalt, denn sie bemerkte seinen unverschämt-freizügigen Blick auf ihre Brüste, der schließlich irgendwo in ihrer Nabelgegend hängenblieb. Sie unterdrückte den albernen Impuls, ihre Blößen zu bedecken. Wozu sollte das gut sein? Die Katastrophe war bereits eingetreten, und sie würde sich lediglich lächerlich machen.

»Guten Morgen«, sagte er kehlig. Seine Augen wanderten zu ihrem Gesicht.

»Guten Morgen«, stammelte Camille mit brüchiger Stimme. Er war nur notdürftig bekleidet, wie sie feststellte, eben zog er den Reißverschluss der abgescheuerten, fast weiß gewaschenen Jeans hoch. Oberkörper und Füße waren nackt, sein Haar zerwühlt vom Schlaf. Er sah umwerfend gut aus.

»Ich … ähm … ich hätte anklopfen sollen.« Camille realisierte nicht ohne Schadenfreude, dass er ebenfalls verunsichert war. Die Selbstsicherheit, die er für gewöhnlich ausstrahlte, schien verpufft.

»Ich dachte, ich hätte deine Tür abgeschlossen. Tut mir Leid.« Sie konnte ihre eigenen Worte kaum verstehen, denn vor lauter Nervosität rauschte ihr das Blut in den Ohren.

»Wegen mir muss dir das nicht Leid tun.« Schon hatte er wieder diesen spöttischen Ton drauf, und er grinste sie so lasziv an, dass sie automatisch auf Distanz ging.

»Ich wollte mich gerade anziehen«, erwiderte sie schnippisch. »Ich bin in einer Minute weg.« Sie drehte ihm den Rücken zu und begann, sich die Sachen über den Arm zu legen, die sie an einen dekorativen Wandhaken gehängt hatte. In dem Moment war er hinter ihr und riss ihr die Kleidungsstücke aus der Hand.

»Was machst du denn da?«, fragte sie. Panisch über seine unerwartete Reaktion wirbelte sie herum.

Dabei kam sie ihm so nah, dass ihr Busen sein Brusthaar streifte. Hastig wich sie zurück, allerdings nicht schnell genug. Ihre knospenden Spitzen verhärteten sich verräterisch. Zack bemerkte es und grinste süffisant.

»Na ja«, meinte er schleppend, »da ich nicht das Vergnügen habe, meine Frau ausziehen zu dürfen, wie es den meisten Ehemännern vergönnt ist, darf ich sie vielleicht anziehen. Was hältst du davon?«

»Zack, gib mir meine Sachen zurück! Bitte.« Sie versuchte ernst zu bleiben, kam sich aber selber lächerlich vor. In ihrer gegenwärtigen Aufmachung sah sie bestimmt nicht besonders respekteinflößend aus. Davon unbehelligt lehnte er sich an den Waschtisch, seine langen Beine leicht angehockt. Und bevor Camille reagieren konnte, schlang er einen Arm um ihre Taille und zog sie zwischen seine gespreizten Schenkel.

Er rieb sich grinsend die Hände und meinte mit diabolischer Genugtuung: »Na, dann wollen wir mal sehen. Schätze, das kommt als Nächstes.« Er schwenkte ein transparentes Etwas mit Spitze vor ihrer Nase – Camilles BH.

»Zack, bitte …«

»Ja, ich erinnere mich schwach«, zog er sie auf, »dieses Modell trägst du am liebsten. Ich weiß beim besten Willen nicht, wieso du dich jetzt so aufregst. Na, und wenn schon.« Er zuckte mit den Schultern. Sein Gesicht kaum Zentimeter von ihrem entfernt, fasste er ihre Arme und schob sie in die BH-Träger. Sie versank in seinen tiefblauen Augen, bevor er sich straffte, die Enden des Kleidungsstücks nach vorn zog und den Verschluss unter ihren Brüsten zuklicken ließ. »Passt perfekt«, murmelte er. Seine Finger streiften die Rundungen, die sich sexy aus dem Halbschalenmodell hervorwölbten. Sie erschauerte, als seine Hände von ihrem prallen Brustansatz zu ihrer schmalen Taille glitten und sie stürmisch an seinen Waschbrettbauch rissen. Er vergrub das Gesicht in ihrem aufreizenden Dekolleté, das er mit glutvollen Küssen bedeckte. »Du riechst so gut«, flüsterte er. »So himmlisch gut.« Camille fand seine Bartstoppeln an ihrer weichen Haut ungemein erotisierend. Zack umschloss eine ihrer Brustspitzen unter dem hauchzarten Spitzenstoff, und die süße Feuchte seines Mundes jagte ihr ein wohliges Prickeln über den Rücken. Die Arme auf seine Schultern gelegt, kuschelte Camille sich an ihn. NEIN! Sie ertappte sich gerade noch rechtzeitig dabei und löste sich ruckartig von ihm. »Nicht, Zack«, hauchte sie.

»Nicht?«

»Nein, bitte nicht.« Es klang fast wie ein trockenes Schluchzen.

»Auch gut«, erwiderte er ganz gelassen und ließ sie auf der Stelle los. Sie war schockiert über sein bereitwilliges Einlenken und – zugegeben – auch ein bisschen enttäuscht.

Zack ließ sich nicht aus der Fassung bringen. »Als Nächstes die Jeans, stimmt's?« Erwartungsvoll hielt er ihr die Jeans hin, worauf ihr nichts anderes übrig blieb, als sich mit einer Hand an seiner Schulter festzuhalten, während sie erst in das eine und dann in das andere Hosenbein stieg. Als er sich bückte, um ihr die enge Jeans über Schenkel und Hüften zu ziehen, spürte sie seinen heißen Atem an ihrem Bauch. Als er die Hose schließen wollte, sagte sie schnell: »Das erledige ich lieber selbst«, und schloss hastig Reißverschluss und Knopf. Er zuckte nur mit den Achseln und grinste verschlagen.

»Okay. Dann bin ich jetzt mit dem Gürtel dran.« Wieder fassten seine Hände hinter ihren Rücken und zogen den Gürtel durch die hinteren Schlaufen. Währenddessen presste er den Kopf an ihren Busen, und Camille blieb nicht verborgen, dass er unnötig lange an ihr herumfummelte.

»Zack, du bist doch nicht auf den Kopf gefallen …«

»Ich hab's ja schon. Ich hatte eben leichte Schwierigkeiten mit einer Gürtelschlaufe.« Er hob den Kopf und suchte ihren Blick. Durchtrieben grinsend zwinkerte er ihr zu. Camille war kurz versucht, mitzuspielen und ihn ebenfalls hochzunehmen. Sie unterdrückte den Impuls jedoch und musterte ihn kühl. Allerdings ließ er sich davon kein bisschen beeindrucken.

»Schöne Bluse«, meinte er trocken, als er ihr das Kleidungsstück hinhielt und sie resigniert in die Ärmel schlüpfte. Übertrieben langsam knöpfte er ihr die Manschetten zu. Sie rechnete schon damit, dass er das Gleiche mit der Knopfleiste machen würde. Er hob jedoch den Kopf, seine Augen in die ihren versenkend, und musterte sie eindringlich. Fast schien es ihr, als hypnotisierte er sie, und sie konnte sich dem nicht entziehen. Seine Hände glitten in die offen klaffende Bluse und umschlossen ihre Brüste. Und ihr williger Körper reagierte auf ihn. Wie von selbst beugte sie sich näher zu ihm hin, worauf er ihren Nacken umschlang und ihr Gesicht dicht an seines brachte.

»Zack…«

»Sag jetzt nicht ›Nein‹.«

»Zack…«

»Sag nicht ›Nein‹, Camille.«

Und dann konnte sie gar nichts mehr sagen, weil sein Mund den ihren besiegelte. Blitzartig stieß er sich vom Waschtisch ab und riss sie heißblütig an sich. Es war erschreckend und gleichzeitig erregend. Seine Zunge bestürmte ihren Mund, so hungrig, als könnte er nie genug von ihr bekommen. Ihre Körper eng umschlungen, spürte Camille durch den festen Jeansstoff hindurch seine pulsierende Lust. Einem inneren Trieb folgend rieb sie ihre Hüften an ihm.

Irgendwann löste er sich von ihren Lippen und glitt mit sinnlichen Küssen zu ihrem Hals. Camille umklammerte seinen nackten Rücken, spürte die ausgeprägten Muskelstränge unter ihren Fingern. Die Haare auf seiner Brust und auf seinem Bauch kitzelten ihre Haut, als er sie an sich presste.

»Camille, bitte«, stöhnte er gequält an ihrem Ohr. »Warum verweigerst du dich mir, wo wir es doch beide so sehr wollen? *Warum?*«

Er litt ebenso wie sie, realisierte Camille. Aber nur körperlich, während sie die reinste Seelenfolter durchstand. Oh ja, sie wollte ihn. Sie begehrte ihn mit einer Leidenschaftlichkeit, die sie sich gar nicht zugetraut hätte. Es wäre so einfach nachzugeben. Sie sehnte sich nach Erlösung, nach Erfüllung, die sie nur in seinen Armen fand. Allerdings war ihr klar, dass die Kapitulation nur neuen Schmerz provozieren würde, und das wollte sie einfach nicht zulassen. Also nahm sie ihre geballte Willenskraft zusammen und schob ihn von sich.

Zack musterte sie mit einer Mischung aus Verblüffung und absoluter Verständnislosigkeit, worauf Camille fast wieder eingelenkt hätte. Aber dann verdunkelten sich seine blauen Augen zunehmend frustriert, spiegelten ungezügelte Wut.

»Verdammt noch mal, Camille! Ich weiß, du willst mich genauso wie ich dich«, stieß er zwischen zusammengebissenen Zähnen hervor. Seine Finger gruben sich in ihre Schulterblätter.

»Lass mich los, Zack«, kreischte sie hysterisch. Sie hätte sich ohrfeigen mögen für ihre bescheuerte Reaktion, aber es ging nicht anders, zumal es für alle Beteiligten bestimmt das Beste war.

Er ließ sie so plötzlich los, dass sie zurücktaumelte. Nach einem flüchtigen Blick in sein hartes, erbittertes Gesicht stürzte sie sich in ihr Schlafzimmer und knallte die Verbindungstür zu. Sie ließ sich gegen die kühle Türfläche fallen und sank wie ein Häufchen Elend zu Boden. Hemmungslos schluchzend flüsterte sie: »Ich *will* dich, Zack. Wenn du doch nur einmal sagen könntest, dass du mich liebst.«

An diesem Abend ging Zack das erste Mal seit ihrer Hochzeit allein aus. Nach dem Vorfall im Bad war Camille absolut nicht danach, gemeinsam mit ihm zu frühstücken. Dearly brachte ihr ein Tablett hoch. Nach mehreren Tassen Kaffee und etwas Zwieback fühlte sie sich halbwegs wieder fit. Gerade als sie ihr Zimmer verlassen wollte, klingelte das Telefon. Sie hörte, wie Zack in seinem Schlafraum abnahm und »Hallo Erica« sagte. Seine Stimme klang gelassen und gut gelaunt – kein Vergleich zu dem schroffen, bitteren Ton, den er bei ihr angeschlagen hatte. Camille hatte keine Lust, den Rest der Unterhaltung zu belauschen, deshalb lief sie durch den Gang und dann nach unten. Sie nahm sich vor, kurz bei Rayburn vorbeizuschauen.

Der Tag schleppte sich dahin. Sobald sie und Zack in einem Raum waren, ließ sich die angestaute Aggression kaum verhehlen, die sich wie eine undurchdringliche Wand zwischen ihnen aufbaute.

Als er beim Abendessen ankündigte, dass er noch ausgehen werde, setzte ihr schier das Herz aus. Mochte er sich bei Rayburn auch halbherzig mit einem Pokerspiel mit Freunden herausreden, so war Camille doch nicht völlig weltfremd. Es war viel eher wahrscheinlich, dass er sich mit Erica traf. War es ihr erstes Treffen seit der Szene im Restaurant am Tag ihrer Hochzeit, oder nur das erste, wovon Camille erfuhr? Wäre sie überhaupt misstrauisch geworden, wenn sie nicht mitbekommen hätte, dass er am Morgen mit Erica telefoniert hatte? Camille fand es jedenfalls merkwürdig, dass Erica riskierte, bei Zack zu Hause anzurufen. Es wäre doch unverfänglicher gewesen, wenn er sich bei ihr gemeldet hätte, oder? Hatte die Frau überhaupt keinen Stolz? Anscheinend war sie sich hundertprozentig sicher, dass Zack sie liebte.

Zack blieb bis zum frühen Morgen weg. Camille fand erst Schlaf, als sie hörte, wie er die Treppe hochkam und in sein Zimmer ging.

Von da an war er fast jeden Tag unterwegs. Camille bekam ihn gelegentlich morgens kurz zu Gesicht, bevor er das Haus verließ. Manchmal sah sie ihn aber auch erst abends, wenn er zwischendurch zum Essen hereinschneite. Rayburn gegenüber versuchten sie zwar eine glückliche Fassade aufrechtzuerhalten, trotzdem fragte sie sich im Stillen, ob der alte Mann nicht doch etwas merkte.

Es war ihr ein Rätsel, warum Zack sie im Bad angemacht

hatte. Zweifellos konnte er sie nicht ausstehen, wieso dann diese Annäherungsversuche? Ein Blick in Rayburns erwartungsvolles Gesicht, und sie hatte die Antwort. Ihr Schwiegervater drängte auf einen Erben für Bridal Wreath. Wollte Zack nur mit ihr schlafen, damit er seinem Vater endlich das heiß ersehnte Enkelkind präsentieren konnte? Tja, vermutlich war das seine einzige Motivation, seufzte sie frustriert.

Camille verbrachte die meiste Zeit mit Rayburn. Sie kümmerten sich gemeinsam um seine Pflanzen, machten kleine Spaziergänge durch das Erdgeschoss des Hauses, während sie ihm die letzten Phasen der Umgestaltung erläuterte. Wenn seine Kräfte und das Wetter es erlaubten, schlenderten sie auch manchmal draußen über die Terrasse.

Leider spielte das Wetter nicht allzu häufig mit. Der vorangegangene Monat war unangenehm feucht und trüb gewesen. Es hatte beinahe täglich geregnet, selbst an den wenigen trockenen Tagen hatte die dunkle Wolkendecke bedrohlich tief gehangen und nicht aufreißen wollen. Camilles Stimmung wurde immer gedrückter, wenn sie draußen den Nebel sah und den strömenden Regen, der unablässig vor die Fenster klatschte. Wann war diese heillose Geschichte endlich vorbei?

Was sie noch mehr bedrückte war der Umstand, dass Zack inzwischen fast jeden Abend ausging. Für gewöhnlich kam er zum Abendessen und blieb, bis Rayburn sich in seine Räumlichkeiten zurückzog. Camille hegte absolut keinen Zweifel daran, wohin ihn diese nächtlichen Ausflüge führten – nämlich geradewegs in die Arme von Erica Hazelett.

Vergebens versuchte sie, sich selbst moralisch und mental aufzubauen – es klappte nicht. Ihr Spiegelbild zeigte ihr schonungslos offen, wie blass und ausgezehrt sie aussah.

Ihre Augen waren öfter rot und verquollen vom Weinen und von zu wenig Schlaf.

An einem dieser verregneten, kalten, scheußlichen Tage saß sie mit Rayburn in dessen Wintergarten. Sie schauten sich Fotos in einem Album an, das er mit Camilles Unterstützung neu sortieren wollte. Sie betrachtete die Fotos von Zack, wie er als Kind, als Jugendlicher und als Student ausgesehen hatte. Er grinste ihr in Basketballshorts, im Trainingsanzug, in Baseballuniform und einmal sogar aus einem Footballhelm heraus entgegen. Gab es eigentlich nichts, wo er sich nicht getummelt hatte? Auf den Abschlussballfotos hing ein Mädchen in pinkfarbenem Seidentaft an seinem Arm. War sie diejenige, die er geliebt hatte? Die, die ihn so tief verletzt hatte und über die er in Snow Bird hinwegkommen wollte? Waren sie jahrelang miteinander gegangen, bis sie sich als Erwachsene dann doch entschlossen hatte, einen anderen Mann zu heiraten?

Auf der Highschool-Abschlussfeier war Zack ernst, mit Hut und Anzug abgelichtet, und dann wieder als strahlender Universitätsabsolvent, einen Arm freundschaftlich um die Schultern seines Vaters gelegt. Camilles Herz schwoll vor Stolz und Schmerz. Wirklich schade, dass sie Zack nicht schon früher gekannt hatte. Jetzt würde sie bestimmt nie Anteil an seinem Leben haben.

Bevor die junge Frau sie zurückhalten konnte, rollten heiße Tränen über ihre Wangen. Beschämt warf sie die Hände vors Gesicht.

»Aber, aber, meine Liebe, geht dir das so nahe? Das kann ich nicht mitansehen.« Rayburn reichte ihr ein blütenweißes Taschentuch, mit dem sie ihre Tränen trocknete. Leider nicht auf Dauer.

»Ich… ich… es tut mir Leid, Rayburn«, stotterte sie. »Ich möchte dich nicht aufregen. Es ist mir ja so peinlich.«

Er nahm sie in die Arme und streichelte besänftigend ihre Schultern. »Es gibt nichts, was dir peinlich sein muss, Camille.« In seiner Stimme schwang väterliche Besorgnis. »Als ich dich in Atlanta kennen lernte, hatte ich gleich die fixe Idee im Hinterkopf, dass ihr euch vielleicht mögen könntet, du und Zachary. Du erinnertest mich an meine Alice. Nein, nicht unbedingt vom Äußeren her. Aber deine Ausstrahlung ist ihrer sehr ähnlich. Man findet heute nur noch selten Frauen mit so viel positivem Lebensgefühl. Ich kann mir nicht helfen, aber das feminine Element kommt häufig zu kurz. Karriere ist ja gut und schön, und ich bin weiß Gott kein Chauvinist. Aber ich mag nun einmal Frauen, die ihre Weiblichkeit betonen. Die ganz Frau sind, da bin ich altmodisch, ich weiß.« Er stockte für einen Moment, als müsste er sich erneut sammeln nach diesem Diskurs.

»An dem ersten Nachmittag nach deiner Ankunft hab ich gleich gemerkt, dass es zwischen dir und Zachary funkte. Natürlich wusste ich damals noch nicht, was sich zwei Jahre zuvor in Utah abgespielt hatte. Manchmal passieren halt merkwürdige Zufälle, nicht wahr? Als ich an jenem Morgen im Krankenhaus aufwachte, weil ihr beiden euch auf dieser behelfsmäßigen Besucherpritsche – ähm – herumgebalgt habt, fand ich das fabelhaft. Bitte, nimm es mir nicht übel«, sagte er sanft und tätschelte Camilles Hand. »Es ist doch ganz natürlich, dass zwei junge Menschen einander körperlich erregend finden. Alice und ich… na ja, lassen wird das, jedenfalls musste ich an mich halten, um nicht in lautes Freudengeheul auszubrechen, dass ich euch in eindeutiger Pose erwischt hatte. Zum damaligen Zeitpunkt, Camille, hatte ich dich bereits ins Herz geschlossen. Ich hätte mir keine bessere Frau für meinen Sohn vorstellen mögen und auch keine liebenswertere Schwiegertochter.«

Er sah ihr tief in die tränenfeuchten Augen und streichelte sanft ihre Wange. »Du kannst dir meine Bestürzung vorstellen, als ich dann euer anschließendes Gespräch mitbekam. Wäre ich nicht krank und geschwächt gewesen, hätte mein Sohn vermutlich die erste Tracht Prügel seines Lebens bezogen. Ich war fuchsteufelswild, dass du dich wegen ihm mit Selbstvorwürfen quälen musstest! Und wie er mit dir redete! Es war beschämend! Er konnte froh sein, dass seine Mutter nicht dabei war. Da kam mir der Gedanke, dich mit einer Heirat zu überraschen.«

Camille senkte betreten den Kopf. »Du hast das Ganze nur arrangiert als … als Wiedergutmachung für Zacks Ausrutscher in Utah?«

»Nein, mein Kind. Ich hab es gemacht, weil ich glaubte – und immer noch glaube –, dass ihr einander liebt, Zack und du, und es nur nicht zugeben wollt. Wärst du irgendeine Art raffiniertes Flittchen gewesen, hätte ich dem Vorfall keine weitere Bedeutung beigemessen. Wenn ich nicht an die große Liebe geglaubt hätte und dass aus dieser Verbindung nette, intelligente Kinder hervorgehen könnten, hätte ich niemals zu derart drastischen Maßnahmen gegriffen, um euch beide zusammenzubringen.«

»Ich weiß, dass deine Motive ehrlich waren, Rayburn.« Camille mied seinen altersweisen Blick und schaute zerstreut auf ihren Schoß, dann über seinen Kopf hinweg und im Zimmer umher, um den intelligenten blauen Augen mit den buschigen weißen Brauen auszuweichen, die ihr Gegenüber noch jedes Mal fesselten. »Es ist nur so, dass … Zack und ich … Es klappt nicht mit uns. Ich wünschte mir schon allein dir zuliebe, dass es funktionierte. Ich meine es wirklich ehrlich, aber …« Ihr versagte die Stimme. *Aber dein Sohn liebt mich nicht,* setzte sie im Stillen hinzu. *Er liebt eine andere.*

»Es tut mir in der Seele weh, mitansehen zu müssen, dass ihr beiden unglücklich seid, Camille. Ich hatte so gehofft, dass ihr in dieser von mir gestifteten Ehe letztlich doch noch erkennen würdet, wie sehr ihr einander liebt. Trotzdem, ich bin ein realistischer Mensch, von daher kann und darf ich dich nicht zu einer Beziehung verdonnern, die dich und Zachary kreuzunglücklich macht. Ich werde dich vermissen, Camille, wenn du uns verlässt. Aber ich weiß auch, dass du genau das tun wirst. Du bist zu aufrichtig, um auf Dauer mit einer Lüge zu leben. Und bitte, vergiss nie, dass du hier auf Bridal Wreath immer ein Zuhause hast.«

»Danke, Rayburn.« Camille schluckte. Sie hatte einen Riesenkloß in der Kehle. Sie beugte sich vor und küsste ihn auf die Stirn. »Ruh dich jetzt aus und mach dir keine Vorwürfe wegen uns. Dich trifft absolut keine Schuld. Du konntest schließlich nicht wissen, dass die Probleme, die Zack und ich haben, unlösbar sind.«

Bevor sie den Raum verließ, rief Rayburn sie noch einmal zurück. »Camille, übermorgen ist Erntedank. Macht es dir etwas aus, noch so lange hier zu bleiben? Du würdest einem alten Mann damit eine Riesenfreude bereiten. Ich möchte so gern, dass wir an diesem Tag eine Familie sind.«

»Natürlich bleibe ich«, versicherte sie ihm. Dann fügte sie gedankenvoll hinzu: »Du wirst immer meine Familie sein.«

12

Wie die Frauen in ganz Amerika verbrachten Camille und Dearly am nächsten Tag viel Zeit in der Küche mit den Vorbereitungen für das Erntedank-Festessen. Camille widmete sich den Routineaufgaben. Sie zerkleinerte Früchte und Nüsse, wusch Gemüse und Salatköpfe und maß die Zutaten für Dearly ab, die mit erstaunlichem Geschick hantierte. Beim Anblick der köstlich aussehenden und aromatisch duftenden fertigen Speisen lief Camille das Wasser im Mund zusammen.

»Ich möchte mich bestimmt nicht in deine Vorbereitungen hineindrängen, wenn es dir nicht recht ist, aber meine Mutter meint immer, meine Pecannusspastete sei ein Traum«, scherzte Camille mit der Köchin.

»Tu dir keinen Zwang an, Camille. Zufällig weiß ich, dass Zack Pecannüsse für sein Leben gern isst.« Verschwörerisch zwinkerte sie Camille zu.

»Na ja, ich hoffe doch, dass sie allen schmeckt«, erwiderte Camille vage.

Als sie sich am Spätnachmittag erschöpft von den Küchenaktivitäten die Stufen ins erste Stockwerk hochschleppte, ließ Zacks Stimme sie innehalten.

»Camille.« Verwundert drehte sie sich zu ihm um. Er hatte während der vergangenen Woche kaum mit ihr geredet, und sie hatte keine Ahnung, was er nun plötzlich von ihr wollte. Er kam ihr auf der Treppe entgegen und blieb eine Stufe unter ihr stehen. Als er unvermittelt die Hand nach ihrem Gesicht ausstreckte, zog sie unbewusst eine Grimasse und zog hastig den Kopf weg. Er verharrte mitten in der Bewegung, seine Züge erstarrten.

»Du hast Mehlstaub auf der Wange. Den wollte ich dir doch nur kurz wegwischen«, sagte er rau. »Obwohl es eigentlich zum Anbeißen süß aussieht.« Bevor er weiterredete, musterte er sie für Augenblicke gedankenvoll. »Ich weiß, dass du den ganzen Tag mit Dearly in der Küche gestanden hast. Sie ist auch nicht mehr die Jüngste und ziemlich erledigt. Deshalb hat Dad vorgeschlagen, dass wir zum Abendessen ausgehen und ihr freigeben. Ich mach ihm eine Kleinigkeit, bevor wir fahren. Ist dir das recht? Da wir bislang noch nicht in Under-the-Hill waren, dachte ich, ich reserviere uns dort irgendwo einen Tisch. Wir könnten eines dieser köstlichen Welsgerichte probieren.«

Es kümmerte ihn nicht die Bohne, dass sie ebenfalls erschöpft war. *Er* wollte sie auch gar nicht zum Abendessen einladen. Rayburn hatte den Vorschlag gemacht. Für Augenblicke lag es ihr auf der Zunge, Zack mit einem »Ach nein, danke« abzuspeisen, aber er wirkte so anziehend, wie er da auf der Treppe stand und sie fixierte. Fatalerweise hatte sie sich von seinen azurblauen Augen noch jedes Mal rumkriegen lassen. Zudem würde sie bald abreisen, und vielleicht war es ja auch ihr letzter gemeinsamer Abend mit Zack. Kurzum, sie entschied sich anders. »Ja, das klingt gut«, sagte sie gelassen, obwohl ihr Herz raste. Er durfte unter gar keinen Umständen merken, wie sehr sie die Aussicht auf einen Abend zu zweit beflügelte.

»Du brauchst dich nicht extra in Schale zu werfen. Jeans sind völlig okay und bei diesem saumäßigen Wetter allemal praktischer.«

Sie spähte über seine Schulter hinweg zu dem Fenster neben der Eingangstür. Draußen regnete es in Strömen.

»Gut. Wann wollen wir fahren?«

»Wie lange brauchst du, um dir die Mehlspuren abzuwaschen?« Sprachlos vor Verlegenheit antwortete sie nicht sofort. Als er ihre Verwirrung bemerkte, fasste er ihre Hand. Seine Fingerspitzen glühten auf ihrer Haut, jagten ihr ein heißen Prickeln über den Arm. »He, war doch nur ein Scherz. Lass uns nicht zu spät aufbrechen. Sagen wir sieben Uhr? Ist das für dich okay?«

Zweifellos war er nachher noch mit Erica verabredet. »Okay«, antwortete sie deprimiert. Widerstrebend entzog sie ihm ihre Hand und lief nach oben.

Natchez-Under-the-Hill hatte Geschichte geschrieben. Viele, viele Jahre zuvor war die Siedlung am Ufer des Mississippi River von fünf belebten Straßen durchzogen. Sie hatte zahllose Bordelle, Tavernen, Spielsalons und andere Lasterhöhlen beherbergt. Aber irgendwann war der Fluss über die Ufer getreten und hatte die Straßen überschwemmt und die Häuser mitgerissen – wie ein Gottesurteil für das skandalöse Treiben in diesem unseligen Ortsteil. Mittlerweile gab es nur noch eine Altstadtstraße, und die meisten historischen Bauwerke waren in Modeboutiquen, Bistros und Antiquitätengeschäfte umfunktioniert. Die Gegend galt als eine der Haupttouristenattraktionen.

Zack erklärte ihr das alles, während er seinen Lincoln über die Silver Street steuerte, die einzige Zufahrt zum quirligen, unten am Fluss gelegenen Under-the-Hill. Allein bei dem Gedanken an die Rückfahrt war Camille ziemlich mulmig zumute. Die Straße war gefährlich rutschig und morastig durch die heftigen Regenfälle, die das Erdreich von den Anhöhen spülten.

»In Under-the-Hill wurde sogar schon einmal ein Spielfilm gedreht, über Atlanta in der Zeit des Bürgerkriegs.

Hinter den unbewohnten Gebäuden wurden Reifen aufgeschichtet und angezündet, um damit General Shermans Brandanschlag auf unsere Stadt nachzustellen. Die Filmleute bedeckten das Straßenpflaster mit Schmutz, dass es authentisch aussah, und ließen vierzig Pferdefuhrwerke darüber hinwegdonnern. Es sah ungeheuer dramatisch und sehr echt aus. Unsere Vorkriegsbauten werden häufig als Kulissen benutzt, aber es war meiner Meinung nach das erste Mal, dass hier ein ganzer Film abgedreht wurde.«

Er parkte den Wagen in einer der wenigen Buchten neben dem Gehweg. Dieser erstreckte sich entlang den Häuserfronten mit Blick auf den Fluss. »Wenn es nicht so furchtbar regnen würde, hätte ich oben im Ort geparkt und wäre mit dir zu Fuß hier heruntergegangen. Die Parkplatzsituation lässt sehr zu wünschen übrig«, bemängelte Zack, bevor er ausstieg, zur Beifahrerseite lief und Camille einen Schirm aufhielt.

Sie staksten über den unebenen Fußweg, schlängelten sich an tiefen Pfützen vorbei, bis sie zum Eingang des Restaurants gelangten. Das Cock of the Walk hatte einen ausgezeichneten Ruf. Das angenehme Ambiente des Restaurants war entspannend, und Camille ließ sich das ausgezeichnete Menü mit Zack schmecken. Auch er schien relaxed und wider Erwarten kommunikativ. Ihr Gespräch konzentrierte sich in erster Linie auf die Plantage und da hauptsächlich um den Aufbau der Pferdezucht. Zack erzählte mit leuchtenden Augen von seinem neuen Vorhaben, und Camille verdrängte sogar für ein paar Minuten, dass sie seine Erfolge letztlich gar nicht mehr miterleben würde.

Als sie ihren Mann über den von Kerzenschein erhellten Tisch hinweg anschaute, schwammen ihre Augen jedoch plötzlich in Tränen. Ihre Kehle wie zugeschnürt, senkte sie den Kopf, um ihre Emotionen vor ihm zu verbergen, und murmelte: »Ich bin mir ganz sicher, dass du damit sehr erfolgreich sein wirst, Zack.«

»Erfolgreich?«, wiederholte er halb sanft, halb schroff. »Schätze, wenn man finanziellen Gewinn als Erfolgsfaktor nimmt, dann ja. Trotzdem, was meine persönliche Lebenssituation angeht, bin ich in den entscheidenden Phasen kläglich gescheitert.«

Camille riskierte einen verstohlenen Blick in seine Richtung, den er nicht erwiderte. Er starrte wie gebannt auf die Wand hinter ihr. Seine Worte verletzten sie tief. Richtig, es war ja längst nicht alles so, wie es ihm vorschwebte, nicht wahr? Er lebte nicht mit der Frau zusammen, die er wirklich liebte. Stattdessen war er mit einer Ehefrau geschlagen, deren Präsenz er kaum ertrug. Bestimmt ging sie Zack ganz fürchterlich auf die Nerven! Am liebsten hätte Camille seine große, starke Hand gefasst, die ausgestreckt auf dem Tisch lag, und ihm hoch und heilig versichert, dass sie keinen Tag länger als nötig bei ihm bliebe. Sie wollte gleich nach dem Erntedankfest abreisen. Damit hätte sie ihr Versprechen gegenüber Rayburn gehalten und gleichzeitig die unvermeidliche Trennung eingeleitet. Sie würde sang- und klanglos aus seinem Leben verschwinden – genauso unspektakulär wie vor zwei Jahren in Utah. Und dieses Mal wäre er tief erleichtert und nicht etwa verbittert wie damals. Sein männliches Ego bliebe unangekratzt, ansonsten würde er Trost in Ericas willigen Armen finden.

»Bist du fertig?«, unterbrach Zack ihre Spekulationen.

»Ja«, antwortete sie matt. Er kam an ihren Platz und zog ihr aufmerksam den Stuhl zurück. Als er die Rechnung bezahlt hatte und sie im Eingangsbereich standen, half er ihr höflich in den Mantel. Seine zupackenden Hände lagen sekundenlang auf ihren Schultern, ehe er sie fortzog. Camille hätte nichts lieber getan, als sich schützend in seine starken Arme zu kuscheln. Wenn er sie doch nur noch ein einziges Mal umarmen würde, könnte sie die Erinnerung in ihrem einsamen Herzen verschließen, und der Abschied wäre vielleicht nicht ganz so schmerzvoll. Andererseits – würde eine solche Umarmung es ihr nicht noch schwerer machen, ihn zu verlassen?

Es regnete noch immer, als sie aus dem gemütlichen Restaurant hinaus ins Freie traten. Zack ließ den Schirm aufschnappen und hielt ihn über Camille, während sie den Rückweg zum Wagen antraten. Der Fluss war kaum zu erkennen vor der Unwetterwand, die den Abend in unheilvolles Dunkel tauchte.

Sie schlenderten an einer Taverne vorbei, und als Camille durch die riesigen Glasfronten ins Innere spähte, bemerkte sie, dass diese kaum besucht war. Nur eine Hand voll Leute flipperte oder spielte Backgammon, saß an kleinen Tischen im weichen Lampenschein und nahm einen Drink zu sich. Gedämpft drang eine Melodie aus der Musicbox durch die alten Mauern, und Camille erkannte darin eine bekannte Ballade wieder. Wann immer sie später, noch Jahre nach diesem Abend, dieses Lied hörte, schauderte es sie, weil sie schlagartig daran erinnert wurde, was nur wenige Sekunden darauf passiert war.

Ein merkwürdiges Geräusch ließ Camille plötzlich aufmerken. Es war unbeschreiblich – ein dumpfes Knirschen, gefolgt von einem schmatzenden Sauggeräusch. Wie auf Kommando blieben sie und Zack mitten auf dem Gehweg stehen und lauschten auf dieses unheimliche, anschwellende Dröhnen.

Ein weiterer Blick in das Tavernenfenster – und Camille erstarrte. Die Rückwand des Gebäudes schien sich um mehrere Zentimeter nach vorn zu schieben, bevor sie einstürzte. Die riesige Uhr mit der flimmernden Neonwerbung für eine Biermarke fiel von der Wand und zerbrach in ihre Einzelteile. Alte, dekorativ gerahmte Filmposter schwankten bedrohlich an ihren Haken, donnerten zu Boden und wurden von einstürzenden Ziegeln und abbröckelndem Mörtel begraben.

Was passierte da mit ihnen? Was konnte das sein? Ein Tornado? Nein, es gab keinen Sturm. Ein Erdbeben? Nein, der Boden unter ihren Füßen vibrierte kein bisschen, auch wenn sich Camille sicher war, dass das entsetzliche Rumoren ganz danach klang.

Die wenigen Gäste in der Bar verstummten augenblicklich. Spiel und Geselligkeit waren schlagartig ausgeblendet, alle starrten wie gelähmt auf das einstürzende Mauerwerk. Dann beflügelte sie die Angst. Fluchtartig rannten sie zur Tür, das Entsetzen auf ihren Gesichtern gemalt, schrien sie aus Leibeskräften.

»Grundgütiger! Es hat einen Erdrutsch gegeben!«, brüllte Zack an ihrem Ohr. Er zerrte an ihrem Ellbogen, um sie aus ihrem Hypnosezustand zu lösen. Camille war kaum ein paar Meter neben ihm hergelaufen, als die gesamte Hausfront vor ihren Augen krachend in sich zusammenbrach. Holz, Ziegel und Glas wurden von dem schmatzenden Sog knirschend zusammengeballt und unaufhaltsam vorwärts geschoben. Wie Dominosteine gab ein Gebäudeteil nach dem anderen unter dem heftigen Druck der Morastwelle nach, die der Regen von den Steilhängen ausgewaschen hatte. Wer noch in der Bar festsaß, kämpfte sich durch geborstene Glasscheiben, Türen und Mauern ins Freie, um sich vor den Erdmassen in Sicherheit zu bringen, die ihr Opfer heimtückisch erstickten, sofern es nicht von einstürzenden Steinen erschlagen wurde. Voller Panik dachte jeder nur daran, sich selbst zu retten.

Camille sah, wie ein letzter Stützbalken des Gebäudes unter dem zunehmenden Gewicht einkrachte. Zack! war ihr erster Gedanke. Von einem plötzlichen Adrenalinstoß aufgepeitscht, entriss sie ihm ihren Arm und stieß ihn von sich und vom Gehsteig weg. Ihr erstaunlich fester Hieb brachte ihn aus dem Gleichgewicht, zumal er darauf nicht gefasst gewesen war. Er glitt auf dem unebenen, aufbrechenden Pflaster aus. Camille verfolgte, wie er vom Bordstein stolperte und ein paar Meter orientierungslos über die Straße taumelte, wo es bei weitem sicherer war. Der Schirm war dabei zu Bruch gegangen und lag mit anderem Müll und Geröll auf der verdreckten Straße.

Zack sah sich verdutzt um und rieb sich die Augen. Halb bewusst registrierte Camille, dass seine regennassen Haare am Kopf festklebten. Seine Kleidung war voller Lehm.

»Ich liebe dich!«, überschrie sie die ohrenbetäubende Geräuschkulisse.

Seine Augen weiteten sich, als ihm die Erkenntnis dämmerte, und verengten sich schlagartig vor Entsetzen. Sie hörte noch, wie er ihren Namen brüllte, ehe ihr Hinterkopf von einem stechenden Schmerz durchzuckt wurde. Camille kämpfte gegen die Dunkelheit an, die sich betäubend über ihr Bewusstsein legte; sie fühlte, wie die Knie unter ihr nachgaben, und sah den Gehsteig auf sich zukommen. *Ich werde sterben,* dachte sie ganz gefasst. Sie flüsterte noch ein kurzes Dankgebet, dass Zack in Sicherheit war, dann fiel sie in Ohnmacht.

Sie hörte das Trommeln des Regens. Vernahm gedämpfte Stimmen. Sie erschnupperte ein stechend riechendes Antiseptikum. Und sie spürte, dass ihre feuchten Kleider an ihrem Körper klebten.

Sie war nicht tot.

Sie versuchte die Augen zu öffnen, aber das Licht, das durch den schmalen Wimpernspalt einsickerte, war so grell wie eine Operationslampe, und sie kniff die Lider hastig wieder zu.

Jemand hob ihren Arm, und sie zuckte erschrocken zusammen.

»He, erkennen Sie Ihre alten Freunde nicht mehr? Ich will doch nur Ihren Blutdruck messen, Camille.«

»Dr. …« Es war nicht mehr als ein trockenes Krächzen. Sie räusperte sich und versuchte es erneut. »Dr. Daniels, sind Sie das?«

»Höchstpersönlich. Welcher andere Idiot wäre in einer solchen Nacht noch zu ihnen herausgefahren?«

»Wo bin ich?… Zack?… Was ist passiert?«

»Immer schön der Reihe nach.« Sie war so froh, dass er seine starken Hände beruhigend auf ihre Arme legte. Seine Stimme war zwar sachlich-schroff wie immer, aber für Camilles Ohren klang sie wie Musik. »Sie sind in einem Krankenwagen. Wissen Sie noch, die Sache mit dem Erdrutsch?« Als sie nickte, fuhr er fort: »Nun, Sie haben einen ordentlichen Schlag auf den Hinterkopf abbekommen, von einem fallenden Ziegel, aber das wird schon wieder. Zum Glück haben Sie keine Gehirnerschütterung, sondern nur lästige Kopfschmerzen.«

Sie lächelte trotz ihres quälend pochenden Schädels und versuchte erneut die Augen zu öffnen. Dieses Mal war sie vorsichtiger und hatte mehr Erfolg. Sie sah das Gesicht des Arztes vor sich, zunächst schemenhaft verschwommen, aber als sie mehrmals blinzelte und die Lider weiter öffnete, konnte sie ihn deutlich fokussieren.

»Zack?«

Er tätschelte ihren Arm. »Es wurde niemand getötet. Ein paar Leute wurden verletzt, aber ansonsten hatten alle

Glück. Da unten ist der Teufel los, die Feuerwehr fährt Sondereinsätze. Vermutlich sind die Uferböschungen durch die anhaltenden Regenfälle aufgeweicht und haben nicht mehr standgehalten. Das Erdreich lockerte sich und löste eine Schlammlawine aus.«

Gottlob war keiner zu Tode gekommen! Und was war mit Zack…?

»Ich gebe Ihnen jetzt eine Spritze, und dann werden Sie erst einmal schön schlafen. So.« Sie fühlte, wie die Nadel in ihren Arm stach. »Schätze mal, ich brauche Sie nicht ins Krankenhaus einzuweisen, aber wenn die Kopfschmerzen bis morgen nicht nachgelassen haben, rufen Sie mich bitte sofort an.«

Wieso ging er mit keinem Wort auf Zack ein? War ihr Mann ernsthaft verletzt? Sie hatte ihn doch noch gesehen, auf der Straße… in Sicherheit. Jetzt erinnerte sie sich genau. Aber was, wenn er anschließend doch verletzt worden war? Oder getötet! Nein, Dr. Daniels hatte ausdrücklich betont, dass niemand getötet worden sei. Aber würde er ihr auch die Wahrheit sagen, wenn es um Zack ging? War er tot? Nein. Nein. Nein. Es durfte nicht sein. Sie hatte ihm doch noch gar nicht sagen können, dass sie ihn liebte! Zack!

Sie konnte nicht mehr klar denken, ihre Zunge fühlte sich dick und pelzig an. Die Injektion wirkte bereits. Unwillkürlich schloss sie die Augen, ihr Kopf dröhnte.

»Zack? Zack? Wo ist Zack? Er ist tot; ich weiß es genau. Ist er tot?« Ihre Stimme klang gellend durch den engen Krankenwagen.

»Tot? Wo denken Sie hin! Nein, er ist nicht tot. Der Bursche ist mir nur fürchterlich auf die Nerven gegangen! Er benimmt sich genauso hysterisch und überdreht wie Sie. Gott, mir tut der Arzt jetzt schon Leid, der später mal Ihre Babys holt.« Er drehte sich zu dem Sanitäter um, der einem anderen Patienten Sauerstoff verabreichte. »Tun Sie mir den Gefallen und holen Sie ihren Mann, ja? Sie können ihn überhaupt nicht verfehlen. Das ist der mit dem wirren Blick.«

Zack schob den Arzt beiseite und stürzte durch die Krankenwagentür ins Innere. Er wirkte völlig verstört und wäre glatt als entflohener Irrer durchgegangen.

Er kniete sich neben die Trage und taxierte Camilles Gesicht nach Verletzungsspuren. Sie lächelte ihn schief an und wollte etwas sagen, konnte aber Zunge und Verstand nicht mehr richtig koordinieren. Sie hätte ihm so gern die feuchten Locken aus der Stirn gestrichen und mit einem zärtlichen Finger die besorgten Linien in seinem Gesicht nachgezeichnet, aber ihre Arme schienen so bleischwer, dass sie sie nicht mehr zu heben vermochte.

Zack küsste sie zärtlich auf die Stirn und dann auf die geschlossenen Lider. »Du hast gesagt, dass du mich liebst. Ich hab es genau gehört, Camille. Du liebst mich.« Ihre Verblüffung hätte nicht größer sein können, als er daraufhin sein Gesicht an ihren Bauch schmiegte und sie an sich drückte. »Grundgütiger, Camille, und ich dachte, ich hätte dich erneut verloren.«

Was meinte er damit? Wann hatte er sie denn schon einmal verloren? Bestimmt war sie bereits bewusstlos und träumte das alles nur. Andererseits war sie sich sicher, dass sie seinen keuchenden Atem spürte und dass seine Augen seltsam feucht schimmerten. Seine Hände strichen über ihre Arme, oder? Glitten seine Finger nicht eben sanft über ihre Wangen?

Seine Worte hallten wieder und wieder durch ihren Kopf. Grundgütiger, Camille, ich dachte, ich hätte dich erneut verloren. Grundgütiger, Camille, ich dachte, ich hätte dich verloren… Grundgütiger, Camille, ich dachte…

Sie träumte von Snow Bird, und es war fantastisch. Sie hatte keine Lust aufzuwachen und ihre Traumwelt zu verlassen. Sie wollte dort mit Zack zusammenbleiben und ihn nie wieder verlassen. Bitte, lieber Gott, lass den Traum nie enden. Er war so schön.

Sie wachte auf, doch der Traum blieb. Auf der gegenüberliegenden Seite des Zimmers stand ein Kamin. Die schweren Vorhänge vor den riesigen Fenstern waren zugezogen, um den Raum stimmungsvoll abzudunkeln. Sie und Zack lagen nackt auf dem breiten Bett, ihr Körper an seinen gekuschelt. Ein Arm umschlang begehrlich ihre Taille. Sie teilten sich ein Kopfkissen. Sie fühlte seinen warmen Atemhauch in ihrem Nacken.

Das hier war kein Traum! Es war nicht das Apartment in Snow Bird! Es war Zacks Schlafzimmer in Bridal Wreath, und sie waren ein Paar und lebten hier zusammen. Ihr langer, zufriedener Seufzer hatte ihn wohl geweckt, denn er bewegte sich hinter ihr.

Sie drehte forschend das Gesicht zu ihm, worauf er sich über sie beugte und sie fürsorglich in Augenschein nahm. »Mein Schatz«, flüsterte er, »wie geht es dir?« Er hauchte ihr einen sinnlichen Kuss auf die Lippen.

Hatte er sie gerade seinen »Schatz« genannt? Küsste er sie nicht eben zärtlich? Vielleicht war es *doch* ein Traum. Nur ja nicht aufwachen, sagte sie sich. Aus Angst, die schöne Illusion zu zerstören, hauchte sie leise: »Ich fühle mich fantastisch, Zack, ich bin hier bei dir, und wir leben, und … und … es geht mir blendend.«

»Camille«, meinte er gepresst. »Ich liebe dich so sehr.« Er vergrub das Gesicht in ihrer Halsbeuge und bedeckte diese mit federnden Küssen. »Mein Schatz, mein süßer Schatz …«

Seine Lippen fanden ihre. Sein Kuss war zärtlich und

sagte mehr als tausend Worte. Sie öffnete ihm die Lippen und erwiderte sein feuriges Zungenspiel. Als er schließlich den Kopf hob, strich er ihr das wirre, dunkel gewellte Haar aus der Stirn und drehte eine gelockte Strähne um seinen Finger. »So wie jetzt hätte es eigentlich am Morgen danach mit uns in Utah sein sollen. Ich hätte dir schon in der Nacht sagen müssen, wie sehr ich dich liebe, noch bevor wir…« Er seufzte. »Ich hatte offen gestanden Skrupel, dass du mir das nicht abnehmen würdest. Ein Mädchen, das so attraktiv ist wie du, hält so etwas doch nur wieder für einen blöden Spruch, dachte ich. Hättest du es mir denn geglaubt, wenn ich dir meine Liebe gestanden hätte?«

Sie lächelte und erkundete mit den Fingerspitzen zärtlich seine Brust. »Wahrscheinlich nicht. Ich dachte nämlich, dass du über solchen Dingen stündest.«

»Ist das der taktvolle Versuch, mir weiszumachen, ich wäre alt? Ich muss dir doch wie ein Gruftie vorgekommen sein! Und, ist das immer noch so?« Sein Atem ging in kurzen Stößen, da Camille lustvoll seine intimsten Zonen stimulierte.

»Aber Zack! Natürlich nicht! Zugegeben, dass du um einiges älter warst als ich, hat mir Komplexe eingejagt. Ich fürchtete mich vor dir. Deshalb wollte ich auch nicht damit herausrücken, dass ich mich in dich verliebt hatte. Ich hatte Angst, du würdest mich auslachen. Außerdem war ich mir sicher, dass ich nur ein One-Night-Stand für dich wäre. Und da ich mich vor dir nicht lächerlich machen wollte, bin ich weggelaufen.«

»Willst du damit sagen, dass das der Grund war, warum du mich verlassen hast? Oh Camille, wir beide waren ganz schön dumm und verbohrt. Und ich dachte schon, ich hätte dich irgendwie verprellt. Gute Güte, wie viel kostbare Zeit wir inzwischen nutzlos verschenkt haben!« Er küsste sie stürmisch, als wollte er das Versäumte nachholen. Sein Mund glitt zu ihrem Ohr, wo seine Zunge die erogenen Stellen auskundschaftete, während er kehlig flüsterte: »Dann liebst du mich also doch, Camille?«

Seine Zärtlichkeiten raubten ihr den Atem, so dass sie sich kaum artikulieren konnte. »Ja, Zack, ich liebe dich. Ich liebe dich, seit ich dich das erste Mal gesehen habe.«

Kosende Finger streichelten behutsam von ihrem Schlüsselbein zu ihrem Nabel. Es war ungemein erregend, trotzdem versuchte sie sich auf seine Worte zu konzentrieren. »Ich bin fast ausgerastet, als ich am nächsten Morgen aufwachte, und du warst fort. Aber ich war zu stolz, um mich bei deinen Freundinnen zu erkundigen, wie ich dich erreichen könnte. Du hattest mir zwar erzählt, dass du in Richmond zur Schule gegangen bist, jedoch nie erwähnt, dass du in Atlanta wohntest. Du kannst es mir glauben, ich habe jeden Jameson in Richmond angerufen, aber keiner hatte eine Tochter, Schwester, Nichte oder Cousine, die Camille hieß. Ich war die ganze Zeit auf der falschen Fährte. Als ich heimkam, war ich ungenießbar. Keiner wagte es, sich mit mir anzulegen, aus Angst vor meinen Tobsuchtsanfällen. Meine Launen waren unberechenbar…«

»Dann war *ich* das also!«, entfuhr es ihr spontan. »Ich war die Frau, über die du nicht hinweggekommen bist, stimmt's?« Als sie seinen betretenen Gesichtsausdruck bemerkte, schilderte sie ihm rasch, was Dearly ihr von seiner »schlimmen Phase« erzählt hatte. »Und ich dachte, du wärst in Utah gewesen, um über deine schöne, unglückliche Liebe hinwegzukommen, und hättest mich nur benutzt, um dein Selbstwertgefühl wieder aufzupolieren. Quasi als Trostpflaster«, kicherte sie.

»Camille, du bist die einzige Frau, die ich je geliebt habe. Und du bist wunderschön.« Er knabberte zärtlich an ihrer

Schulter, während seine Hände ihre Hüften und Schenkel streichelten.

»Und was ist mit Erica?« Jetzt wollte sie alles wissen. Zwischen ihnen durfte es keine Geheimnisse mehr geben. Jetzt galt es, die bösen Geister der Vergangenheit auszurotten.

Seine Hände verharrten in der Bewegung, er hob den Kopf. Einen Moment lang mied er ihren Blick, dann versanken seine Augen in ihren. »Ich habe mit ihr geschlafen, Camille, in meiner Verzweiflung, aber ich habe sie nie geliebt.«

»Aber nach unserer Heirat, in dem Restaurant, da hab ich genau gehört, wie du gesagt hast, dass sich mit unserer Ehe an deinen Gefühlen für sie nichts geändert habe.«

Er schmunzelte matt. »Das war die volle Wahrheit. Unsere Hochzeit hat daran auch nichts geändert. Ich hab sie nie besonders gemocht, zumal sie egoistisch, hinterhältig und falsch ist wie keine andere Frau, die ich kenne. Jedes Mal, wenn ich mit ihr zusammen war, fühlte ich mich nachher schlecht. Statt meine Lust auf dich zu stillen, vermisste ich deine Ausgeglichenheit und deine unschuldige Sinnlichkeit nur noch stärker.«

»Und die vielen Abende, an denen du ausgegangen bist …«

Er lachte. »Warst wohl eifersüchtig, was?« Er küsste Camille auf die Nasenspitze. »Ist ja auch kein Wunder. Ehrlich gesagt hab ich mir die meisten dieser langen, einsamen Nächte auf der Plantage in den zugigen Pferdeställen um die Ohren geschlagen. Manchmal bin ich auch zum Angeln gegangen, dabei finde ich diesen Sport grauenhaft. Ein paar Mal hab ich den Wagen einfach am Fluss geparkt und dann die Schiffe beobachtet, bis es spät genug war, um zurückzufahren. Ich war absichtlich laut. Du solltest nämlich definitiv mitkriegen, dass ich erst in den frühen Morgenstunden heimkam.«

»Ist mir nie aufgefallen, dass du überhaupt weg warst«, sagte sie spitz und täuschte ein herzhaftes Gähnen vor.

»Aber nein, ganz bestimmt nicht«, grummelte Zack. Er küsste sie innig. Nachdem er sich atemlos von ihren Lippen gelöst hatte, glitt sein Blick bewundernd über ihren Körper. »Camille, ich liebe dich, aber ich muss dir ein Geständnis machen.« In seine Augen trat jenes durchtriebene Glitzern, das sie inzwischen zur Genüge kannte. Dieses Geständnis war sicher nicht besonders schwer wiegend. »Das Esszimmer gefällt mir.«

Mit gespielter Verärgerung boxte sie ihn in die Rippen. »Oh Zack! Du bist echt unverbesserlich.« Sie bedachte ihn mit einem verliebten Blick. »Du hast den Nerv, mich einfach hier in dein Bett zu tragen, wo ich mich nicht mal wehren konnte! Noch dazu am Erntedankmorgen.«

Er grinste diabolisch. »Na, wenn schon, ein Grund mehr, um dankbar zu sein.«

»Zack, du bist pietätlos!«

»Und außerdem«, fuhr er ungerührt fort, »glaube ich nicht, dass dir das sonderlich viel ausmacht, oder?« Lasziv streichelte er ihre Brüste und beobachtete fasziniert, wie deren Spitzen unter seinen Fingern hart wurden.

Bevor sie ihm antwortete, krallte sie die Finger in sein Haar und zog seinen Kopf zu sich herunter. »Liebe mich«, flüsterte sie.

»Bist du auch sicher, dass du keine Kopfschmerzen hast?« Er wollte sich ganz sachlich nach ihrem Befinden erkundigen, trotzdem prusteten beide los, als sie die Doppeldeutigkeit seiner Frage erfassten.

»Na und«, gab sie schlagfertig zurück. »Dann nehm ich eben eine Kopfschmerztablette. Aber erst nachher… und auch nur, wenn du es nicht schaffst, mich davon abzulenken.«